« Je suis parmi les miens avec un couteau pour les agresser. Je suis parmi les miens avec un couteau pour les protéger. »

Franz KAFKA

Prologue

Parmi les dix commandements, Marco Sultan, mon oncle de Brooklyn, respectait entre tous le shabbat qui débute le vendredi au coucher du soleil et se termine le samedi à l'apparition des premières étoiles dans le ciel.

En ce vendredi 1er septembre 1989, le shabbat commençant à 19 h 14, il résolut de fermer sa boutique dès 16 heures. De mauvaise humeur, son commerce battait de l'aile depuis quelque temps, il ordonna vertement à Troy, son employé, de ne pas oublier de balayer le sol et de passer la serpillière avant de baisser le rideau de fer. Ce dernier haussa les épaules et continua à contempler par la vitrine la brume de chaleur qui floutait la vision de Nostrand Avenue. Marco résista à son envie de lui chercher querelle. À tort. Il savait pouvoir se reposer en toute circonstance sur son employé et ne s'en privait pas. Troy Robinson était un Noir d'une quarantaine d'années, cordial avec les clients et, au bout du compte, d'une honnêteté jamais prise en défaut jusqu'ici. Il prenait à cœur les soucis d'argent de son patron au point de lui prodiguer les paroles d'encouragement et de réconfort moral qu'on ne lui demandait pas. Bien que touché par la sollicitude de son employé, Marco ne pouvait s'empêcher de déverser sur lui sa fureur à l'encontre du monde entier.

Il n'en avait pas toujours été ainsi.

Dans les années 1960, l'Amérique, ce pays dont mon oncle Marco attendait tout, lui avait tout donné : l'asile, l'identité nationale et autres libertés civiques que l'Égypte, sa terre natale, lui avait refusées. Ainsi, après avoir exercé de menus jobs à Brooklyn (veilleur de nuit dans un hôtel, livreur de pizzas à vélo) il avait emprunté à Samuel Shehata, son richissime beau-frère, une somme suffisante pour acheter une gargote de fish and chips sur Nostrand Avenue. Bouillonnant d'énergie, Marco avait transformé le local sale et sombre en une rutilante boutique de fringues « Tout à un dollar ». Le Sultan's Bazar lui avait rapidement valu la clientèle des Noirs et des hippies de ce quartier pauvre de Brooklyn. Dans les années 1970-1980, la boutique de vêtements et de bijoux bon marché importés d'Inde attirait tant de monde qu'on n'aurait pas pu y glisser une aiguille. Mais peu à peu, une mode chassant l'autre, l'assemblage hétéroclite de hippies, yuppies, camés et marginaux avait changé d'accoutrement. Sans être au bord de la faillite, pas encore, le Sultan's Bazar connaissait des hauts et des bas, juste assez de hauts pour ne pas sombrer, mais pas assez pour s'en tirer. Mon oncle Marco s'en inquiétait d'autant plus qu'ayant acquis trois ans auparavant une belle et grande maison avec garage sur Ocean

Parkway – à la demande pressante de Leila, sa femme, désireuse d'habiter auprès de son grand frère Sammy Shehata –, il n'avait pas fini d'en acquitter l'emprunt. Sans compter que ses deux enfants, Nathan, vingt ans, dont il continuait à payer les études dans une école de commerce et Sarah, une beauté de seize ans en âge de bientôt recevoir sa dot, lui coûtaient les yeux de la tête.

À la pensée d'avouer ses difficultés financières aux siens – il les avait habitués à un train de vie de pacha –, il se sentait diminué. Des colères le saisissaient, des colères faites de douleur et d'humiliation. Il songeait parfois à vendre son fonds de commerce pour investir dans quelque chose de plus *successful*. Mais aurait-il, à bientôt cinquante ans, l'énergie de se lancer dans une nouvelle aventure ? En outre, liquider son magasin comme ça, après tant d'efforts, tant d'années !… C'est qu'il l'aimait, son bazar, il l'aimait comme un noyé s'accroche à une bouée de sauvetage. Quelquefois, son tempérament de lutteur prenant le dessus, il se remettait à espérer : en renouvelant la marchandise et avec un peu de publicité, la chance lui sourirait de nouveau.

Ce vendredi, donc, aux alentours de 16 heures, mon oncle Marco pressé de rentrer chez lui à l'autre bout de Brooklyn, à temps pour observer le shabbat, vérifia le montant de sa recette en actionnant une vieille caisse enregistreuse. Il ouvrit le tiroir. Une fois prélevé les deux cents dollars du salaire hebdomadaire de Troy – peu exigeant grâce à Dieu et n'ayant réclamé aucune augmentation depuis bon nombre d'années –, il restait juste de quoi acheter le pain et les brioches tressées du shabbat à la boulangerie casher de Nostrand Avenue. Il enfila son manteau noir, posa son chapeau à large bord sur sa kippa et entrouvrit la porte d'un air si abattu que le brave Troy se porta garant de jours meilleurs : « Ça ira mieux bientôt, patron, et bon shabbat en attendant. »

Il y avait une grande queue devant la boulangerie casher. Ses achats enfin effectués – il était déjà 16 h 20 à sa montre –, mon oncle se dépêcha de retrouver sa voiture garée à l'angle des avenues Nostrand et Franklin. À cette heure, avant la sortie des bureaux et les départs en week-end, la circulation était à peu près fluide. Mais soudain, au coin de Lafayette Avenue, sa voiture fut prise dans un embouteillage monstre. Aux klaxons furieux se mêlaient des sirènes de police. Un accident sans doute qui paralysait la circulation. Il gaspilla de précieuses minutes, pare-chocs contre pare-chocs, avant de tenter une échappée par une petite rue latérale. Le tableau de bord de sa voiture indiquait 17 h 05 lorsque, sur Flatbush Avenue, il se heurta à une longue marche de protestation. Les manifestants, noirs, pour la plupart, vociféraient des slogans contre le racisme en brandissant des pancartes. Des policiers déployés en cordon ne faisaient qu'accroître la colère prête à virer à l'émeute. Des ordres résonnaient dans les haut-parleurs. La foule s'écarta pour livrer passage à quatre hommes portant un petit cercueil symbolique, mais de quoi ? En baissant sa vitre, Marco put lire sur maintes pancartes : « Justice pour Yusef Hawkins, notre frère torturé et assassiné ». Le flot de manifestants toujours grandissant s'écoulait lentement vers le pont de Brooklyn. Mon oncle Marco sortit de sa voiture pour interroger le conducteur arrêté devant lui. Celui-ci, tout en mâchant du chewing-gum, lui apprit, c'était dans tous les journaux, l'assassinat par des Blancs d'un adolescent, seize ans à peine, venu simplement dans un garage se renseigner sur une voiture d'occasion. Depuis, et fallait pas s'en étonner, New York était à feu et à sang. « La violence est dans le sang des nègres, conclut l'homme au chewing-gum. C'est génétique chez eux, comme "petite cervelle et grosse queue". » Marco partait d'un petit rire gêné quand, brusquement, des coups de feu retentirent. Les policiers tiraient des balles en l'air et lançaient des gaz lacrymogènes. En réplique, des bouteilles, des briques, de couvercles de poubelle, des battes de base-ball volèrent dans le ciel assombri par la fumée. Suffoquant et éternuant, Marco se réfugia dans sa voiture. Il maudit la horde sauvage des Noirs et, pour faire bonne mesure, la brutalité des Blancs en uniforme. L'heure tournait inexorablement. Se rongeant les sangs, il songea à abandonner sa voiture sur le champ de bataille et à foncer vers une bouche de métro. Oui, mais dans quel état la retrouverait-il ensuite, sa voiture ? Quelqu'un criait dans le mégaphone : « Au pont, tous au pont de Brooklyn ». Les manifestants formèrent un cortège bruyant mais apparemment discipliné. Alors, saisi d'angoisse à la vue de l'horloge de son tableau de bord : 18 h 45, mon oncle Marco tenta le tout pour le tout. Il roula lentement, obstinément, au milieu des manifestants jusqu'à Prospect Park, non sans exposer sa carrosserie à des horions, puis pleins gaz le long d'Ocean Parkway. Et c'est ainsi que, remerciant Dieu, il se trouva rendu à 19 h 12 devant le garage de sa maison.

Mais la fatalité veillait. Elle avait pour nom : la stricte observance des interdits du shabbat.

En garant sa voiture dans le garage, Marco remarqua d'abord l'absence de la moto qu'il avait offerte à son fils un an auparavant pour l'anniversaire de ses vingt ans. Pas encore rentré ? À cette heure ? Marco, très pointilleux sur le respect de la loi religieuse, sentit un frisson glacial le parcourir à l'idée d'avoir engendré un mécréant. Il commençait à sortir du coffre ses emplettes quand une drôle d'odeur le prit à la gorge. Une odeur d'œuf pourri ? À la puanteur âcre et dense à en vomir se mêlaient d'étranges petits bruits. Des grésillements ou des crépitements électriques qui, lui sembla-t-il, provenaient de la chaudière combinant, à prix exorbitant, chauffage au gaz et air conditionné. Il se dirigea vers l'appareil placé au fond du garage et ouvrit le boîtier électrique. Sa main s'immobilisa au-dessus d'un enchevêtrement de prises, câbles et modules de commande à n'y rien comprendre. Un regard à sa montre, 19 h 13, et son cœur s'affola, avait-il d'autre choix ? Il referma le boîtier électrique. Après tout, la chaudière comptait moins de trois ans d'âge et, d'une manière ou d'une autre, elle tiendrait bien le coup jusqu'à la fin du shabbat.

Dehors, au milieu de la pelouse, Sarah se laissait pousser sur la balançoire par sa copine, la fille des voisins. Un vrai petit oiseau, s'attendrit le père, qui lui cria de rentrer immédiatement à la maison. Devant la porte close, il lança un sonore « Leila, c'est moi, j'ai tes courses, tu es dans la cuisine ? » Le temps de la voir se pencher à la fenêtre de la cuisine, « Où veux-tu que je sois, Marco ? », et il entendit sa maison exploser. Des flammes en jaillirent et, hurlant d'effroi, n'y voyant plus rien, il tenta de voler au secours de sa femme. Le bas de son manteau était en train de s'embraser quand une seconde explosion le projeta en arrière. Le choc fut si brutal qu'il tomba sur le perron jonché d'éclats de verre, de débris fumants, et s'évanouit.

En reprenant conscience, il ne restait plus de sa maison que ruines et désolation, il demeura allongé un moment avant de réaliser l'impensable. Sa Leila avait péri, brûlée vive dans la cuisine. Sanglotant, il se frappa la poitrine avec férocité pour en extirper le mal fait à sa femme, son amour, la mère de ses enfants. Comment était-il possible que, pour servir Dieu, il en soit arrivé à ôter la vie à son épouse adorée ? Pourquoi vivre dès lors que Leila n'était plus, ne serait plus jamais à ses côtés ? Alors, tandis que les ambulanciers l'interrogeaient : « Savez-vous quel est votre nom ? Quel jour sommes-nous ? », tandis que l'ambulance le transportait vers l'hôpital, il décida de mettre fin à ses jours.

CHAPITRE 1

Samedi 2 septembre 1989

1.

C'est au téléphone que ma mère, me réveillant au milieu de la nuit, m'apprend le drame survenu à mon oncle de Brooklyn, son frère adoré. En plein décalage horaire – cela fait à peine trois heures que j'ai atterri à New York –, le malheur de cet oncle que je ne connais pas, sinon par ouï-dire, peine à se frayer un chemin dans le brouillard de mon esprit. Je demande à ma mère de ralentir son débit. Je n'aurais pas dû lui donner le numéro de ma chambre d'hôtel, encore qu'elle aurait remué ciel et terre pour me retrouver – et d'abord comment a-t-elle été mise au courant de cette histoire ?

« C'est ton frère lui-même qui t'a appelée à Paris ?

— Lui, le pauvre, il est à l'hôpital dans le coma. Non, c'est son beau-frère, Sammy Shehata, qui m'a prévenue.

— Bon, recommence depuis le début, s'il te plaît, en baissant un peu la voix. »

Il ressort de son récit entrecoupé de sanglots que son Marco chéri a endossé la totalité des souffrances infligées à Job sur son fumier. Rien que ça. Ma mère a ce penchant oriental à l'exagération mélodramatique et à l'outrance verbale qui ne craint pas le ridicule. Bien que notre installation à Paris remonte à une bonne trentaine d'années, elle ne s'est jamais tout à fait familiarisée avec les coutumes, les mœurs et le langage « sec et plat » des Français de France. Elle parle, elle crie, elle pleure avec la grandiloquence qui caractérise encore et toujours les juifs bannis d'Égypte : « la mère patrie qui a renié les meilleurs de ses enfants ». La nostalgie du pays perdu, enjolivé par l'exil, leur colle à la peau. Le pays se retrouve dans la marmite, le café à la cardamome, les bijoux clinquants, le français coloré d'expressions empruntées à l'arabe populaire du Caire. Assurément, Corneille et Racine ne sont pas leurs cousins. Ils trouvent une consolation dans les vestiges de leur passé splendide, paraît-il, en conçoivent une fierté bourgeoise non exempte d'une forme de snobisme. Ne les appelait-on pas les « Européens du Nil » ? C'est leur force et leur faiblesse. Ils sont les victimes volontaires de ce complexe de supériorité que le monde, quant à lui, méconnaît et raille chaque fois que l'occasion s'en présente.

L'orgueil éternellement blessé de ma mère n'est pas sans m'émouvoir. Mais la plupart du temps – adolescente, je voulais me fondre dans la masse –, ses manières exubérantes, ses éclats de voix dans les lieux publics m'embarrassent, pour ne pas dire me mettent au supplice. Par exemple, dans une salle de cinéma où l'on projetait *Les Dix Commandements,* elle a suscité l'hilarité générale en criant haut et fort : « Est-ce qu'ils arriveront jamais à sortir du désert ? »

« Éva, tu m'écoutes ? Très bien, tu as des choses plus importantes auxquelles penser.

— Mais non, une seconde, je cherche mon paquet de cigarettes.

— Mon cœur se déchire, ma petite Éva, mon frère est la personne que j'aime le plus au monde, après toi évidemment. Tu ne l'as pas connu, mais de jeune homme plus magnifique que lui au Caire, il n'y avait pas. Beau de taille et de visage, la beauté chez les Sultan est héréditaire, c'était un vrai play-boy, tu vois, avec la banane et le blouson rouge de James Dean. Un grand sportif par-dessus le marché. Il a été champion de basket-ball, avec sa photo dans le journal à chaque match. Une célébrité, sa tête touchait le soleil. Il courait les filles, elles étaient toutes folles de lui, il était sur le point de se fiancer lorsque Leila, la Syrienne, lui a mis le grappin dessus. Comment elle l'a embobiné, celle-là ! Comment d'un juif du kippour, elle a fait un pilier de synagogue ! »

Il est vrai, et ma mère me l'a assez répété que, jeune homme, mon oncle montrait peu d'intérêt voire une totale indifférence aux lois de Moïse. Chez les Sultan, comme chez la plupart des juifs des classes moyennes, on ne respectait ni le shabbat ni les fêtes juives.

Durcissant le ton, ma mère s'échauffe contre Leila, sa belle-sœur d'origine syrienne, née à Boulaq, un des bas quartiers du Caire. Quelle aberration des sens avait bien pu s'emparer de Marco pour qu'il s'amourache d'une fille Shehata – un patronyme signifiant « mendiante » en arabe – au physique ordinaire et à l'esprit limité ? « Il méritait mieux, tu ne crois pas ? Un roi de beauté qui aurait pu avoir toutes les femmes qu'il voulait. » Je suis convaincue que son animosité envers sa belle-sœur se serait étendue de même à quiconque lui aurait ravi son frère cadet. Ses sentiments pour lui, dont elle ignore bien sûr la nature quasiment incestueuse – elle n'a la conscience claire que de ses états d'âme –, alimentent sa colère contre ce qu'elle tient pour une mésalliance. Leila Shehata n'était pas, à en croire ma mère, un prix de beauté. L'amour est aveugle mais une chose est sûre : « La richesse du père embellit la vilaine fille. » De souche indigente, les Shehata étaient passés du métier d'abatteur rituel de volailles à un profitable commerce de lingerie féminine chic. Cette engeance-là (les Syriens s'entend) ne badine pas avec les choses du sacré. Et voilà comment ma mère s'explique la conversion de l'ancien play-boy au fanatisme religieux par la Syrienne. Et voilà pourquoi sa belle-sœur porterait la responsabilité du feu mis à sa propre maison.

« Tu n'exagères pas un peu, maman ? Elle en est morte.

— Et lui, il a failli y rester. Mais tu as raison : dire du mal des morts, ce n'est pas permis. »

Là-dessus, elle me demande, non, elle *exige*, que je me rende séance tenante à l'hôpital – il est

3 heures du matin et alors ? – prendre des nouvelles de son malheureux petit frère.

« Maman, écoute, je ne peux pas, pas tout de suite, je suis là pour travailler. J'ai rendez-vous cet après-midi avec Toni Morrison, un rendez-vous que j'ai eu un mal fou à obtenir.

— Ton Tony est plus important que ton oncle entre la vie et la mort ? Très bien, n'en parlons plus. Laissons-le mourir tout seul sur son lit d'hôpital.

— Il ne s'agit pas d'un Tony mais... Bon, ça va, je vais essayer d'aller le voir ce matin. Dans quel hôpital est-il ?

— Attends deux secondes, je cherche le papier où j'ai noté l'adresse. Voilà. Maimonides Hospital, 4802 10e Avenue, Brooklyn, New York 11219. Jure-moi, mon Éva chérie, jure-moi d'y aller le plus vite possible. Il a besoin de ton aide. En plus tu feras la connaissance de tes cousins, Nathan et Sarah. Et n'oublie pas. Tu me rappelles tout de suite après. »

J'obtempère en bon petit soldat et c'est là mon problème. J'ai trente-deux ans. J'ai réussi à m'affranchir de l'emprise de ma mère en emménageant, ivre de liberté et de défi, dans un studio de la rue Saint-Paul à Paris. Mais pour une mère juive, et c'est un cliché, mettre au monde un enfant équivaut à un titre de propriété inaliénable et définitif. Son amour dévorant s'auréole de sacrifices et d'épreuves surhumaines. En 1957, lors de l'expulsion ou du départ contraint et forcé des juifs d'Égypte, mon père s'était fait un malin plaisir de l'abandonner (en d'autres termes de succomber à un cancer incurable) avec un bébé de neuf mois sur les bras. Arrivée à Paris munie de deux valises et de vingt livres égyptiennes – Nasser ayant confisqué le cabinet d'avocat et le compte bancaire de son mari –, elle avait fait l'apprentissage de la pauvreté. Ne supportant plus de quémander les subsides de l'American Jewish Joint Distribution Committee, « des bureaucrates plus lents à réagir qu'un estomac vide », elle s'était, contre toute espérance pour une femme qui n'avait jamais travaillé, trouvé un emploi régulier. Dit avec ses mots : elle avait travaillé comme une bête de somme chez un dentiste – le docteur Aboucaya, grosse bedaine et mains flirteuses – pour m'élever seule, me nourrir, parfaire mon éducation et prendre sur ses maigres économies de quoi me permettre, après le bac de lettres, d'intégrer l'IEJ, l'école de journalisme à Paris. Trois années durant, elle s'était ôté le pain de la bouche au profit de « la lumière et du grand amour de sa vie ». Sans plainte ni regret : « Vu que douée comme tu es pour les mots, ma petite Éva, tu es devenue quelqu'un. »

Attendrissant, non ? En vérité, je gagne ma vie tant bien que mal en plaçant des articles ici et là dans la presse féminine. De temps à autre, je participe au magazine culturel d'un producteur de France Culture avec lequel j'ai eu une brève aventure. Être pigiste ressemble à un canot de sauvetage auquel trop de gens essayent de s'agripper. Mais l'essentiel de mes revenus, je les dois à *Jeune Afrique*, le magazine politique, économique et culturel de l'Afrique noire et du Maghreb. Mon rédacteur en chef, appelons-le Mourad, me confie volontiers des entretiens avec les écrivains et les cinéastes étrangers de passage à Paris. Je mesure souvent le bonheur et la chance de rencontrer en tête à tête les plus grands artistes du monde entier. On n'imagine pas à quel point les plus talentueux, à l'inverse des médiocres à gros tirages, doutent d'eux-mêmes en dépit ou à cause du succès et des lauriers. Je me souviens, par exemple, d'une interview de Wole Soyinka, le Nigérian lauréat en 1986 du prix Nobel de littérature. À ma première question, stupide, je l'avoue, « Alors comment vous sentez-vous, heureux, fier d'être le premier auteur noir honoré par le Nobel ? », il avait haussé les épaules : « Proud me ? Non, je me sens tel un arbre nu au milieu du brûlant désert. » Un autre souvenir quant à la fragilité de la confiance en soi chez les grands créateurs : Aki Kaurismäki, cinéaste finlandais célébré et couronné au festival de Cannes, me soutenant, ivre mort toutefois : « My films are crappy (merdiques) » et ajoutant : « La Finlande a moins besoin de cinéastes que d'ouvriers en bâtiment. » J'aime mon métier et, toute modestie gardée, j'ai réussi à me forger une réputation d'excellence sur le terrain du cinéma et de la littérature étrangère. Les éditeurs m'informent régulièrement de leurs publications. C'est ainsi que, recevant au mois de mai dernier les épreuves de *Beloved*, le nouveau roman de Toni Morrison récompensé en 1988 par le prix Pulitzer, j'ai été si subjuguée par la puissance de l'écriture que je me suis procuré tous ses romans traduits en français. Autant de chefs-d'œuvre. Je m'en suis ouverte à Mourad, qui a fini par accepter de prendre en charge mon billet d'avion pour New York, la chambre d'hôtel et les repas durant une semaine demeurant à ma charge. Sur les conseils du *Guide du routard*, j'ai opté pour le Paradise Hotel, le moins cher des hôtels de Middle Manhattan. Autre avantage, c'est dans les bureaux situés sur Broadway des éditions Random House que Toni Morrison – ou plutôt la secrétaire que j'ai eue au téléphone – m'a fixé rendez-vous à 16 h 30 cet après-midi.

2.

À mon réveil, le jour pointe à travers les volets de ma chambre au confort sommaire : petit lit, table de chevet avec une lampe, un téléphone et une bible au fond du tiroir. Face au lit, un gros poste de télé juché sur une commode. Quelle heure est-il ? Depuis mon sixième étage, j'entends une femme rire et pousser des cris en espagnol. Je m'offre le délice de la première cigarette. À ma montre il est à peine 7 h 37. Je me précipite dans la minuscule salle de bains à baignoire sabot. Je m'y coule, genoux relevés jusqu'au menton, et – je suis bien la fille de ma mère – je frotte mon pouce sur le placage imitation acajou pour me porter chance. Cette visite à l'hôpital Maïmonide au chevet d'un oncle inconnu, sinon par les dires de ma mère, me remplit d'appréhension. Je crains, si elle se prolonge, de louper le rendez-vous à 16 h 30 avec Toni Morrison. Je caresse un instant le projet, sinon de me défiler, de remettre à demain la rencontre avec celui par qui le malheur est arrivé. Mais la curiosité me tenaille : comment un mari aimant parvient au nom de son Dieu à commettre l'irréparable ? Quelle est cette folie religieuse qui, altérant le jugement, l'a empêché d'accomplir un geste, un simple geste pour débrancher sa chaudière électrique ? Quant à l'aide que je suis censée apporter à mon pauvre oncle, consumé sans doute de remords et culpabilité, elle reste à prouver.

Ma toilette achevée, j'entends sonner le téléphone – ma mère ? –, il peut sonner tant et plus, je ne décrocherai pas. Je m'habille en hâte : jeans, tee-shirt, me ravise pour un chemisier blanc à col Mao, sobre à souhait. Je relève ma masse de cheveux bouclés en un chignon serré sur la nuque. Chausse des ballerines, les troque contre une paire de baskets. Échange mon sac à main contre un sac à dos où je fourre mes papiers, ma trousse de maquillage, les dollars obtenus à l'aéroport John F. Kennedy, mon questionnaire et le roman annoté de Toni Morrison, ainsi que mon magnéto de poche. Je dévale les escaliers, l'ascenseur est en dérangement.

Le concierge, une statue d'ébène assise raide derrière son comptoir, se fend d'un grand sourire : « Bonjour, bien dormi, pas trop chaud ? La clim marche quand elle en a envie. »

Impressionnée par sa stature, même assis il me domine d'une tête, je marmonne : « Non ça va, j'ai bien dormi. Mais vous parlez si bien le français pour un Américain, comment se fait-il ? »

Il sort de derrière son comptoir. Il est habillé d'un uniforme noir à galons dorés et son grand corps se meut avec la souplesse, les clichés sont tenaces, la grâce d'un danseur.

« Il se fait que je suis de Dakar, Sénégal. J'ai étudié le français à l'école et en plus j'ai fait le taxi à Paris pendant quelques années.

— Ah, mais c'est formidable ça, monsieur…

— Aboubacar Paulin. Ici tout le monde m'appelle Small Paul.

— Ah ! Small Paul ? »

Il part d'un bon rire : « Oui, parce que je suis très, très, très grand. Y a autre chose que vous voudriez savoir, miss Soriano Éva ? »

Je le prie de m'appeler Éva, sans façons n'est-ce pas, entre deux compatriotes de langue. Il se déclare ravi de nouer amitié avec Éva, la mère au début des temps de tous les vivants. Il m'annonce que le petit déjeuner, compris dans le prix de la chambre, est servi au premier étage. J'y renonce, il est déjà 8 heures, et je lui demande de m'indiquer comment me rendre au Maimonides Hospital, à Brooklyn, 4802 10e Avenue. Ce n'est pas la porte à côté. Il me propose d'appeler un taxi. J'insiste pour m'y rendre en métro. Il déploie sur le comptoir la subway map. Et, on ne peut pas être plus prévenant, il suit du doigt l'enchevêtrement des lignes allant de l'île de Manhattan à Brooklyn. Il écrit sur un bout de papier : *Descendre la 34e Rue jusqu'à Penn Station, à trois pâtés de maisons du Paradise, changer à Washington Square et descendre à la station Fort Hamilton Parkway.* « Un quartier pas très honnête, précise-t-il. Il faut garder les deux yeux sur votre sac. »

Samedi 2 septembre 1989

Je serre la main de Small Paul et nous nous quittons les meilleurs amis du monde.

À la lumière du jour, le Paradise Hotel ne tient pas plus ses promesses au-dehors qu'au-dedans. C'est un immeuble de cinq étages aux briques noircies, prolongé par une annexe piquetée d'antennes semblables aux pattes d'un horrible insecte. Bon, à trente-cinq dollars la nuitée, on ne peut pas demander la lune et les étoiles. Je descends la 34e Rue. Les trottoirs sont jonchés d'emballages de hot-dogs, canettes de boissons gazeuses, mégots, bouts de chewing-gum adhérant à mes semelles. Je cherche un débit de tabac, le manque commence à me tenailler. Dans un drugstore bric-à-brac, j'achète deux paquets de cigarettes. À la première bouffée, je reprends goût à la vie. Le ciel bleu, le soleil qui folâtre sur les vitraux d'une église presbytérienne annoncent une journée splendide. Allons, ce ne sera pas la fin du monde de s'acquitter en quatrième vitesse d'un devoir : on a le sens de la famille ou on ne l'a pas.

Je m'engouffre dans la bouche de métro de Penn Station. L'employé derrière son guichet vitré me houspille, il ne comprend pas bien mon anglais à l'accent français prononcé. J'hésite, je suis perdue. Un grand Noir très élégant vole à mon secours. Il tire de son portefeuille un ticket pour deux voyages, me le tend : « Welcome to New York. » Je me confonds en remerciements. Je le vois, un rien dépitée, me tourner le dos et se diriger vers la sortie.

À l'intérieur du wagon bondé, les passagers se pressent sous les ventilateurs indolents. Je trouve à m'asseoir entre un homme tenant sur ses genoux un attaché-case et une grosse, très grosse femme agitée de ballottements à chaque secousse de la rame. Dès que quelqu'un monte, elle étend les bras pour défendre son espace vital. Les murs des stations exhibent de séduisantes affiches publicitaires du rêve américain. Une fois passé celles cossues de Manhattan, les quais sont aussi vétustes et sales que dans un pays du tiers-monde. Ma montre indique 9 h 35 lorsque je débouche enfin à l'air libre, comme une caresse sur les cheveux, du quartier de Borough Park. La longue avenue, très animée, abrite des restaurants, coffee-shops et commerces aux enseignes casher. De même que dans la rue des Rosiers où je fais mes courses le dimanche, la plupart des gens vont vêtus à la façon frileuse, été comme hiver, des juifs d'Europe de l'Est au XVIIIe siècle. Visage figé, tête basse, allure pressée. Aucun ne daigne s'arrêter pour répondre à mes questions. Ils me donnent le sentiment d'être non seulement invisible, mais aussi farouchement indésirable dans leur quartier. Mais mon regard a dû se faire prière car une femme en perruque, avec deux bébés en poussette et un troisième enfant agrippé à sa jupe, consent enfin à me renseigner.

Le Maimonides Hospital se trouve entre un delicatessen et un fleuriste. C'est un haut immeuble d'une dizaine d'étages dont la partie inférieure repose sur une espèce de galerie ouverte aux passants. Avant d'y entrer, j'hésite entre offrir des fleurs à mon oncle ou quelques gâteaux « agréables aux sens » du delicatessen. J'opte pour une boîte de chocolats, les bouquets me font penser, je ne sais pourquoi, aux veillées funèbres.

Un calme intense semble régner dans le hall. La préposée à l'accueil s'attaque au colossal problème de tourner les pages du registre des entrées : « Hier vendredi et en urgence », je précise. Je bous d'impatience : à l'horloge pendue au-dessus de sa tête, il est 10 h 10. La chambre de Marco Sultan est la 39, au troisième étage.

Par la porte entrouverte s'échappent les voix plutôt gaies d'une nombreuse assemblée. Les Shehata ? Ils sont venus, ils sont tous là (comme dans *La Mamma* de Charles Aznavour), les beaux-frères et belles-sœurs Shehata, assis ou debout autour du lit de souffrance. Une douzaine de paires d'yeux se braquent sur moi, tenant avec précaution ma boîte de chocolats. Les bouches s'arrondissent d'étonnement. Un homme corpulent, la kippa rivée à sa calvitie naissante, s'avance vers moi. Puis il se présente, Sammy Shehata : « Tu es le portrait craché de ta mère. » Il refuse avec un mouvement de recul de serrer la main que je lui tends (le contact avec une autre femme que la sienne est interdit aux pratiquants). Il me débarrasse de mon sac à dos et lance aux autres, triomphalement : « C'est Éva, la fille de Stella Soriano, la sœur de notre pauvre Marco. » À la surprise succèdent des exclamations attendries, comme quand on retrouve un membre de la famille (je croyais, au temps pour moi, que tout élément extérieur à la tribu orthodoxe suscitait la défiance). Tout le monde maintenant me souhaite la bienvenue et que ma vie soit longue. S'égrène une ribambelle de prénoms bibliques dont je ne retiens que ceux de mes cousins : Nathan, un grand jeune homme brun coiffé d'un béret Che Guevara, et Sarah, la benjamine en sage jupe plissée qui me gratifie d'un sourire charmant. M. Sammy me conduit à la chaise occupée par une vieille femme à la mine fermée, il me la présente : « Sett Latifa, ma mère au cœur brisé par la perte de Leila, sa fille, la lumière de ses deux yeux. » La vieille ne m'accorde même pas un regard. En revanche, les autres membres de la famille Shehata y vont chacun de son compliment trempé dans le miel de l'hospitalité orientale. J'illumine cette chambre, paraît-il, tel un soleil dans la nuit, un ange envoyé sur Terre par le Tout-Puissant, béni soit Son nom. Sincères ou forcés, les superlatifs ne me surprennent pas. Au fond, hormis la religion qu'ils ont chevillée à l'âme, la faconde de la branche américaine de ma famille ne diffère pas tellement de celle des autoproclamés « Européens du Nil ».

Je me dirige gauchement vers le lit de mon oncle – je n'aime guère me trouver au centre de l'attention générale –, quand Sett Latifa me barre le chemin. Elle tourne en rond autour du lit en éructant, comme si elle s'apprêtait à fondre sur son gendre et à le tailler en pièces. Quelqu'un la sermonne : « Mammy, be calm please and move on. » Elle se recule, l'œil mauvais derrière ses lunettes. La scène, réflexe professionnel, n'attend plus que le déclic d'un appareil photo pour passer à la postérité. Mon oncle n'est pas allongé sur son lit, mais assis, en pyjama, la tête coiffée d'une kippa et soutenue par de gros oreillers. Un sourire flotte sur son visage, le vague sourire d'un malade bourré de tranquillisants. Ses yeux noirs ont quelque chose d'aveugle, comme s'il ne voyait rien ni personne autour de lui. La boîte de chocolats que je pose sur sa table de chevet, encombrée d'un tas de médicaments, ne me vaut pas un seul battement de cils. Je m'y attendais mais quand même, je suis sidérée par sa ressemblance avec sa sœur, son aînée de cinq ans. Même physionomie, en plus carrée cependant, même arc des sourcils, même nez fin et droit, on dirait ni plus ni moins des jumeaux monozygotes. Je reste plantée devant lui ne sachant que dire. Sammy Shehata, le chef de clan décidément, se penche vers son beau-frère, le secoue et lui hurle à l'oreille : « Hé Marco, habib albi, hé chéri de mon cœur, regarde qui est venu te voir. » Absent au monde mais pas sourd, mon oncle Marco sursaute, se redresse. Il me fixe en fronçant les sourcils, puis son regard se perd dans le plafond. Son beau-frère hurle de plus belle : « Marco, regarde, c'est Éva, la fille de ta sœur Stella, elle t'a apporté une boîte de chocolats. » Mon oncle s'éveille comme d'un songe profond, plonge ses yeux dans les miens, s'étonne : « Stella, comment est-ce possible, ça fait si longtemps ? » Me confondrait-il avec ma mère ? Il tend le bras vers moi : « Je suis si content, Stella, viens, ma sœur chérie, viens t'asseoir là près de moi. » N'osant lui faire remarquer sa méprise – à quoi bon dissiper une heureuse hallucination ? –, je prends place à son chevet. Il s'empare de ma main, embrasse un à un mes doigts en poussant de gros soupirs de contentement. La tribu syrienne applaudit à tout rompre les émouvantes retrouvailles. « He's back, mach'Allah, among the living (il est de retour, grâce à Dieu, parmi les vivants). » Un ange passe. Mon oncle dodeline, un sourire béat aux lèvres, et ses yeux de nouveau fermés cherchent le sommeil.

Diversion. Une femme minuscule et potelée, l'épouse de Sammy, Judith si je ne me trompe pas, fait circuler un plateau garni de pâtisseries orientales. Je me sers avec gourmandise vu que j'ai sauté le petit déjeuner. Je regarde ma montre à la sauvette lorsqu'une infirmière survient à point nommé. Elle doit prodiguer des soins à son malade et nous prie de vider les lieux.

Chacun s'en va patienter dans le couloir garni de machines à pop-corn, sodas, café et Chicklets, des chewing-gums enveloppés dans du papier argenté. Ma montre indique 12 h 25. Tout va bien. Mission accomplie, j'aurai le temps de regagner mon hôtel et de peaufiner tranquillement les questions destinées à Toni Morrison. Rien ne s'oppose donc à mon envie de m'attarder un peu dans le couloir afin de bavarder avec mes cousins. Nathan, l'air renfrogné sous son béret Che Guevera, tire sur sa cigarette. Il ne semble pas désireux de discuter avec sa Française de cousine ni avec qui que ce soit d'ailleurs. J'allume une cigarette, lui adresse un clin d'œil « solidarité de fumeur, hein ? » et renonce à l'amadouer. Sarah, en revanche, m'observe avec attention et une douceur dans le regard. Flattée, au moins celle-ci me trouve intéressante, j'esquisse le triste sourire éploré de circonstance. Elle me raconte l'angoisse qui lui gonfle le cœur depuis la *deprivation* (privation, en français) de sa maman, façon comme une autre d'exprimer l'incompréhension, le déni de la mort de sa mère. Je lui demande où ils vivent, son frère et elle, à présent que leur maison est partie en fumée. Pour le moment et jusqu'au rétablissement de leur père, ils logent chez l'oncle Sammy et la tante Judith, ça tombe sous le sens. Ah bon, et pourquoi donc ? Mais voyons, d'abord parce que Sammy est l'aîné des frères Shehata, ensuite parce que la place ne manque pas dans sa villa moderne avec dix chambres et piscine chauffée depuis que ses enfants qui ne sont plus des enfants ont déserté le foyer. Très bien. Je poursuis : « Et tes études ? Tu te prépares pour le bac, non ? Enfin si ça existe chez vous. » Elle esquive la question, quelle importance les études, et tout à trac veut savoir si je suis mariée et combien mon mari et moi avons d'enfants, Baroukh Hachem (béni soit le Nom), ils sont la bénédiction du foyer. À ma réponse, rien de tout ça, Dieu merci, son joli visage affiche stupeur et réprobation. « Mais à ton âge, tu devrais déjà. » Je ris, caresse sa joue ronde d'enfance et, patiemment, lui explique que le destin des femmes ne se limite pas à torcher les bébés et à tenir propre sa maison. D'une voix de petite fille montée en graine, elle insiste, c'est une obsession et l'unique but de sa jeune vie. À quoi bon lui servir un couplet féministe ? Son sort est d'ores et déjà inexorablement scellé par les traditions familiales et religieuses des juifs orthodoxes. En tout cas, j'en ai assez vu et entendu pour aujourd'hui.

Je prends congé de chacun des membres de la famille Shehata en invoquant un rendez-vous urgent à Manhattan (sans compter ma mère qui attend sur des charbons ardents des nouvelles de son frère). Ils me font promettre de revenir, mais oui sans faute, je n'y manquerai pas. Quelles sont les heures de visite autorisées par l'hôpital ? Sammy Shehata m'invite à assister aux funérailles de sa sœur demain matin à 11 heures au cimetière Mount Zion situé dans le Queens. Grand seigneur, il se propose d'envoyer un taxi à mon hôtel, « for free of course ». Je proteste, c'est vraiment trop généreux de sa part. « Are you kidding, ya binti ? (Tu plaisantes, ma fille ?) Give me the address of your hotel. » Point final. L'offre d'un chef de clan ne se refuse pas plus que celle du Parrain de Francis Ford Coppola.

3.

Tout ira bien.

De retour à l'hôtel, j'appelle aussitôt ma mère qui, je le sais, à 17 heures à Paris sera encore à son travail chez le dentiste. Je laisse sur son répondeur un pieux mensonge quant à l'état physique et mental de son frère et insiste sur la sollicitude dont l'entoure la famille Shehata. Puis j'ôte la prise du téléphone afin de piquer un petit somme réparateur.

Tout va bien.

Je quitte le Paradise Hotel à 15 h 30, une heure avant mon rendez-vous, alors que les locaux de

Ramdom House se trouvent à une dizaine de blocs seulement, m'a expliqué Small Paul en lorgnant de la tête aux pieds ma tenue soignée : chemise en coton blanc, jupe rouge moulante et escarpins à petits talons assortis. En général je me maquille très peu mais pour la circonstance, j'ai souligné mes yeux d'un trait noir, mis du rouge à lèvres et laissé retomber sur mes épaules mes longs cheveux bouclés. Enfin, une fois n'est pas coutume, je me sens diablement contente de mon apparence.

« Alors, Small Paul, vous me trouvez comment ?

— Belle à rendre la vue à un aveugle.

— C'est ce qu'on dit chez vous, à Dakar ?

— On dit aussi que la gloire de la femme tient à sa beauté, celle de l'homme à sa force. »

Je rougis de plaisir autant que peut le faire une brune au teint mat. Charmer son interlocuteur, et je pense à Toni Morrison, est l'une des ficelles du métier.

Chemin faisant, je m'émerveille de l'audace acrobatique des buildings sur Broadway. On a beau avoir vu au cinéma ces cathédrales de verre et d'acier comme suspendues au-dessus du vide, on s'étonne : comment est-ce possible ? Je fais l'expérience de ma petitesse infinitésimale à l'échelle de la « Ville Debout » selon Céline, grand écrivain s'il en est et sale type avéré.

Une fois devant le bâtiment de Random House, je constate que je suis en avance d'une bonne demi-heure. Pourquoi ne pas en profiter pour repasser au peigne fin les questions de mon interview ? J'entre dans une cafétéria, commande un jus d'orange avec glaçons et demande, si possible, un cendrier. Je fume cigarette sur cigarette en relisant mes notes et les quelques extraits de *Beloved* à placer opportunément au cours de l'entretien.

Cette histoire d'infanticide empruntée à un fait divers authentique se déroule après la guerre de Sécession. Une femme nommée Sethe habite, avec trois de ses enfants, une maison hantée par le fantôme d'un bébé qui fait valdinguer les meubles, brise les miroirs et renverse la casserole de pois chiches toute fumante sur le plancher. Une vingtaine d'années auparavant, la mère, une esclave en fuite avec ses quatre enfants, tente de les tuer afin de ne pas les livrer aux chiens des chasseurs de nègres lancés à leur poursuite. Elle ne réussit à trancher avec une scie que la gorge de la petite dernière, Beloved, la Bien-Aimée. Moins un acte comparable à celui de la Médée de la tragédie grecque que la volonté raisonnable d'épargner l'enfer de l'esclavage à son bébé. Vingt ans plus tard, Sethe, qui a conquis sa liberté au prix de mille souffrances, parviendrait à atteindre une sorte de paix de l'esprit n'était le retour spectral de l'enfant sacrifiée. Un personnage fantôme ? Illusion du bébé égorgé ? Juste châtiment du ciel ? Beloved, tyrannique, va soulever chez Sethe l'effroi, la possibilité d'une rédemption, un sauvage jaillissement d'amour. Mais l'art de Toni Morrison ne verse pas dans le conte de fées. In extremis, la revenante doit s'effacer et retourner aux eaux mortes dont elle n'aurait jamais dû sortir.

Mes notes relues, je m'assure du bon fonctionnement de mon magnéto de poche. Allons, l'heure c'est l'heure. Un tantinet stressée comme toujours en allant à la rencontre d'un géant de la littérature ou du cinéma, je pénètre dans le hall de la maison d'édition. Il n'y a pas foule. La demoiselle à l'accueil m'invite à prendre place dans un fauteuil club en attendant que l'assistante de Toni Morrison vienne me chercher. Un homme est campé, de dos, devant la porte de l'ascenseur. Il est très grand, très roux à en juger par ses cheveux attachés en queue-de-cheval. La porte de l'ascenseur livre passage à une jeune femme blonde aux lunettes à fine monture métallique qui ajoutent au sérieux de son visage.

« Hey Barry, s'écrie-t-elle. Heureuse de te voir. Alors ce livre, il avance ? »

Un auteur maison ?

L'homme lance un sonore : « Hey Lisa, oui, ça avance comme ci comme ça. »

La jeune femme me fait signe de les rejoindre. Elle est l'assistante de Toni Morrison et nous présente : « Barry Levine, Éva Soriano, a well known French journalist. » J'ignorais que ma notoriété avait franchi l'océan Atlantique. L'écrivain répète, intéressé : « Vous êtes française ? » Lisa précise : « Barry est fou de la France et des Français. » Un silence suivi d'un soupir, puis : « Miss Soriano avait rendez-vous avec Toni (avait ? ai-je bien entendu), mais désolée vraiment, elle n'est plus là, je ne sais pas où elle est passée.

— Mais qu'est-ce que ça veut dire ? J'ai fait des milliers de kilomètres et vous m'aviez promis…

— Oui, je sais, je sais. Que voulez-vous ? Je ne suis pas maître des horloges. Voyons, dimanche, elle travaille chez elle dans sa maison au nord de New York. Lundi matin, son agenda est plein à craquer. Mais juste avant le déjeuner, peut-être, je vais m'arranger. Ça vous va ? Lundi de 11 heures à 12 h 30, okay ? »

Elle nettoie le verre de ses lunettes, coule un regard myope vers l'ascenseur et me laisse en plan avec le rouquin à la désinvolte queue-de-cheval. A-t-il perçu la montée d'angoisse dans ma gorge ? Il compatit.

« Ça n'a pas l'air d'aller ? Elle n'est pas facile facile, la chère Toni.

— Vous la connaissez ?

— Écoutez, si on allait boire un verre ? Pourquoi pas ? Je suis un homme marié sans l'ombre d'une arrière-pensée, croyez-moi. Allons-y, ça vous fera du bien. »

J'hésite. La journée a été éprouvante. Toutefois, cet écrivain publié par Random House, connaît forcément la « chère Toni ». Je décide d'accepter sa proposition à la seule fin de lui soutirer de précieuses informations. Par pur opportunisme, oui, mais… est-ce que j'ai une gueule d'opportuniste ? décliné sur le ton inimitable d'Arletty.

Arletty, figure mythique du cinéma français, que j'ai eu le privilège d'interviewer pour France Culture. Éperdue d'admiration, j'avais sonné timidement à la porte de son appartement situé rue Rémusat, non loin de la Maison de la Radio. Elle m'avait ouvert sans s'enquérir de mon nom, preuve que j'étais attendue. Son visage encore parfait s'entourait d'un bandeau à la Simone de Beauvoir, et ses mouvements étaient étonnamment précis – pour une aveugle – alors qu'elle poussait les portes de son salon. Elle m'a désigné un fauteuil. Chacun des murs de la pièce s'ornait d'affiches de ses films et de photos de son insolente jeunesse. L'entretien a commencé par ses souvenirs d'enfance, gouailleurs et impertinents à souhait – je buvais du petit-lait –, et s'est poursuivi par l'évocation de sa fabuleuse carrière d'avant et d'après-guerre. Assise très droite, elle me dévisageait en souriant comme si ma figure qu'elle ne pouvait voir lui était agréable. Je l'interrogeai sur sa relation avec Céline, l'écrivain, dont une photo encadrée occupait le dessus de la cheminée. « C'était un homme calomnié et persécuté à cause de son génie. Il a essayé plusieurs fois de se suicider, vous ne le saviez pas ? » Émotion et larmes captives de ses yeux éteints. Puis changement d'atmosphère. Atmosphère ? Elle s'est répandue en féroces diatribes contre les juifs à la tête du cinéma, de la presse, du gouvernement de François Mitterrand. Au lieu d'arrêter le magnéto, j'ai rapproché le micro de sa bouche haineuse :

« Madame Arletty, je suis juive.

— Ah vous êtes juive, c'est bien, c'est très bien.

— Ah oui ? Qu'est-ce qui est si bien ?

— D'avoir le courage de l'avouer. »

En revanche le courage avait manqué à mon producteur, au point d'amputer de mon entretien tout ce qui pouvait fâcher.

« Ça va, dit Barry, on entre ? » Nous pénétrons dans un bar, le Black Diamond, où il a ses habitudes. Nous nous juchons sur des tabourets au comptoir. Le barman lui sert d'office un verre de vodka et pour moi, surtout pas d'alcool, il presse un jus d'orange. J'allume une cigarette tandis que Barry se roule un joint. Il semble avoir dans les trente-cinq, trente-huit ans. Assez beau, avec le front haut, le visage parsemé de taches de rousseur, le clair regard bleu pensif et rêveur de Boris Becker.

Nous devisons de littérature évidemment. Je lui pose maintes questions sur la capricieuse lauréate du prix Pulitzer.

« Toni, c'est Athéna la déesse de la guerre, qui jaillit, armée et casquée, du crâne de Zeus. Son premier roman *The Bluest Eye* a fait scandale. C'était l'histoire d'une gamine noire qui, rêvant de ressembler à Shirley Temple, finit par se crever les yeux pour les avoir aussi bleus que ceux de son idole.

— Je sais, oui, le comble de l'aliénation.

— Toute l'intelligentsia blanche, les critiques, les jurés ont tout fait pour l'évincer des grands prix littéraires. Imaginez un peu : une descendante d'esclaves qui prétend, dans un anglais sorti droit d'Oxford, que le QI des Noirs n'est pas inférieur à celui des Blancs ? Il y a deux ans, à la sortie de *Beloved*, la bataille a fait rage autour de l'attribution du prix Pulitzer. Une centaine d'écrivains, dont moi bien sûr, l'avons soutenue dans une pétition publiée dans le *New Yorker*. Vous savez ce qu'elle m'a dit pendant le cocktail chez

Random House après la remise de son prix ? "*Beloved* est un bon coup de pied dans le cul des Blancs."

— Sans blague ? À votre avis, je l'aurai, mon entretien ? J'ai peur qu'elle ne me…

— Mais non. Lisa va s'en occuper, pas de problème, vous restez combien de temps à New York ? »

Par politesse, je l'interroge sur le livre qu'il est en train d'écrire. Il s'agit d'un essai sur les juifs et les Afro-Américains : convergences et divergences de destin dans l'Amérique raciste, un livre qui lui donne du fil à retordre. Voilà un mois qu'il n'écrit plus une seule ligne. C'est à mon tour de le réconforter : Flaubert lui-même suait sang et eau sur chaque phrase, chaque mot de *Madame Bovary*. Nous communions dans l'adulation du plus grand des romanciers français, après Marcel Proust dont il me dit avoir visité la tombe au Père-Lachaise lors de son inoubliable séjour à Paris. La fameuse madeleine l'incite à renifler, avec délice, son verre de vodka. Il le vide et aussitôt en commande un deuxième. Ses yeux s'embuent de tristesse. Il soupire. Il ne viendra jamais à bout de ce putain d'essai… Il soupire. Il s'est attaqué à une espèce de chose hybride entre réflexion analytique et biographie de son père Aaron Levine. Un être exceptionnel. Né à Odessa, son père a connu enfant les pogroms perpétrés par les Cosaques tels que les décrit Isaac Babel dans *Cavalerie rouge*. Sa famille a réussi à fuir en 1917 la Russie où s'affrontaient les deux camps antisémites des blancs et des rouges. Barry observe une pause, essaye de rallumer son joint. « Mais qu'est-ce que je disais ? Ah oui. » Son père, un être exceptionnel. Dès son inscription au barreau de New York, Aron Levine a intégré la ligue des avocats pour la défense des droits civiques. Il a milité pour la cause de Martin Luther King et se trouvait à Memphis lorsque le pasteur a été assassiné sur le perron du Lorrain Motel. Affecté au plus haut point, il a consacré le reste de sa vie à lutter contre la gangrène raciste, structurelle dans une Amérique qui ne change pas, qui jamais ne changera.

Barry frappe du poing sur le comptoir qui n'en peut mais. Je le regarde, les yeux arrondis de surprise. Quelle curieuse coïncidence ! Son père, juif et avocat à l'image du mien, s'est battu contre cette même injustice raciale qui a contraint les juifs d'Égypte à l'exil. Je lui dis, pas à court d'érudition moi non plus :

« J'ai lu quelque part que dans tous les pays il faut un symbole à la haine : le Noir en Amérique, le juif partout ailleurs. Qu'en pensez-vous ?

— Intéressant, qui a dit ça, James Baldwin ? W. E. B. Du Bois ? Philip Roth ?

— Frantz Fanon dans *Peau noire, Masques blancs.* »

Je lui demande, moitié sérieusement moitié en plaisantant, si lui-même se définirait comme un écrivain engagé ? Il se marre.

« Et vous, Éva, vous êtes une féministe engagée tout feu tout flamme, non ?

— Tout feu tout flamme, enragée, hystérique et lesbienne par-dessus le marché. »

Il éclate de rire : « Je suis assez lesbien, moi aussi. » Puis : « Voilà, c'est toute l'histoire de ma vie. Et vous, Éva, vous avez quelqu'un ? »

J'élude la question à laquelle, en vérité, je serais bien en peine de répondre ces temps-ci. Ma dernière liaison, un désastre, m'a coûté huit mois de séances avec un psychanalyste, nommé, la bonne blague ! M. Verlomme.

Pour changer de sujet, je lui raconte l'histoire triste à pleurer de mon oncle de Brooklyn. Comment, en tentant de regagner sa maison avant le début du shabbat, il a été retardé par une manifestation monstre contre le racisme. Puis, une fois rentré enfin chez lui, la chaudière du garage qui produit des bruits inquiétants, son hésitation à couper le courant à l'approche imminente du shabbat, sa capacité de jugement altérée par sa foi provoquant l'explosion de sa maison où périt sa femme brûlée vive…

« Quelle histoire ! Quelle bande de tarés, ces hassidim de mes deux. Une fois je sortais avec Marcia, ma femme, d'un restaurant de Williamsburg, le quartier des débiles mentaux, quand une vieille femme en larmes nous a appelés depuis le seuil de son immeuble. C'était tard dans la nuit du vendredi au samedi, je précise, et la vieille s'est adressée d'emblée à Marcia : “Vous n'êtes pas juive, grâce à Dieu, venez vite avec moi s'il vous plaît, mon mari est en danger de mort.” Vous ne me croirez pas, mais le défibrillateur cardiaque de son mari s'était débranché et sa tarée de bonne femme ne pouvant y toucher, c'est Marcia qui a sauvé la vie du vieux. Quelle bande de malades mentaux ! Je les hais, je les exècre, je les abomine tous autant qu'ils sont.

— Barry, les juifs d'Égypte n'ont rien à voir avec les hassidim venus comme vous des ghettos d'Europe de l'Est. Mon oncle est un juif sépharade pur jus sans aucun rapport avec vos tarés d'ashkénazes. Les sépharades même ultra-ortodoxes ne sont pas des fanatiques. Ils conservent malgré la religiosité une certaine douceur de caractère, un art du bien-vivre propre aux juifs des pays arabes. Et pourquoi ? Parce que contrairement aux ashkénazes, les juifs arabes n'ont jamais été victimes ni de pogroms, ni du numerus clausus dans les écoles, ni de la solution finale. Tout ça pour vous dire que mon oncle n'est nullement un…

— Okay, ne vous fâchez pas, nothing personal. Mais alors, Éva, vous êtes une Arabe ? »

De mieux en mieux.

« Rien de personnel, répète-t-il. Ma tante Ida tenait une pension à Brooklyn. Elle a hébergé une famille Capsouto, des juifs d'Égypte dont elle disait : "Des gens gentils, mais dommage qu'ils soient arabes." Le plus drôle dans tout ça ? Les Arabes se sont démerdés pour ouvrir un restaurant à Manhattan. Ils ont si bien réussi leur coup que le Capsouto Frères est devenu le restaurant à la mode et aujourd'hui encore il refuse du monde. Leurs plats sont délicieux. Toni y va souvent, elle adore y inviter ses amis, Nina Simone, James Baldwin, Mohamed Ali… »

Et à bon entendeur, salut !

« Qu'est-ce que vous faites ce soir ? me demande-t-il.

— Pourquoi ? Vous voulez m'inviter à dîner chez Capsouto Frères, je parie.

— Mais oui, à condition de trouver une table de libre.

— Pour trois personnes en comptant votre femme ?

— Marcia est partie dans le Maryland voir sa mère qui commence à montrer des signes de démence sénile. Elle a son atelier d'artiste peintre là-bas et elle ne reviendra pas avant l'automne. Vous n'avez pas faim ?

— Allez, invitez-moi plutôt à boire un verre chez vous, ça vous fera gagner du temps. »

Je saute à bas de mon tabouret, saisis mon sac et, tendant la main à l'homme marié, je dis : « Bon, au revoir, je dois rentrer à mon hôtel.

— Vous n'allez pas me larguer comme ça ? Il est où, votre hôtel ? »

Il insiste pour me raccompagner, ça ne mange pas de pain, il adore la France et les Français, n'est-ce pas ? Il fait encore clair dehors mais plus pour longtemps. La brise qui souffle de l'Hudson ne suffit pas à rafraîchir l'atmosphère. Barry lisse ses cheveux en arrière, avec le sérieux d'un enfant au front plissé de deux rides parallèles. À l'évidence et comme chez la plupart des artistes dont j'ai fait le portrait, il y a chez lui un décalage certain entre son âge mental et biologique. En dépit ou à cause de son immaturité, je me sens mieux disposée à son égard. Je lui demande si son père, le héros de son livre, continue d'exercer son métier de défenseur des droits civiques. Il pousse une plainte étouffée : son père est mort d'une crise cardiaque depuis une dizaine d'années. Il se souvient avec émotion qu'étudiant, il était descendu dans le Sud avec lui afin d'aider les Noirs terrorisés par le Ku Klux Klan à s'inscrire dans les bureaux de vote. À Richmond, en Virginie, le shérif avait lancé sa voiture droit dans la foule massée devant un des bureaux. Deux femmes âgées étaient demeurées sur le carreau, et cela avait fait la une de tous les journaux du pays. Des centaines de militants étaient venus soutenir la communauté noire et réclamer justice pour les deux victimes du racisme de l'homme blanc. C'est dans ce but que, de retour à l'université, Barry avait écrit et mis en scène sa première pièce de théâtre intitulée *Rosa Parks : la femme qui s'est tenue debout en restant assise.*

Il m'explique, et je feins de l'apprendre, que Rosa Parks, arrêtée et emprisonnée dans l'État d'Alabama pour avoir refusé de céder sa place à un passager blanc dans l'autobus, incarne aujourd'hui encore une icône du mouvement des droits civiques.

« Et votre pièce, Barry, j'adore le titre, elle a marché ?

— Oui, assez bien. Enfin pas trop mal. Mais assez parlé de moi. Quand est-ce que vous voyez la black diva mégalo ?

— Toni Morrison ? Lundi prochain à 11 heures du matin.

— Good luck, my dear. »

Nous sommes arrivés devant l'entrée de mon hôtel et je commence à le regretter. Quelle imbécile je suis ! Jouer les prudes outragées au lieu d'essayer d'en apprendre davantage sur Toni Morrison. Appelons ça une faute professionnelle. À quoi s'ajoute la perspective d'une morne soirée dans ma lugubre chambre d'hôtel.

« Bon, je ferais mieux d'y aller. Merci pour le verre. Au revoir, Barry, j'espère que nous aurons l'occasion de nous revoir avant mon départ pour Paris. »

Il m'embrasse sur la joue. Il émane de son corps un parfum d'after-shave mêlé à une légère odeur de sueur.

« See you soon, okay ? »

Il s'éloigne non sans se retourner pour me regarder d'un air de silencieux reproche.

J'attends dans le hall crasseux qu'il ait disparu. À la place de Small Paul se trouve un type plongé dans la lecture du journal. Une minute après, je ressors afin d'aller manger n'importe quoi dans le premier restaurant venu.

Chapitre 2

Dimanche 3 septembre 1989

1.

Il fallait s'y attendre : ma mère m'a réveillée aux aurores. « Tu ne te rends pas compte de l'angoisse qui me gonfle le cœur, petite égoïste, je me demande parfois de qui tu es la fille. » J'allume ma première cigarette et dépose un baiser sur le micro du téléphone. Je lui raconte ma visite au Maimonides Hospital, l'état pas trop inquiétant de mon oncle Marco, juste un peu dans les vapes à cause des tranquillisants, et fais silence sur le tragique de sa situation. Un mensonge en entraîne un autre. J'improvise aussi le tendre message qu'il m'aurait chargée de lui transmettre. « Tu lui manques terriblement, maman, surtout en ce moment. » Elle n'en doute pas : « Moi aussi, il me manque terriblement. Tu sais quoi ? Et si je venais m'occuper de lui quelques jours, lui remonter le moral ? Samuel Shehata me l'a dit : Marco a l'intention de suivre sa femme dans la tombe. C'est possible, non, dans un instant de folie ? » Je proteste avec aplomb : son frère m'a paru tout à fait sain d'esprit. Par ailleurs, il est sous surveillance de sa belle-famille, les Shehata, qui demeureront à son chevet, j'en suis sûre, jusqu'à sa sortie de l'hôpital. Lourd silence soupçonneux, méfiant, puis dans un ricanement elle dit : « Un peu vaut mieux que rien. » C'est injuste. Je fais valoir que Sammy Shehata a recueilli chez lui mes deux cousins et, à coup sûr, il offrira l'hospitalité à leur père aussi longtemps que nécessaire. « C'est la moindre des choses, Éva. » Je lui fais part des funérailles de tante Leila, elles ont lieu ce matin à 11 heures et Sammy va m'envoyer un taxi, à mon hôtel oui, le taxi à ses frais qui m'emmènera au cimetière. C'est pas beau, ça ? Elle en convient mais : « Facile quand on en a les moyens. » Je lui demande de raccrocher : « Je dois me préparer. Je te raconterai comment les choses se sont passées au cimetière, promis juré maman, je te rappelle dès que possible. » Dès que possible ? « Tu veux dire fel mechmech (à la saison des abricots) ? », l'expression désignant une entreprise vouée irrémédiablement à l'échec.

2.

À 10 heures, ce n'est pas un taxi qui m'attend devant le Paradise Hotel mais une voiture particulière. En route pour le cimetière Mount Zion, mon chauffeur coiffé d'une kippa se retourne souvent pour converser dans un mélange d'anglo-arabo-français. Sammy Shehata m'aura dépêché un membre de sa famille, quelque cousin pauvre à en juger par le col râpé de sa veste noire. Sa nuque me fait penser à celle d'un vieil oiseau déplumé. Il me parle de la tristesse générale à Ocean Parkway où, comme il se doit, les amis de mon oncle ont organisé une collecte.

« Trouvez-vous normal, monsieur… quel est votre nom ?

— Albert Aboulafia, ça veut dire "petit père de la santé" en arabe, mais tout le monde m'appelle Bertie.

— Monsieur Aboulafia, trouvez-vous normal, pour ne pas transgresser les lois du shabbat, d'en arriver à… à… ? »

Je cherche mes mots.

« Mais ça, c'est la volonté de Dieu, béni soit Son nom, qui décide des choses qu'on n'a pas envie de faire et qu'on fait quand même. C'est la première fois que vous venez à New York, ce sera une joie, un honneur pour moi de vous servir de chauffeur. Je vais passer par un plus joli chemin pour aller au cimetière. »

Mon chauffeur traverse le pont de Brooklyn et, après quelques tours et détours, nous roulons le long des quais de l'Hudson River. Les docks sont remplis de navires marchands. Des grues s'élèvent au-dessus des bateaux qui empestent l'essence, le poisson mort.

Vu de l'extérieur, le Mount Zion étale ses pierres tombales nues au bas d'une colline. Devant l'entrée, une foule considérable attend l'arrivée du fourgon funéraire. À croire que l'entière communauté d'Ocean Parkway – il y a bien deux à trois cents personnes en habits de deuil – s'est déplacée pour prendre sa part du chagrin de la famille Shehata. Je me demande, tout en cherchant les Shehata des yeux, s'il n'y aurait pas là, dans ce groupe réuni dans l'épreuve comme un seul homme, un début d'explication à la rejudaïsation de l'ex-play-boy du Caire. Une autre raison me trotte dans la tête : l'appartenance identitaire. Pour tout émigré transplanté dans un monde trop différent, l'appartenance identitaire égalise les différences et abolit les particularités.

Ceci découlant de cela, les regards tournés vers moi me jaugent sans aménité : « Mais qu'est-ce qu'elle fait ici, celle-là, avec ses jambes, ses bras, ses cheveux nus ? » Confuse, je n'ai pas réfléchi à ma tenue, je m'accable de reproches lorsque, de l'autre côté de la grille, Sammy Shehata me fait signe de rejoindre la famille. Ses brus m'examinent sans mot dire, mais Judith son épouse me tapote la joue gentiment. Je demande si le malheureux veuf est déjà là. À ma question, tante Judith hausse les épaules : le pauvre Marco est dans le coltard, il n'est même plus capable de mener la mère de ses enfants à sa dernière demeure. J'essaye d'apercevoir mes cousins quand le bruit d'un moteur témoigne de l'arrivée du corbillard. Un silence respectueux s'empare de l'assistance. Sammy Shehata s'avance. Les portes arrière du véhicule s'ouvrent. Deux employés des pompes funèbres en sortent à reculons le cercueil couvert d'un voile noir. Sett Latifa, la mère de la défunte, éclate en sanglots. Son petit-fils Nathan la soutient par un bras, Sarah de l'autre. Ils me font d'autant plus de peine que sous l'effet du choc émotionnel, aucun des deux ne parvient à pleurer.

DIMANCHE 3 SEPTEMBRE 1989

Le cortège, la famille en tête, se met en mouvement derrière les porteurs du cercueil. Il s'engage dans une allée aride avec des stèles si proches les unes des autres qu'elles finissent par n'en faire plus qu'une. Les employés des pompes funèbres déposent leur fardeau au bord d'un grand trou noir, profond et froid comme la mort. Le soleil tape dur. Le rabbin, un vieil homme à la maigre barbiche, apparaît enfin. Voûté au bord de la fosse, il récite en hébreu l'oraison funèbre. Puis, dans un anglais approximatif, il prononce l'éloge de Leila Sultan née Shehata. Il énumère les riches vertus de l'épouse, de la mère, de la ménagère qui ne manquait jamais d'allumer les bougies du shabbat et de rendre la viande casher. Joyeux soudain, il montre de la main l'âme qui, quittant le corps de la sainte femme, s'élève au royaume des cieux : « Une heure de félicité dans le monde futur vaut plus que toute la vie dans ce monde-ci. » L'assistance secouée comme un navire en pleine tempête entonne des variations sur le même thème. Le rabbin adresse au veuf, absent, un verset : « Il essuiera toute larme de ses yeux, et la mort ne sera plus, et il n'y aura plus ni deuil, ni cri, ni douleur : ce qui était... » Mais un cri perçant vient interrompre la prédiction du rabbin. C'est Sett Latifa, la mère de la défunte, qui, sortant du cercle recueilli autour de la tombe, éclate en violentes imprécations. À grands cris et hurlements, elle réclame que le châtiment du ciel s'abatte sur « le chien, le maudit chien coupable de la mort de sa fille ». Le scandale achevé – Sett Latifa a perdu non seulement l'esprit mais aussi sa voix, fracassée par les vociférations –, il est temps de porter en terre le cercueil. Sammy Shehata et ses deux fils déchirent leur col de chemise en deux moitiés égales.

Les employés des pompes funèbres soulèvent le cercueil par les poignées, le balancent au-dessus du vide avant, mais j'ai détourné le regard, de le descendre dans la fosse. De la terre ouverte monte l'odeur qui invite au sommeil et qui dit « Tout a une fin. » L'idée me traverse que ma mère ne sera pas toujours rayonnante de vie. Le rabbin prononce le kaddish au-dessus du cercueil recouvert de terre. Ensuite, chacun doit jeter une petite pierre sur la tombe puis rejoindre la file afin d'offrir condoléances et paroles de réconfort aux membres de la famille. Mes cousins se tenant par la main, comme deux orphelins s'encourageant mutuellement, semblent perdus dans un espace sans ciel, sans terre, sans conscience du mauvais tour que leur a joué le sort.

La cérémonie se termine.

En route vers la sortie du cimetière, la procession s'arrête net devant la cuvette en laiton des ablutions rituelles. Une bousculade s'ensuit autour du robinet. Je la mets à profit pour sortir fumer une cigarette. Ouf, enfin. Je suis assez tentée de repartir séance tenante avec mon chauffeur de tantôt. Alors que j'avance vers le côté de la rue où il a garé sa voiture, une main charnue s'appuie sur mon épaule. Sammy Shehata, encore lui, fronce les sourcils : « Pourquoi te presses-tu, ma fille ? » Je lui explique mon intention, improvisée je l'avoue, d'aller à l'hôpital tenir compagnie à mon oncle. Cela le touche au cœur. Toutefois, il a organisé une collation chez lui pour les membres de la famille et quelques intimes, et il est hors de question que je n'en sois pas.

3.

Le quartier Ocean Parkway est résidentiel. Une multitude de maisons identiques, briques rouges, petit perron et carré de pelouse, s'alignent sans interruption de chaque côté d'une longue avenue arborée. Je baisse la vitre de la voiture du très serviable Aboulafia afin de m'imprégner de l'atmosphère de l'endroit. Sur le terre-plein central, semé de bancs, des femmes en perruque avec beaucoup d'enfants et qui bavardent, des hommes en noir dont les lèvres en prière remuent silencieusement, un adolescent au visage très pâle qui attend de pouvoir traverser. Il joue avec la papillote de ses cheveux, la roule autour de son doigt, la lâche, puis la roule de nouveau autour de son doigt. Au feu vert, quand il passe près de notre voiture, ses yeux comme des pierres noires, par contraste avec la pâleur de sa figure, me paraissent vides et mélancoliques. Je demande à mon chauffeur s'il connaît ce garçon à l'air triste. Il me répond : « Non, c'est pas de chez nous, ça, c'est un "yiddish" », un ashkénaze autrement dit.

Plus loin, les maisons s'entourent de vastes espaces verts. Celle au portail ouvert de Sammy Shehata en jette plein la vue. De style moderne, avec de grandes baies vitrées et deux tourelles incongrues, elle se dresse, monumentale, au milieu d'un grand jardin. Je pousse des oh et des ah, et M. Aboulafia, le cousin pauvre, renchérit : « Attendez d'abord de voir la pelouse, le terrain de tennis, la piscine avec barbecue. »

Un voiturier s'empare des clés de voiture des invités, une bonne quarantaine de personnes, et s'en va les garer l'une après l'autre.

Le flot d'hommes en noir, de femmes en longue jupe et collant noirs, foulard ou perruque, s'écoule lentement par portail. Soit dit en passant, les perruques qui dissimulent cheveux gris et crânes rasés sont sexy en diable. Comment concilier la modestie d'apparence prônée par les ultra-orthodoxes avec ces postiches affriolants ? Ces dames vertueuses, je n'en doute pas, saturent l'air des parfums dont elles s'arrosent abondamment. J'en déduis que les juifs d'Égypte s'accordent encore les doux arrangements avec la religion pratiqués par leurs ancêtres.

Lourd et ventru, Sammy se tient entre sa mère et sa femme, potelée et bijoutée de partout, devant la porte ouverte de sa maison. Le couple accueille ses hôtes avec maintes démonstrations de bienvenue et la formule de rigueur, j'imagine, lors de la perte d'un être cher : « Que votre vie soit longue. » Même la redoutable aïeule sourit en s'écartant de la mezouzah clouée sur le chambranle. Chacun, et je n'y coupe pas, embrasse son doigt après avoir baisé la mezouzah. Une domestique en tablier blanc se tient dans le vaste hall carrelé de marbre blanc, au lustre éblouissant, où deux énormes chiens de faïence montent la garde. Elle désigne de la main la pièce vers laquelle se diriger. Les invités s'y pressent déjà. C'est un salon dont les miroirs et même l'écran de télé ont été tendus de voile noir. L'ameublement témoigne de la richesse tape-à-l'œil des propriétaires. Un deuxième salon, en enfilade, est meublé, de même, dans le style imitation Louis XV cher aux Orientaux. Deux, non, trois domestiques au moins servent des boissons gazeuses. Un homme dans la soixantaine, avec une dent en or sur le côté, lève son verre de limonade à ma santé.

« L'chaïm, à la vie. Je me présente, Elias Sofer, je suis le cousin de Sammy. C'est moi qui lui ai mis le pied à l'étrier quand, sans une piastre, il est arrivé à New York. Et vous, mademoiselle la journaliste de Paris, vous connaissez Frida Boccara ? La chanteuse, c'est ça, je l'ai bien connue. Dalida aussi, la miss Égypte. Je n'ai pas besoin de vous le dire, mais une femme qui m'a passionnément aimé a essayé de se jeter sous les roues du tramway quand j'ai été obligé de m'enfuir en Amérique. »

Je le complimente, « Vous êtes un grand séducteur », et le laisse à sa mythomanie. Je pars à la recherche de Sarah, en vain. Je suis noyée dans un océan de chapeaux noirs et de têtes coiffées de kippas. J'erre sans but d'un salon à l'autre. Aucun tableau n'en décore les murs. Unique concession à l'art : une tapisserie brodée au point de croix, par la maîtresse de maison sans doute, représentant un calendrier en caractères hébraïques. Je me plante devant un meuble bibliothèque. Sur le devant, des bibelots hideux, un chandelier à sept branches et des ouvrages religieux. Pas un seul roman profane ? Comment est-ce possible ? Sans la littérature, le monde est inimaginable. Je m'empare d'un album de photos en cuir vieilli. À chaque page, des images idylliques du bonheur familial. Vacances au bord de la mer, anniversaires, bar-mitsva du clan Shehata. Je m'attarde sur la photo de mariage d'un couple qui sourit à l'objectif. Le marié ressemble en très jeune à mon oncle Marco. La mariée, radieuse sous son voile retenu par un diadème, tient levé son bouquet de fleurs blanches. Dans un instant, elle va le lancer aux jeunes filles faisant la ronde autour d'elle dans l'espoir, si elles l'attrapent, de passer sous le dais nuptial avant la fin de l'année. Sarah s'approche et, câline comme un chaton, se serre contre moi. Nous tournons ensemble les pages de l'album. Elle me montre une photo de ses parents en jeunes mariés : « Regarde comme elle est belle, ma maman. » Son emploi du présent, en déni du deuil, achève de m'attendrir. Je pense au désespoir de cette très jeune fille, contrainte au fil du temps de se rendre à l'inéluctable réalité du plus jamais et du pour toujours. Je confirme : « Elle est belle, ils sont tous deux très beaux. Tu sais comment tes parents se sont rencontrés ? » Elle entreprend de me conter l'histoire mouvementée de leur amour lorsque Judith, la maîtresse de maison, nous avertit que la collation est servie dans la salle à manger. Tout le monde se rue sur la longue table garnie de victuailles et boissons qui suffiraient à nourrir tout un régiment s'en revenant, affamé et assoiffé, des sables du Sahara. Sammy Shehata, décidément, déploie la magnificence d'un roi du pétrole. « D'où par où sa fortune ? », comme dirait ma mère. Je me promets d'en apprendre plus long en interrogeant, par exemple, ma cousine Sarah.

Je me sers une grande assiettée. Feuilles de vigne farcies, aubergines confites, sambousseks au fromage, feuilletés aux épinards, aucune viande ni volaille, tiens, salades variées. Je rejoins mes deux cousins installés dans des transats au bord de la piscine. À ma vue, Nathan se lève et, l'air maussade, s'en va marcher sous les arbres du jardin. Sarah se frappe la tempe du doigt. Je la rassure : « C'est pas grave, il fait si chaud, et c'est surtout avec toi que j'ai envie de parler.

— Vraiment ?

— Je t'aime beaucoup, tu sais. »

Mais c'est un autre amour qui me tient en haleine. À mes questions, elle répond volontiers en pouffant de rire.

« C'est maman qui a osé la première. Ils ne se connaissaient pas. Papa allait d'une petite amie à l'autre et maman ne fréquentait personne. Une fois, elle l'a vu depuis son balcon attendre devant l'immeuble. La fille des voisins du dernier étage, des gens très riches, est sortie et ils sont partis se promener ensemble. Comme des fiancés, c'est-à-dire, bon. Un autre jour, elle l'a croisé dans l'escalier de l'immeuble. Ses jambes ont tremblé sous elle et le panier de provisions lui a échappé. Love at first sight, le coup de foudre. Papa a remis les courses dans le panier gentiment, puis sans lui jeter un seul coup d'œil, il a grimpé les escaliers comme s'il y avait le feu. Tu ne vas pas me croire, Éva, maman a fait des choses incroyables, des choses qu'une jeune fille juive ne se permettrait jamais. Elle s'est arrangée, je ne sais pas comment, pour avoir le numéro de téléphone de papa. Elle l'a appelé avec une autre voix en se faisant passer pour quelqu'un autre. Elle lui racontait des bobards : "Je suis une blonde aux yeux bleus, mon père travaille à l'ambassade de Suède", mais aussi la vérité. Comment il venait la nuit dans ses rêves et que sans son amour sa vie était un lent suicide. Après quoi les choses n'ont pas traîné. Papa a rompu avec sa fiancée en prétendant que, par malheur, le docteur lui avait dit qu'il ne pouvait pas avoir d'enfants. La famille s'est fâchée. Ils l'ont menacé de venger l'offense à la réputation de leur fille. Papa dormait la nuit avec un couteau sous son oreiller. Un jour dans la rue, il s'est retrouvé avec un revolver braqué sur lui. C'est ce qui l'a obligé à partir, après le mariage avec maman, à New York où vivait déjà l'oncle Sammy. Tu veux voir ma chambre, Éva ? J'ai même une télé rien qu'à moi.

— Quelle histoire ! Ta maman ne ressemble pas du tout à…

— Quand elle veut quelque chose, ma maman… Tu sais, quand Nathan a commencé à fumer du shit, elle a décidé de jeûner sans arrêt jusqu'à ce qu'il arrête la drogue. »

À parler du loup…

Nathan se pointe. Il se plaint d'avoir trop chaud. Il piquerait bien une tête dans la piscine. Oh, et puis il en a tellement marre de tout ça qu'il préfère foutre le camp. « Tu vas voir papa ? » demande sa sœur. Elle le supplie de ne pas foncer sur sa moto comme un fou. Il hausse les épaules, « T'occupe ! », assure sa casquette sur les longs cheveux noirs qui lui battent le front et s'éloigne avec la fureur d'un animal en cage. Sarah soupire. Son grand frère a perdu la boule. Il a décidé d'arrêter les études de commerce imposées par son père pour lui succéder au magasin. Il a décidé de partir travailler la terre dans un kibboutz où les gens ne pensent pas à gagner le plus d'argent possible. Il a décidé d'aller dans un kibboutz de l'Hachomer Hatzaïr, c'est-à-dire, m'explique-t-elle, de juifs qui n'obéissent plus aux lois de Dieu et à sa Torah. Un idéaliste, mon jeune cousin ? Je n'aurais jamais imaginé que ce garçon maussade et renfermé puisse s'enflammer pour une cause quelconque. Il m'intrigue. Comment un être conditionné par le monde où il a grandi en arrive à en remettre en cause les valeurs, les croyances, le mode de vie ? A-t-il réellement l'intention de se détacher du cocon chaleureux de sa communauté et, qui plus est, d'ajouter au chagrin de sa famille ? C'est beau de mépriser les contingences matérielles, mais travailler la terre d'Israël n'est pas une promenade de santé. Quoi qu'il en soit, je brûle d'en savoir plus. Mais je crains, en revenant sur le sujet, de désespérer un peu plus ma cousine. Elle se balance d'avant en arrière sur son transat comme une enfant parcourue par le malheur. Je m'efforce de la rassurer : « Ton frère ne pourra pas partir comme ça, sur un coup de tête. » Elle prie Dieu de me donner raison. Puis, sans transition, elle se découvre une terrible envie de goûter aux desserts faits maison par tante Judith.

« S'il en reste encore, on y va ? Tu sais, tante Judith m'a demandé plusieurs fois pourquoi tu n'étais toujours pas mariée. Elle ne comprend pas comment tu peux vivre seule, sans enfants, sans mari pour s'occuper de toi.

— Ah bon, mais c'est une véritable obsession chez vous.

— Mais qu'est-ce que tu racontes, Éva ? Une obsession, ça veut dire quoi ? Une maladie de l'esprit ? Mais c'est tout le contraire, Éva. Il faut être cinglée quand on est encore jeune et jolie pour ne pas vouloir se marier. Et les enfants, alors ? Tu n'en veux pas, c'est péché, ça, de ne pas donner la vie à beaucoup d'enfants. »

En chemin vers la salle à manger, je la cuisine en douceur sur l'origine de la fortune de l'oncle Sammy.

« Quelle magnifique maison que celle de ton oncle, et ce jardin, cette piscine. C'est la plus belle de tout Ocean Parkway, non ?

— Il en a une autre encore plus fantastique à Deal Beach, au bord de la mer.

— Ah oui ? Il est si riche que ça ? »

Sarah écarte les cinq doigts pour détourner le mauvais œil : « Encore plus que ça. »

Sur la table de la salle à manger, le choix de pâtisseries au miel, aux amandes et à la fleur d'oranger est aussi vaste que gourmand. Nous mangeons, assises dans les fauteuils en osier de la terrasse.

« Dis-moi, Sarah, quel est le métier de ton oncle ?

— Il a une grande usine de textiles dans le Bronx, Luxury Fashion, une marque très connue.

— De lingerie, combinaisons, soutiens-gorge et culottes casher ? »

Elle s'étonne : « Ça existe, ça, le tissu casher ? Je ne savais pas. » J'ai du mal à garder mon sérieux. Son innocence m'amène à regretter ma méchante plaisanterie. Elle m'apprend, pour ma gouverne, que casher ou pas, la marque Luxury Fashion se vend dans le monde entier, grâce à Dieu. Elle s'attriste soudain comme une fleur privée d'eau – au souvenir du sort qui s'acharne contre son père ? Se rappelle-t-elle les jours où son père, rentré à la maison tenue propre et agréable par sa mère, rendait grâce à Dieu des bienfaits de son existence ?

Au prétexte d'aller aux toilettes, je me risque à faire le tour du propriétaire. J'ouvre la première porte du rez-de-chaussée avec le sentiment exaltant de pénétrer dans la mystérieuse vie d'autrui. Un débarras plein d'ustensiles ménagers. Puis la porte du garage. Et celle des toilettes dont le siège arbore un motif léopard. Dans une pièce entrouverte, je vois la mère de Leila allongée sur un lit, les bras croisés sur la poitrine, telle une gisante. Je me rends sur la pointe des pieds dans la cuisine. Une pièce immense, pourvue de deux réfrigérateurs (pour ne pas mélanger les produits laitiers et la viande ?), de deux gazinières et d'un double évier (certainement pour la même raison). J'inspecte les deux placards voués l'un aux produits laitiers, l'autre aux aliments carnés. Les deux regorgent d'une quantité de provisions permettant de soutenir un siège de plusieurs années. Serait-ce la peur du manque chez l'immigré chassé de son pays natal « aussi nu qu'au jour de sa naissance », selon l'expression de ma mère ? À Paris, certes, nous étions pauvres à en manger de la vache enragée. Est-ce à dire qu'ici aussi, alors, malgré les richesses accumulées, la peur de manquer, on se la mange, on se la boit, on se la…

« Je peux vous aider ? »

La domestique, une vieille Noire en tablier blanc, est apparue, l'œil soupçonneux, dans l'encadrement de la porte. Je lui demande un verre d'eau bien fraîche. Puis je me sauve, telle une voleuse prise la main dans le sac.

Une heure passe, peut-être deux, quand, Dieu merci, le soleil s'éteint enfin aux baies vitrées du salon. La mélancolie du crépuscule aidant, les convives repus et fatigués s'en vont dans le hall réclamer les clés de leurs voitures. Je les suis tout en me demandant si mon chauffeur, le cousin pauvre qui n'a pas eu l'honneur de figurer parmi les invités, aura tenu sa promesse de revenir me chercher. Je ne le vois ni dans le jardin ni devant le portail où je monte le guet. L'obscurité se fait épaisse. Sammy qui a fini de reconduire ses invités devine mon embarras.

« Est-ce que vous pourriez m'appeler un taxi ?

— Pourquoi tu ne resterais pas dormir chez nous, plutôt ?

— Merci, mais c'est impossible, je dois me lever tôt demain matin à cause d'un rendez-vous professionnel.

— Dommage, ma fille, une autre fois alors. »

Il ne lui vient pas à l'idée de s'enquérir du métier que j'exerce, du reste nul ne s'y est intéressé de tout l'après-midi. Vexant, non ? Mais que peut-on attendre de ces juifs qui remercient chaque jour Dieu de ne pas les avoir faits femme ? Qui les considérant du haut de leur supériorité physique, spirituelle, morale, les contraignent à la production intensive des poules pondeuses et…

« Le voici enfin », s'écrie Sammy Shehata.

La voiture du cousin Aboulafia s'arrête devant le portail. Sammy engueule un bon coup le retardataire. Lequel encaisse avec cette expression de surprise de l'innocent sous le coup de la calomnie. Sammy ouvre la portière arrière droite. Avant de me laisser monter, il me dit : « Je t'attends, ya binti, demain soir pour dîner en famille. » Je ne sais quoi répondre sur le moment. À la réflexion, les mœurs et coutumes de la famille Shehata – pour autant que j'y comprenne quelque chose – me semblent rébarbatives et aussi fascinantes pourtant que celles d'une tribu de Papouasie. Je serais assez tentée, ma foi, de passer une soirée en compagnie de mes deux petits cousins. J'accepte donc de venir dîner sinon demain soir, en tout cas dès que possible.

« Je vous téléphonerai demain sans faute.

— Dieu te garde, ma fille, si tu as besoin de quoi que ce soit, je suis là. »

Il tape sur le flanc de la voiture, hurle à son factotum de me ramener quickly au Paradise Hotel.

Small Paul se précipite vers moi. Nous échangeons une longue poignée de main. Il me remet quatre messages. Trois émanent de ma mère. Le quatrième comporte une seule phrase : *J'ai quelque chose d'intéressant à vous montrer, sincerely yours, B. Levine*, et un numéro de téléphone.

« L'ascenseur remarche, me dit Small Paul. Bonne nuit, et surtout n'oublie pas de rappeler ta mère, Éva. Une mère est une mère. »

Chapitre 3

Lundi 4 septembre 1989

1.

En me réveillant dans le silence qui précède l'aube, je suis submergée par un profond sentiment de solitude. La solitude des filles trop jeunes pour être vieilles qui s'endorment et se réveillent seules dans leur lit. Que je dorme ou que je veille, mon corps ne me laisse pas en repos.

Selon ma mère, jamais à court d'une métaphore, l'amour est comme l'argent, difficile à trouver, facile à perdre. Elle me reproche d'accorder trop d'importance à « la chose », d'en faire toute une histoire. La chose en question se profère dans sa bouche avec un reniflement de mépris. Elle prétend avoir renoncé à se remarier afin de se consacrer entièrement à sa fille unique. Ce serait donc pour mon bonheur qu'elle aurait sacrifié sa… comment dire ? sa vie sexuelle ? Je n'en demandais pas tant, au contraire. Les petites filles ont besoin d'un père qui vient les chercher à la sortie de l'école. Je jalousais les autres, celles dont la famille se composait de deux parents et d'une flopée de frères et sœurs. Or, non seulement aucun homme ne venait à la maison, mais en plus ma mère en tirait une espèce de fierté. Voilà tant d'années qu'elle s'en sortait assez bien toute seule, pourquoi irait-elle se coller « un homme sur le dos » ? L'expression dont le sens m'échappait alors m'effrayait un peu. Quelle horreur pouvait bien pousser les hommes à se coller au dos des femmes ? Plus tard j'ai commencé à me poser des questions sur l'hostilité manifeste de ma mère envers tous les hommes qui essayaient de l'approcher, car Dieu qu'elle était jolie – et à présent encore, elle irradie la belle cinquantaine. Je me suis demandé si elle avait aimé physiquement parlant mon père. Si elle avait connu avec lui et après lui les plaisirs et les souffrances de la passion amoureuse ? Si pour elle désir et dégoût ne faisaient qu'un ? Un jour, il y a bien longtemps de ça, en revenant de son travail plus tôt que d'habitude, elle m'a surprise au lit avec mon deuxième premier amant, ou troisième peut-être... Un camarade de lycée dont j'ai oublié jusqu'au prénom. Le pauvre garçon pris violemment à partie a dû, en se rhabillant, sentir des sueurs froides lui parcourir l'échine. Ma mère en proie à la stupeur, la fureur, l'indignation a menacé de porter plainte contre le criminel qui avait abusé de son innocente petite fille. Après l'avoir fichu à la porte avec fracas (et j'en ris encore après tant d'années), elle a ouvert de grands yeux : « Comment, Éva, tu as fait l'amour sans être obligée ? » J'étais sur le point de rétorquer : « C'était bon comme tu ne sais pas, comme tu ne sauras jamais », quand elle a fondu en larmes : « Pourquoi, mais pourquoi tu m'as fait ça, hein ? Tu ne m'aimes plus ? » Elle s'accrochait à moi en pleurant. Toute colère effacée, elle était plutôt à plaindre, j'ai posé des baisers sur son front, ses joues. Ma mère ne connaît pas, elle n'a jamais connu la chaleur, la solidité du corps d'un homme couché contre son corps. Mais on ne souffre pas, paraît-il, de ce qu'on ignore. Je sais qu'elle ne vit que pour moi, que par moi. Je sais par expérience que le couple mère-fille suffit à compenser sa solitude et la mienne aussi de temps en temps entre deux liaisons.

Des bruits de bennes à ordures montent de la rue. J'allume la lampe de chevet. Je tire une cigarette de mon paquet posé sur la table, près du téléphone et des messages que m'a remis hier Small Paul. Je fume une cigarette, puis deux. La fumée me brûle délicieusement la gorge et les poumons. L'envie me vient d'appeler Barry Levine. Après tout, hormis la famille Shehata, je ne connais personne d'intéressant à New York. Enfin, on verra ça plus tard. Oui, je lui téléphonerai une fois terminée l'interview avec « la black prima donna » comme il l'a surnommée, avec une pointe de jalousie ? Et que signifie ce « good luck, my dear » qu'il m'a souhaité ? Mais peu importe, je suis prête à souffrir mille morts pour tirer le portrait génial, forcément génial, de la géniale Toni Morrison. En attendant, le temps se traîne comme une limace.

J'allume la télé. Je tombe sur les cours de Wall Street. Suivent des publicités. Puis les news. La journaliste revient sur la mort du jeune Noir Yusef

Hawkins, victime à seize ans d'un crime raciste. Défilent des images de la manifestation du vendredi 1er septembre, celle-là même dont l'ampleur, bloquant le trafic à Brooklyn, a concouru au malheur de mon oncle Marco. La journaliste commente avec effroi les affrontements entre les manifestants et la police anti-émeute. Bilan : dix-huit blessés dont trois policiers, cinquante-neuf arrestations, une centaine de magasins détruits et pillés. Les pertes s'élèveraient à plus d'un million de dollars. La caméra s'attarde sur des magasins bardés de grilles de fer, des vitrines caillassées, une pharmacie mise à sac. À cet instant, je me demande avec angoisse si, comble de malchance, les émeutiers n'auraient pas vandalisé la boutique de mon oncle Marco ? Plan large sur le décor du studio. La journaliste s'entretient au téléphone avec M. Hawkins, le père du jeune Yusef, à la voix chavirée par la contrition : « Mon fils est mort à cause de sa couleur. Je suis celui qui lui a donné sa couleur. Il est né noir à cause de moi. » La journaliste esquisse une mimique compassionnelle. Retour à la manif. La foule exaspérée monte à l'assaut du pont de Brooklyn. Micro-trottoir. Un policier au visage flouté regrette d'avoir dû répondre à la violence par la violence. Une femme noire exprime son angoisse : « Chaque fois que mon fils quitte la maison, je me demande si je le reverrai. » La journalise lui signifie avec brutalité que dans les bagarres entre bandes de délinquants, ou entre dealers, la police est tenue de faire son travail. Elle s'inquiète néanmoins de l'augmentation des violences raciales à New York : trois cent quatorze cas ont déjà été répertoriés depuis le début de cette année 1989. Interrogé au téléphone, le révérend Al Sharpton cite Jésus : « Je ne suis pas venu apporter la paix, mais l'épée. » Rendant hommage à la famille du défunt, le révérend Jesse Jackson, militant des droits civiques, pronostique : « Ce garçon qui gît dans ce cercueil pourrait être la raison pour laquelle David Dinkins deviendra le premier maire noir de New York. » Et tandis qu'un bandeau défile au bas de l'écran, « Justice pour Yusef qui aura toujours seize ans », la journaliste promet de revenir tout de suite après la publicité.

Heureuse surprise : la salle à manger du premier étage bénéficie d'une petite terrasse fleurie et baigne dans les odeurs de saucisses et de bacon grillés. En savourant un très copieux petit déjeuner, je capte les propos d'un couple de touristes installé à la table voisine de la mienne. Des Marseillais d'âge mûr qui parlent avec les mains de tous ces pays qu'ils ont faits et de New York qu'ils projettent maintenant de « faire en bateau ». Ils se réjouissent à la perspective de cette aventure, comme s'ils avaient encore les sept merveilles du monde à découvrir.

Avant de remonter dans ma chambre, je descends dire bonjour à Small Paul. Il me demande si j'ai apprécié la bonté du petit déjeuner. Je lui demande en retour s'il n'aurait pas une cigarette à m'offrir. Nous sortons fumer sur le perron de l'hôtel. Le soleil déjà haut dans le ciel donne aux cheveux de Small Paul des reflets bleu-noir. Une main en visière, l'autre tenant la cigarette, il incline vers moi la massive beauté de son visage. « Voilà un péché de plus sur ma liste. Que veux-tu ? On ne peut pas se priver de tout, tout le temps. »

Par association d'idées, je suppose, il s'inquiète de savoir si j'ai bien rappelé ma mère : « Elle se fait du souci pour toi, tu sais ? C'est une vraie maman au grand cœur et très gentille en plus. Une gentille dame, très gentille.

— Mais comment ça, gentille ? Qu'est-ce que tu en sais d'abord ?

— Nous nous parlons quand elle veut te laisser un message. Ses paroles sont comme du miel dans mon cerveau. Pauvre maman. Elle ne comprend pas pourquoi tu la laisses sans nouvelles de son pauvre-frère-pas-de-chance-dans-la-vie.

— Ah, parce qu'elle t'a aussi raconté en entier l'histoire de son frère ? Mais ç'a dû lui coûter une petite fortune.

— T'inquiète pas pour ça. Elle appelle et moi je la rappelle ensuite comme si je prenais une réservation pour le Paradise. Quelques dollars de plus ou de moins sur la note du téléphone, ça ne compte pas.

— Sympa de ta part. Mais je te préviens, elle va te tenir la jambe à n'en plus finir. Enfin, si tu as du temps à perdre…

— J'ai tout le temps. Quand je peux aider quelqu'un, je le fais sans me soucier du reste. Je suis au-dessus des choses mesquines. Maman Stella n'a pas eu…

— Maman Stella ? Non mais je rêve…

— Maman Stella n'a pas eu une vie facile et moi non plus. On se comprend et on se parle à cœur ouvert.

— De moi sa mauvaise fille, évidemment.

— Elle t'en veut de la laisser tomber comme une vieille chaussette. Un peu, mais pas beaucoup. Elle se fait surtout du mouron pour toi. Je dois lui raconter ce que tu fais ou ne fais pas. À quelle heure tu rentres, seule ou accompagnée. Si tu ne risques pas d'être renversée par une voiture ou attaquée par les voleurs des mauvais quartiers. Elle compte sur moi pour te mettre en garde contre les sales types. Est-ce que tu comptes retourner à Brooklyn ?

— Pas aujourd'hui en tout cas, demain peut-être si mon oncle est toujours à l'hôpital. Aujourd'hui j'ai rendez-vous à Broadway avec la très grande romancière Toni Morrison. Dis-moi, j'ai vu à la télé qu'il se passe de drôles de choses à Brooklyn.

— Pas drôles du tout. Hier soir en allant danser au Sweet Sixteen, c'est une boîte à Brooklyn, j'ai vu des manifestants qui mettaient le feu à des voitures. Ils hurlaient "À mort les racistes blancs." De très très jeunes garçons, douze-quinze ans. Des jeunes qui font du "body-building", ils ont des gros muscles et presque rien dans le cerveau. Un tas d'autres sont arrivés, juchés à deux ou trois sur des motos qu'ils faisaient vrombir et tourbillonner en pétaradant pour exciter tous leurs copains. Je les ai observés, vraiment neutre, je ne suis ni avec ni contre eux. Si ça continue, je me demande si ça ne va pas empirer à New York et en Amérique. Moi qui n'aime pas la politique, j'ai malheureusement l'impression que l'avenir de ce pays est complètement foutu. Dieu fasse que je me trompe dans mon pessimisme.

— Dieu fasse aussi que Toni Morrison ne me pose pas un lapin. »

2.

Un peu avant 11 heures, dans le hall de Random House.

La responsable de l'accueil s'occupe pour l'instant d'un vieil homme assurant sa station debout sur une canne. Il tient à la main un gros paquet entouré de ficelle. Il le tend avec une certaine solennité à l'hôtesse. Elle s'en saisit d'un geste las : « Vous avez bien mis votre nom et votre adresse sur le manuscrit à vous renvoyer, monsieur… ? » Le parfait inconnu, autrement dit, et qui le restera selon toute probabilité, confirme : son nom et son adresse figurent sur la page de garde. Il tente d'expliquer le caractère tragique et cocasse à la fois de son ouvrage. L'hôtesse range le paquet non défait dans un tiroir de son bureau. L'écrivain persévère : il vit pour écrire et écrit pour vivre. L'hôtesse le congédie, « On vous écrira, have a nice day ». Il s'en va lentement comme quelqu'un qui aurait beaucoup à dire si seulement on lui en donnait le temps. Il se retourne, risque un dernier regard vers l'hôtesse, un regard empli de l'espoir secret d'être lu, reconnu, publié ? L'écho de sa canne sur le carrelage du hall faiblit et s'éteint. En me dirigeant vers la place libérée par mon prédécesseur, je pense avec tendresse aux poètes qui, dans la chanson de Léo Ferré, « mettent des couleurs au gris des pavés et quand ils marchent dessus, ils se croient sur la mer ».

L'hôtesse au sourire machinal me demande ce qui m'amène.

« Je désire voir Mme Toni Morrison. Elle m'attend dans le bureau de son attachée de presse, Lisa, je crois.

— Lisa Taylor. Qui dois-je annoncer ?

— Éva Soriano.

— Miss Soriano ? Un moment s'il vous plaît, je vérifie. Ah voilà, miss Taylor m'a laissé une lettre pour vous.

— Encore ? Je veux parler à Lisa, pouvez-vous l'appeler au téléphone ?

— Bien sûr, miss Soriano. »

Elle compose un numéro. Au bout de trente interminables secondes, je comprends qu'elle n'a personne au bout du fil. La fureur m'envahit, de qui se moque-t-on ? De toute mon existence je n'ai éprouvé pareille humiliation, ah mais ça ne se passera pas comme ça. Je prends la ferme résolution d'occuper de gré ou de force le bureau de Lisa, de l'y attendre aussi longtemps qu'il le faudra.

« Vous ne prenez pas votre lettre, miss Soriano ? »

Chère miss Soriano,

Je suis désolée. Je viens d'apprendre que Toni Morrison a pris l'avion pour l'Europe ce matin. Pour y donner des conférences dans des universités, d'après son fils que j'ai eu au téléphone. Mais, rassurez-vous, elle n'y restera que quelques jours seulement. Dès son retour, vendredi ou samedi prochains au plus tard, soyez certaine qu'elle vous accordera une interview exclusive. Et même un déjeuner en tête en tête pour se faire pardonner. Je vous ferai savoir le jour et l'heure exacts sitôt qu'elle m'aura appelée de là-bas. Laissez à l'accueil, s'il vous plaît, le numéro de téléphone de l'hôtel où vous êtes descendue. Merci et croyez, chère miss Soriano, que je me tiens à votre entière disposition.

Votre dévouée Lisa Taylor

Je suis à bout de nerfs, la rage au cœur, mortifiée. Les promesses de la « dévouée » Lisa : autant en emporte le vent. De plus, à supposer que Toni Morrison soit de retour à New York avant samedi prochain, mon avion pour Paris décolle de l'aéroport John F. Kennedy ce même samedi, à 7 heures du matin. C'est foutu. Dire que j'ai traversé l'Atlantique pour en revenir bredouille. La tête de mon rédacteur en chef lorsque je lui annoncerai le résultat de mon onéreux voyage… Il réagira au mieux en me demandant de le rembourser, au pire en se passant désormais de mes piges. Sauf si mon billet d'avion comporte une clause open, ce qui reste à vérifier, et que je parvienne à prolonger suffisamment mon séjour à New York. Quitte alors à économiser sur tout : les repas, les visites de musées, le ferry de Staten Island, les spectacles à Broadway… L'espoir renaît. Je réclame de quoi écrire à l'hôtesse. Je note le numéro de téléphone du Paradise Hotel au bas de la lettre de Lisa Taylor. J'ajoute : « Call me soon please, I count on you. » Puis je tourne le dos au perpétuel sourire de l'hôtesse et franchis le seuil de Random House au pas de course, tant il me tarde d'examiner les conditions générales de mon billet d'avion.

Je traverse le hall de l'hôtel sans m'arrêter devant le comptoir de Small Paul. Il s'époumone : « Hé sister Éva, attends un peu, faut que je te cause de... » Je suis déjà dans l'ascenseur. Sitôt dans ma chambre qui sent le propre, je cherche le billet aller-retour d'Air France au fond du tiroir où je l'ai rangé. Il comporte tellement de clauses qu'il me faut un long moment avant de... céder au désespoir. La mention « non modifiable » avive un point de douleur logé dans mon ventre. La perspective, non la certitude de l'échec, putain de merde, aucun moyen de la contourner, point final, me pousse à faire ce que ferait toute journaliste dans ma situation. Je m'écroule en sanglots sur le lit. Je pleure à grosses larmes. Je pleure jusqu'au moment où, étouffant mes cris sous l'oreiller, je me sens peu à peu glisser dans le sommeil.

Je reprends conscience au bout d'une heure peut-être. Je me traîne jusqu'à la salle de bains pour m'asperger de l'eau sur la figure. Qui n'est plus la même dans le miroir pendu au-dessus du lavabo. J'ai les yeux rougis, le visage gonflé et marbré, la bouche pareille à une ligne tordue. La déformation de mes traits me bouleverse, je suis laide à faire peur. Une idée me vient à l'esprit, une idée dont je ne veux pas, et je me presse les tempes entre les mains, dans l'espoir de l'expulser. Mais quelque chose en moi faiblit, capitule. Je me précipite vers le téléphone posé sur la table de chevet, près du message laissé par Barry Levine. Je compose son numéro. À peine a-t-il répondu, « Yes, who's speaking ? », que je m'entends dire : « C'est moi, Éva Soriano, vous avez toujours envie de coucher avec moi ?

— Quoi ? Vous êtes folle, pourquoi comme ça tout d'un coup ?

— Pour voir si ça me plaira.

— Si ça vous plaira ? Sans blague, bon Dieu, Éva, qu'est-ce qui ne va pas ? C'est à cause de l'interview avec Toni ? Elle était dans un de ses mauvais jours et ça s'est mal passé ?

— Ça ne s'est pas passé du tout. Elle n'est pas venue. Elle a inventé un nouveau prétexte comme quoi elle devait partir à l'étranger pour quelques jours. Personne ne s'est jamais permis de me traiter comme… comme une merde.

— Je n'irai pas jusque-là. Mais je comprends que vous vous sentiez un peu déprimée, pas vrai ? Et vous croyez qu'en baisant avec moi ça vous remontera le moral ?

— Foutez-moi la paix, mêlez-vous de ce qui vous regarde. Alors, c'est oui ou c'est non ?

— On peut en discuter un peu quand même… Bon. Vous êtes une drôle de fille, assez compliquée, je trouve. Où êtes-vous ? Ne bougez pas. Je viens vous chercher à votre hôtel dans une heure, d'accord ? »

En raccrochant, je me demande si se jeter ainsi à la tête du premier venu ne relèverait pas de la nymphomanie. En vérité, telle que je me vois, amochée au physique et au moral, j'ai besoin de séduire, de me sentir séduisante. Qui me le reprocherait ? Quand on est en miettes, faire l'amour ressort de la même nécessité que boire et manger.

3.

Une heure plus tard, devant l'hôtel.

Je martèle le trottoir de mes hauts talons en lorgnant les vitrines des magasins afin de me donner une contenance. Je remonte la rue, la redescends, comme on nage à contre-courant. L'attente se prolonge dans l'air chaud et moite. Quitte ou double : s'il n'arrive pas dans cinq minutes, je remonte dans ma chambre. À cet instant, 14 h 15 à ma montre, il apparaît sur le trottoir d'en face. Je le reconnais à ses cheveux relevés sur le sommet de sa tête et tenus par une sorte de barrette en métal brillant sous le soleil. Quand il traverse en agitant les bras dans ma direction, je me surprends à le trouver plus grand, plus beau que dans mon souvenir, malgré le poil roux naissant sur ses joues mal rasées. Et lui, que voit-il en me regardant ? Une pauvre fille maquillée et apprêtée comme si elle allait tomber sur l'homme de sa vie au coin de la rue ? Mais l'étincelle du désir dans son regard, l'ai-je imaginée ? Et cet accent de sincérité dans sa voix : « Hey Éva ! You are gorgeous (vous êtes superbe). Que voulez-vous faire ? Boire un coup ou aller chez moi se fumer un petit joint, cool, pour bavarder tranquillement ? »

Va pour le petit joint, je me dis, et au diable les préliminaires.

Nous empruntons une rue coupée par la 5e Avenue et nous longeons Central Park. Une immensité verte presque noire, à l'ombre lourde de grands arbres dont les cimes se colorent de pourpre et d'or brun. Un chien en sort et me file entre les jambes. Je trébuche sur mes hauts talons, manque de m'étaler, Barry me rattrape de justesse : « Hey baby, stay with me. » Je m'accroche à la fermeté de son bras. Sa voix se fait tendre : « Je me demandais si vous alliez vous décider à m'appeler, Éva.

— Mais si, bien sûr, j'en avais envie, je vous l'ai dit. Et vous ? Vous aviez quelque chose d'intéressant à me montrer, c'est quoi ?

— Un article sur l'incendie qui a détruit la maison de votre oncle, Sultan Marco, c'est ça ? Je vous le ferai lire en arrivant à la maison. »

Il habite au coin d'une petite rue paisible une très ancienne maison à colombages dans le pur style, excusez du peu, de la vieille Angleterre. Mais elle penche si fort sur la droite qu'à chaque seconde elle semble prête à s'effondrer. À l'intérieur, des pièces exiguës mais nombreuses occupent le rez-de-chaussée. Barry se dirige vers la cuisine, « Je reviens tout de suite ». Je pénètre dans un salon au plancher de bois naturel poli par l'usage. Les meubles sont d'un sobre raffinement. On sent la main artiste de la maîtresse de maison. Ses tableaux, signés au bas « Marcia McBain » – origine galloise, écossaise ? –, s'étagent du haut en bas de chaque mur. Abstraits, symboliques ? Il m'est difficile de juger la peinture moderne, je me suis arrêtée aux impressionnistes. Peintes à coups de pinceaux noirs et blancs, les toiles laissent deviner des visages sombres, inquiétants, coléreux. Ils me donnent la sensation d'avoir violé le domicile de l'artiste. Coupable avant même d'avoir commencé quoi que ce soit, je songe à déguerpir. Ma visite, si on peut l'appeler ainsi, revêt une connotation rebutante, avilissante. Seulement, les nobles principes moraux sont un luxe que je ne peux me permettre en ce moment où tout, le faux bond de Toni Morrison et la tragédie soufferte par mon oncle Marco, m'affecte profondément. J'ai besoin de soutien, de réconfort. D'ailleurs ce n'est pas censé aller plus loin qu'une coucherie en passant, non ? Une baise à la va-vite et puis ciao bonsoir suffira, oui, à me réchauffer le corps et l'esprit.

Barry revient de la cuisine avec un plateau chargé de verres, un bol de glaçons, une canette de Tropical Oasis, une bouteille bien entamée de vodka. Il souffle sur un verre pour en chasser un grain de poussière : l'absence de sa femme menace l'ordre et la propreté des lieux. La situation est tout sauf romantique, mais merde, on s'en fout. Il m'invite à monter non pas dans sa chambre à coucher, un bon point pour lui, mais dans son bureau perché sous le toit. C'est une grande pièce mansardée aux murs armés de livres. Sur le parquet : des feuilles de papier froissé, des disques séparés de leur pochette. Un grand canapé pas mal défoncé. Une table de travail supportant une machine à écrire, des chemises cartonnées, une pile de journaux, un cendrier gris de cendres. Mon regard se fixe sur le dos d'un cadre entourant sans doute la photo de Marcia

McBain, l'Anglo-Saxonne tout en rousseur, j'imagine, comme son mari.

Barry repousse des papiers épars sur le bureau et y dépose son plateau.

« C'est un bel endroit pour travailler, je dis pour meubler le silence.

— Ouais, mais quel bordel ! »

Il compulse la pile de journaux, en tire un dont je saisis au vol le titre, *United Synagogue Review*, le déplie : « Tenez, c'est pour vous. » J'allume une cigarette pour signifier que rien ne presse, merci bien, l'article consacré à mon oncle Marco ne fera que me mettre « under stress » encore davantage, si c'est possible. Il le reprend et commence alors à lire en ne me faisant grâce d'aucun détail.

Drame de Brooklyn par le rabbin Eliahou Dorfman : une mitsva mal récompensée.

Le père de famille Marco Sultan a vécu une Shoah, au sens biblique du livre de Job.

Un terrible fait divers s'est produit cette semaine à Brooklyn dans une famille juive très orthodoxe, dans la nuit de vendredi à samedi dernier, c'est-à-dire pendant le shabbat. Le père de famille ne pouvant réparer la chaudière de sa maison à cause de la tombée du shabbat, y a involontairement mis le feu. La maison s'est embrasée de flammes aussi rouges que la langue d'Asmodée. Mme Leila Sultan, mère de deux enfants de 16 et 20 ans, s'est retrouvée prisonnière dans sa cuisine du brasier. La malheureuse victime a été inhumée dimanche à Mount

Zion en la présence fraternelle de toute la communauté du quartier orthodoxe d'Ocean Parkway. Que son âme tendre comme une larme de Dieu repose dans la paix éternelle. Le malheureux responsable de la catastrophe n'a à craindre ni jugement ni reproches. Sa foi a précédé l'intelligence du terrible danger. Cela m'a fait penser à l'histoire du célèbre rabbin du Talmud, Elisha ben Abouya, appelé Aher, l'Autre, après son apostasie. Un jour, il se promenait dans la vallée de Guinossar lorsqu'il aperçut un homme qui grimpait à un palmier et attrapa dans un nid la mère qui couvait, laissant là les petits. Puis il redescendit. Or, ce faisant, il avait enfreint deux commandements contenus dans la Torah : celui de monter à un arbre pour saisir un oiseau un jour de shabbat, et celui d'avoir pris la mère alors que...

Barry interrompt sa lecture, et persifle : « Moralité : aucune bonne action ne restera impunie. » Sa méchante ironie me blesse : c'est mon oncle, après tout, et il ose faire de sa souffrance un sujet de plaisanterie ? Un peu de compassion, un peu d'empathie, mais non, il se délecte de « la connerie de ces tarés qui récoltent ce qu'ils ont semé ». Bon. Tant pis, je me dis. Tu n'es pas venue là pour défendre la veuve et l'orphelin. Tu es venue là pour faire l'amour avec un homme qui te plaît. Passons à la « chose », comme dirait ma mère avec une grimace de dégoût.

Il se penche vers moi pour me tendre un verre de vodka. J'accepte, enfreignant la règle du jamais d'alcool, afin de m'armer de courage. Je bois cul sec. Mes vêtements tombent comme d'eux-mêmes. Ceux de Barry prennent plus longtemps à s'arracher. Il a des taches de son des pieds à la tête, un corps assuré de sa virilité, voulant tout et pouvant tout. Debout, nous jouons à nous enrouler l'un autour de l'autre dans la lisse nudité de nos corps. Caresses, soupirs, gémissements, caresses. Il plaque une main sur mon visage et me renverse avec une telle force que je bascule en arrière sur le canapé. Il commence à venir en moi avec férocité, violemment, il sait que c'est ce que j'attends de lui, il me soumet au paroxysme du désir, la guerre, et je voudrais qu'elle ne s'arrête jamais, la guerre amoureuse nous tue de plaisir partagé. Il reste en moi longtemps, avec moi, jusqu'à donner le sentiment d'avoir fait l'amour, absolument.

Nous demeurons allongés sur le canapé froissé et fatigué. Toute cette gymnastique sexuelle. Je dois me lever, me rhabiller, filer d'ici et vite. L'énergie me fait défaut. Je demande à Barry de se secouer : j'ai envie d'une cigarette. Il va chercher mon sac à main et, bien entendu, sa bouteille de vodka. Quand il me rejoint, le soleil a quitté la lucarne de la pièce. Nous fumons en regardant les volutes de fumée monter au plafond. Son joint sent bon l'herbe fraîchement coupée. Il me dit : « C'était fantastique nous deux, tu ne trouves pas ? » Ah, l'ego des mâles. Je réponds que j'ai la tête à autre chose en ce moment : l'état de santé de mon oncle et surtout la dérobade de Toni Morrison. Et si elle me posait de nouveau un lapin ? Je ne pourrai prolonger indéfiniment mon séjour à New York.

« Pourquoi pas, darling ? Si c'est un problème d'argent, ça peut s'arranger. Ça ne me dérangerait pas. J'ai des économies. Random House m'a avancé quinze mille dollars pour mon prochain bouquin. Reste, reste plus longtemps, j'en serai si heureux.

— Quoi, vraiment, c'est sérieux ? »

Je pèse le pour et le contre. D'une part, gagner du temps afin de boucler mon papier sur la black prima donna tourne chez moi à l'obsession. D'autre part, ne serait-ce pas tirer profit d'une partie de jambes en l'air ? Je ne sais pas, je ne peux pas me résoudre à négocier la bonne affaire que je suis au lit.

« Merci, Barry, mais je ne crois pas que ce soit une bonne idée.

— Mais si, pourquoi pas ? »

— En plus de la chambre d'hôtel à payer, il y a mon billet d'avion de retour à Paris qui expire dans quatre jours. Tout ça, Barry, je ne vois vraiment pas comment te le rembourser.

— M'en fous d'être remboursé. L'argent ne compte pas, Éva, c'est sans importance. Sais-tu quelle est la recette du bonheur chez les Grecs ? Préférer l'essentiel à l'accessoire. Écoute, on étouffe ici. Sortons, allons dîner dans un bon restau du coin.

— Non, je suis fatiguée. J'ai envie de rentrer à l'hôtel, de prendre une douche. Je dois appeler ma mère, mon rédacteur en chef, non, il est trop tard. Je dois appeler l'hôpital, savoir si mon oncle n'est plus dans les vapes.

— Je te raccompagne au Paradise ? As you like, baby. »

Il chantonne *Bye bye baby, I am mad about my baby but my baby is angry with me.*

« Mais non, je ne suis pas fâchée contre toi, au contraire, nous avons passé un bon moment. »

Je saute à bas du canapé. Rassemble mes vêtements épars, m'empêtre dedans, brusque image de mes seins, trop gros ? de mes fesses qui se tortillent comme si elles étaient mordues par des punaises.

« Tu sais quoi ? Tu es beaucoup plus belle nue qu'habillée. Bon alors, on se retrouve demain, d'accord, à l'heure que tu voudras

— Demain matin, j'irai à Brooklyn voir mon oncle Marco et toute la sainte famille Shehata. Ensuite on verra, je t'appellerai. Mais j'y pense, l'oncle Sammy est immensément riche. Il m'a dit que si j'avais besoin de quoi que ce soit… La famille est sacrée pour lui. Aider son parent dans la mouise est une bonne action. Et si je lui demandais de me prêter de l'argent ?

— Ma foi, si tu préfères ! »

Et comment ! J'exulte. Les miracles existent. Le chèque que mon parent prendra soin de signer s'agite déjà devant mes yeux, telle une chrysalide qui va se métamorphoser en papillon.

Barry et moi nous quittons sur le seuil de sa maison avec les mots qu'on emploie pour exalter le phénomène chimique de deux corps électrisés au point de peiner à se séparer…

4.

Small Paul devait ronger son frein en m'attendant, vu sa hâte à surgir de derrière son comptoir.

« Comment vas-tu, petite sœur ? Tu as l'air, je ne sais pas moi, un peu dérangée sur ta tête.

— Décoiffée, tu veux dire ? Il y avait du vent, voilà tout.

— Bullshit, tu as l'air différente d'avant.

— D'avant quoi, Small Paul ?

— D'avant les choses de la perturbation, sister, j'ai tort ou j'ai raison ? »

Je l'adore. Il possède des trésors d'empathie et c'est sur moi, une petite sœur d'occasion, qu'il a choisi de les dépenser. Rien n'échappe à son regard, ni la tension ancrée dans mon corps ni le tumulte de mes sentiments. Et si Sammy Shehata faisait la sourde oreille à ma demande d'argent ?... Enfin, je serai fixée dès demain à l'hôpital Maïmonide. Il n'empêche. Les choses de la perturbation, comme dit joliment Small Paul, me retournent l'estomac. La faim probablement – je n'ai rien mangé de toute la journée – et la vodka qui ne me vaut rien. Je rassure Small Paul.

« Tout va bien, t'inquiète pas. Il se pourrait même que je garde ma chambre plus longtemps que prévu, enfin je l'espère.

— Et moi deux fois plus. L'espoir est le pilier du monde.

— C'est beau, c'est un proverbe africain ? Ça me fait penser à… comment déjà ? Le monde repose sur le souffle des enfants qui vont à l'école. C'est dans la Bible, je crois.

— Un peu de Bible, ça marche à tous les coups et dans tous les endroits. Hé oh, tu es pressée ? Maman Stella m'a raconté que quand tu étais gamine, tu lui piquais des sous pour aller t'acheter des livres. Tu ne faisais que ça, lire, lire du matin au soir. Tu tournais les pages, tournais les pages, mangeais une tartine de confiture et tournais les pages de nouveau. Et c'est pourquoi, une fois devenue grande, les mots coulent de ta bouche comme d'un puits sans fond. On peut être gouverné par l'œil, on peut être gouverné par le cœur. Occupe-toi de ta maman, Éva, ne la laisse pas toute seule à attendre que tu la rappelles.

— Tu as raison, Small Paul. C'est la première chose que je ferai en remontant dans ma chambre. »

Là-haut, la chaleur m'accable. Je prends une douche froide, très agréable. Finalement la journée s'achève bien mieux qu'elle n'a commencé. La lune danse sur le plancher de ma chambre comme un reflet du soleil de l'amour maternel (pas mauvaise comme métaphore). J'allume le plafonnier et, malgré la faim qui me tenaille, je me prépare à entamer une longue, une onéreuse conversation avec ma mère.

CHAPITRE 4

Mardi 5 septembre 1989

1.

Ce matin, la chambre de mon oncle Marco est vide et le lit refait comme si toute vie s'en était allée. À moins que je ne me sois trompée de chambre ? L'infirmière croisée dans le couloir pulvérise mes maigres espoirs. Dans la nuit de dimanche à lundi, mon oncle a tenté de se suicider. Il a profité d'un moment d'inattention de son infirmière pour avaler tous les médicaments se trouvant sur son chariot. Par chance pour lui, avaler trop de médicaments en réduit de beaucoup les effets mortels. Secouru à temps, mon oncle a été mis en observation au service des soins intensifs.

Deux étages plus bas, le service des soins intensifs est bien entendu interdit d'accès. Dans le couloir, ma cousine Sarah est repliée en position fœtale sur une banquette. Nathan qui a pleuré – ses paupières sont humides – m'offre comme d'habitude un visage fermé.

« Ton père va s'en sortir, Nathan, il va se rétablir, tu verras. »

Il pique une colère

« Il peut crever, ça m'est égal. C'est un sale égoïste, un lâche qui n'a même pas eu le courage de continuer à vivre pour nous, Sarah et moi. Sarah surtout. Il n'y a qu'un lâche pour abandonner une petite fille qui suce encore son pouce.

— Ne dis pas ça, Nathan, le suicide n'est pas forcément un acte de lâcheté.

— Le suicide est un meurtre dans l'esprit de Dieu. C'est écrit dans la Bible, l'assassin de sa propre personne en rendra compte à Dieu. Papa sera... »

Il se tait, effrayé peut-être par la fureur de ses propos, de ses pensées, de ses sentiments envers son père. Une fureur qui le disputerait à l'amour ? Il semble perdu, seul dans la tempête de ses émotions. J'avance la main pour lui caresser le visage. Il se recule : « Laisse-moi, Éva, de toute façon tu ne comprends rien à rien », lance-t-il avant de fuir à l'autre bout du couloir.

Un peu plus loin dans le couloir, je reconnais la lourde carrure de Sammy Shehata parlant à quelqu'un. Il me fait signe d'approcher. « C'est Éva, la nièce de Marco. Troy, l'employé de ton oncle », dit-il. C'est un homme noir, plus très jeune, au visage teinté de chagrin. Sammy m'adresse un regard désolé : « Tu es au courant ? Marco a fait une tentative de suicide. Au jour exact des funérailles de sa chère épouse, ton oncle a voulu la rejoindre dans la mort. »

Troy incline le front comme s'il priait pour le salut d'un être cher. Ils reprennent la conversation que j'ai interrompue. Il s'agit du problème posé par le Sultan's Bazar fermé depuis « l'accident » (délicat euphémisme). Faut-il ou non le rouvrir ? Troy tient à le rouvrir. Il ne se voit pas demeurer, les bras croisés, au moment où le boss aura le plus besoin de son argent. Sammy tapote l'épaule du brave mec, les affaires restent les affaires. Troy porte le doigt à sa casquette et sans me jeter un seul regard s'en va vers l'ascenseur. Au moins, mince consolation, le magasin de mon oncle Marco n'a pas été assailli et pillé par les émeutiers de Brooklyn. Existe-t-il pire circonstance pour quémander l'aide financière du chef de la famille Shehata ? Ce n'est ni le lieu ni le moment. Nous revenons vers la porte close du service de soins intensifs. Sammy s'abîme dans la contemplation de la vitre opaque. J'hésite à le tirer de son accès de mélancolie. Nous sommes murés chacun dans notre propre tristesse quand soudain il soupire : « L'amour est une maladie mortelle. Marco peut recommencer. J'ai décidé de l'emmener chez moi avec une infirmière pour le surveiller nuit et jour. Il aura ses enfants, sa famille autour de lui, nous serons là, tous ensemble, pour l'aider à remonter la pente. Et toi, ma fille, tu viendras lui tenir compagnie à la maison. Et si tu venais habiter chez nous, ce serait encore plus commode.

— Habiter, peut-être pas. Mais je viendrai le voir tous les jours sans faute, oncle Sammy. Quand doit-il sortir ?

— Aujourd'hui, j'espère, si le docteur accepte de me signer son autorisation de sortie. »

Un signe que je suis bonne pour être réquisitionnée à Ocean Parkway durant les trois jours qu'il me reste à passer à New York. Et sauf à demander l'aumône à l'oncle Sammy – lequel a d'autres chats à fouetter –, l'entretien avec Toni Morrison est bel et bien enterré. Cela me fait mal mais le chef de la tribu abandonnée de Dieu – si l'on y croit – paraît tellement plus à plaindre que moi. Il ressemble à un gros gamin désemparé, avec la barbe et la voix d'un homme adulte : « S'il plaît à Dieu, le pauvre Marco reprendra goût à la vie. »

Enfin, la porte du service de soins intensifs s'ouvre sur une blouse blanche. Le médecin affiche un air calme, rassurant. Rien ne s'oppose à ce que son malade rentre chez lui. Effusions de gratitude. Le téléphone pour commander l'ambulance se trouve dans le hall d'accueil. Nathan secoue sa sœur. Dans l'ascenseur, Sammy Shehata échafaude des projets d'avenir serein, grâce en soit rendue à la volonté divine qui guérit les cœurs brisés. Sarah lisse sa longue robe de la main et, faute de miroir dans l'ascenseur, s'inquiète des nœuds emmêlant ses cheveux. Au fond, et tant mieux, ma foi, elle ne réalise apparemment pas que la vie de son père a tenu à un fil.

Dans le hall, en attendant l'ambulance, oncle Sammy insiste encore sur l'immense plaisir que chacun dans sa maison retire de ma compagnie.

« Éva, viens dîner ce soir pour fêter, si Dieu veut, l'arrivée de ton oncle. »

Je me défausse, ma soirée est déjà prise, propose de venir déjeuner demain midi quand à coup sûr mon oncle y sera. Nous tombons d'accord : une voiture me prendra demain à 11 h 30 devant mon hôtel.

Au bout d'une demi-heure environ, l'ambulance se range devant l'entrée de l'hôpital. L'infirmier qui en descend nous annonce ne disposer que de deux places à l'avant et d'une troisième à l'arrière, près du brancard du malade.

J'en profite pour me sauver avec des « À demain midi donc, promis juré ».

2.

Libre maintenant de me préoccuper de la poisse carabinée qui ne me laisse pas de répit, je me fraye dans la foule un chemin vers la station de métro. Quelqu'un en manteau noir et chapeau d'ultracroyant me tend un prospectus, en prenant garde de ne pas effleurer ma main. Il y est écrit en anglais puis en caractères hébraïques ou yiddish, je ne sais pas :

Dieu de salut, réponds-nous vite
Délivre-nous des vils décrets
Et sauve dans ton infinie miséricorde
Ton loyal serviteur et ta nation.

Ce qui, me faisant une belle jambe, ne m'oblige pas moins à déposer une pièce de un dollar dans sa paume ouverte. Il y jette un bref coup d'œil, fronce les sourcils – va-t-il m'engueuler ? Mais non, il fond déjà sur une nouvelle proie. En glissant mon portefeuille dans mon sac, une idée commence à me trotter dans la tête. Je cherche une cabine téléphonique. J'entends au bout du fil la voix nasale de Barry. Au son de la mienne – ah surtout ne pas pleurer –, il devine que je n'ai pas osé faire appel à la générosité du beau-frère de mon oncle. En effet, mais pardon, la situation ne s'y prêtait pas. Je lui apprends le suicide raté, par chance, de mon pauvre oncle Marco. Barry commente, sentencieux : « Camus a dit que le suicide est la seule question philosophique. »

Il se soucie avant tout de savoir où et quand nous pourrons nous revoir. Il se fait fort d'obtenir une table au restaurant des frères Capsouto, chez mes compatriotes, n'est-ce pas ? À cela près que l'instinct grégaire n'est pas ma tasse de thé. À Paris, les juifs d'Égypte qui venaient à la maison donnaient à la petite fille française que j'étais, que je voulais être de façon mimétique, l'impression de provenir d'un monde inconnu et inférieur à celui que j'habitais. Ce qu'on peut être bête et malveillant à l'âge supposé innocent ! Passons. Je note sur le prospectus du « Dieu de salut » l'adresse du Capsouto Frères où Barry m'attendra à partir de 19 h 30. Au bout du compte, la vie est courte et la nuit avec mon amant ne sera jamais assez longue.

Dans le métro qui me ramène à Manhattan, la chaleur arrive par vagues à chaque arrêt. Je rêve d'ice cream et d'un verre de citronnade glacé. À en croire la légende familiale, personne mieux que ma mère ne sait préparer le jus de citron, vert de préférence. Quoi qu'il en soit, et où que je sois, elle réussit toujours à accaparer mes pensées. Comment, sans ajouter à son désespoir, lui révéler la tentative de suicide de son frère. Parler, se taire ? Soudain, en calculant le décalage horaire – à cette heure-ci en France ma mère travaille chez son dentiste –, je décide de lui laisser un message sur son répondeur. Quelque chose de lénifiant comme : « Maman, sois contente, oncle Marco va beaucoup mieux. Il a quitté l'hôpital pour aller habiter chez Sammy Shehata, son très affectueux beau-frère. » Quelque chose en somme entre mensonge et vérité.

3.

À 19 h 30, dans la délicieuse fraîcheur du soir, l'enseigne « Capsouto Frères, Bistro-Restaurant » clignote de feux multicolores. Le drapeau américain flotte triomphalement au-dessus de la façade en arcs vitrés. La salle est grande, tout en longueur, et surmontée par une verrière. Les tables sont richement mises, les serveurs en veste blanche, les clients et les clientes vêtus avec le dernier chic. Je cherche Barry du regard. Où est-il ? À quel jeu joue-t-il ? Tout d'un coup je le vois me faisant signe, debout devant une table bruissant d'une discussion très animée. Il me crie par-dessus le brouhaha de venir me joindre à ses amis : du beau monde à en juger par les regards qui convergent vers leur table. Il y a là trois femmes noires à l'allure impériale et deux hommes : un Blanc accoutré de vêtements pseudo-indiens et un Noir en veste à col Mao. Lorsque Barry me présente en termes flatteurs : « C'est Éva Soriano, une fameuse et célèbre journaliste française », les femmes me dévisagent avec une curiosité amusée. Je les entends penser, Est-ce qu'elle fait le poids, celle-là, avec Marcia la femme de ce putain de dragueur ? Celui-ci, nullement embarrassé par ma présence en lieu et place de son épouse, procède à la présentation de ses amies au féminin (les deux hommes, quantité négligeable, passent à la trappe) : Maya Angelou, romancière et militante de la condition des femmes noires (j'ai beaucoup aimé son unique roman traduit en français *La Tête haute*) ; Gwendolyn Brooks, une poétesse de renom paraît-il ; et, je dois me pincer pour y croire, Aretha Franklin en personne. La queen de la soul à la belle voix de basse ? Je n'en reviens pas. Me voyant me trémousser d'admiration – ah, si j'osais lui demander de m'accorder un entretien… ! –, elle m'offre un demi-sourire autour de la cigarette qui lui pend aux lèvres. La discussion roule sur la campagne électorale de David Dinkins. La poétesse Gwendolyn explique que le comité de soutien du candidat organise un meeting qui, « warning the eyes » (attention les yeux), sera animé par Oprah Winfrey. Barry applaudit. Il s'enquiert de la date et du lieu du « fundraising » (un terme qui dépasse mon entendement en anglais) et promet d'être des leurs ce jour-là.

Il me conduit à notre table. « Fundraising, m'explique-t-il, signifie "levée de fonds". » Vibrant d'enthousiasme – grâce à ce personnage important qu'on appelle le hasard –, il vient d'être mis au courant d'un événement d'importance historique. Jeudi prochain aura lieu au Hard Rock Cafe une party destinée à récolter des fonds pour David Dinkins, le premier Noir à briguer la mairie de New York. L'élite afro-américaine tout entière sera là, les écrivains, les chanteurs, les acteurs, ce sera à qui sortira la plus grosse liasse de dollars, et le show animé par Oprah Winfrey sera le lendemain en bonne place dans le *New York Times*. Et si je le veux, il ne demande pas mieux que de m'y m'emmener.

Si je le veux, un peu mon neveu ! Quelle journaliste en situation d'échec patent raterait l'occasion de frayer avec le gratin intellectuel et artistique des Noirs américains ? Prise d'un élan de joie, j'en sauterais au cou de Barry, je lui prends la main. Il se penche, m'embrasse à pleine bouche. Un rien gênée, on nous regarde, je me renfonce contre le dossier de ma chaise.

« Parle-moi de David Dinkins, je ne sais pas grand-chose de lui, dis-je.

— C'est un avocat, mon père l'a bien connu, qui a fait ses armes en politique dans le quartier de Harlem. Un descendant d'esclaves dont le père était barbier et la mère femme de ménage. Essaye d'imaginer les humiliations, les persécutions, les menaces de mort que chaque Afro-Américain endure dans ce pays. Sans compter que tout Noir américain porte le nom du Blanc qui avait acheté ou vendu ses ancêtres. David Dinkins est un homme exceptionnel. Quelle chance avait un garçon noir issu d'un milieu défavorisé d'aller à l'université dans une société qui continue à le tenir pour un être inférieur ? L'ironie là-dedans, c'est que, malgré tout ça, n'importe quel citoyen américain, noir, jaune, rouge ou juif peut prétendre à la présidence du pays.

— J'ai entendu dire à la télé que le meurtre du jeune Noir, Yusef je crois, pourrait aider à l'élection de Dinkins à la mairie de New York.

— C'est possible mais pas gagné. »

Le serveur nous présente le menu.

« Je choisis pour toi, d'accord ? » dit Barry.

Il commande deux soufflés au citron et à la patate douce ainsi qu'une salade de pousses d'épinard au vinaigre de Xérès, pour le dessert, on verra plus tard, et puis une bouteille de champagne, hors de prix sans doute. Pourquoi tant de prodigalités ? Histoire de m'éblouir avec son blé ? De me prouver que je serais stupide de refuser l'argent qu'il m'offre pour demeurer plus longtemps auprès de lui ? Sésame ouvre-toi. Il s'écrie : « Ne t'imagine pas que je vais te laisser repartir samedi, baby, il n'y a pas qu'un seul poisson dans la mer. Tu ne comprends pas ? Si tu restes, tu pourras non seulement faire ton papier sur Toni, mais aussi une interview exclusive avec… avec… (suspense haletant) Maya Angelou, la grande poétesse, romancière et militante engagée. Hein ? Je vais t'arranger le coup avec elle. Okay ? Dans ton intérêt et le mien, of course, je suis fou dingue de toi. Pense à ce que nous ferons du temps que nous passerons ensemble, baby. Alors, qu'en dis-tu ? »

Rien. Quelques jours de plus avec lui, pourtant, ça n'est pas rien. Cependant mes amours ont toujours été assombries par la question : combien de temps cela va-t-il durer ? Néanmoins ma vie sexuelle est si morne, voire inexistante ces temps-ci, qu'elle mériterait un peu d'animation. Et voilà que sous la table il allonge la jambe de façon à la glisser entre les miennes ! Okay, je consens à tout ce qu'il voudra. À condition que dès mon retour à Paris, je lui envoie par mandat postal l'argent qu'il m'aura avancé. Marché conclu pour qu'il règle le surplus de ma note d'hôtel. Quant au billet d'avion, il m'accompagnera dès demain matin à l'agence Air France de Manhattan, au 142 de la 57e Rue Ouest. Je propose d'y aller plutôt l'après-midi, après mon déjeuner avec la famille Shehata. Va pour le plus tôt possible demain après-midi. Sa jambe me frôlant le mollet, ma main qu'il dévore de baisers, ma respiration qui se fait haletante, tout cela annonce d'ores et déjà une nuit enragée d'amour…

Le serveur débouche la bouteille de champagne. Il en verse un fond dans le verre de monsieur d'abord, comme il se doit. Et c'est après un glouglou de connaisseur satisfait que Barry emplit mon verre de bulles pétillantes, dorées sous les lumières du restaurant. Nous trinquons. À la première gorgée, je découvre le goût non pas amer mais subtil et délicat du champagne. À la dernière, une espèce d'euphorie me gagne. La tête chavirée, j'arrive tout juste à m'allumer une cigarette. Barry fume un joint, sans s'en cacher, de haschich ou de marijuana ? Mais le voilà qui s'agite et se lève brusquement. Le maître d'hôtel, un des frères Capsouto ? traverse la salle en s'arrêtant ici et là devant ses habitués, je suppose. Il s'incline pour répondre aux applaudissements, et la serviette sur son épaule volette, très blanche, sur sa nuque brune. Barry gesticule pour attirer son attention. Je le force à se rasseoir. Compatriote ou pas, le frère Capsouto, je m'en contrefiche.

Nous savourons les mets arrosés d'une deuxième bouteille de champagne, à la manière d'amoureux ivres l'un de l'autre. C'est de la passion. De la passion à l'état pur. Au dessert, une tarte tatin pour moi, un sorbet citron-vodka pour Barry, quelqu'un s'approche, quelqu'un d'étrangement familier que pourtant je suis incapable d'identifier.

« Mademoiselle Éva, c'est moi, Elias Sofer, vous ne me remettez pas ? »

Je proteste confuse : « Mais si, bien sûr, monsieur Sofer, vous êtes le cousin de Sammy Shehata. »

Il s'incruste, nous scrute avec le petit sourire en coin de celui qui surprend un couple illégitime. Interloqué mais poli, Barry lui propose de partager un café avec nous.

« Sofer, dit-il, ça signifie scribe, écrivain, non, en hébreu ? C'est un beau nom.

— Ah ma vie, si vous saviez, ma vie est un roman, elle pourrait remplir un très gros livre. »

Je m'attends à la longue série de ses conquêtes féminines. Diversion. Je signale à Barry que M. Sofer a été, comme ma mère et la totalité des juifs d'Égypte, expulsés cruellement de leur pays natal. Barry lui demande, phrase convenue, s'il lui arrive d'y retourner. Moins souvent que son cœur le voudrait, soupire-t-il. Autrefois, ah, c'était autre chose, il était accueilli à bras ouverts : « Tenez, par exemple, Anouar el-Sadate, le président signataire des accords de Camp David, il m'honorait de son amitié. Une fois, mais vous n'allez pas me croire, il m'a évité de croupir en prison. Je venais de débarquer à l'aéroport du Caire quand, catastrophe, des policiers m'arrêtent, menottes aux poignets. Pourquoi ? Je tombe de Charybde en Scylla. Un officier à trois étoiles me toise de son œil d'oiseau de proie. Selon lui, je ressemblerais à un espion du Mossad. Vous imaginez la terrible, l'effroyable méprise ? Savez-vous ce que j'ai fait ni une ni deux ? »

Non, mais le casse-pieds ne manque ni de vocabulaire ni d'imagination.

« Eh bien, ni une ni deux, j'exige qu'ils en avertissent immédiatement au téléphone le président Sadate. L'officier en déglutit de surprise et finit par accepter le billet de 10 livres que je lui tends, que je lui promets, pardon, je suis menotté, dès qu'il aura eu le président en ligne. Exécution. Sadate l'engueule comme du poisson pourri : "Bande d'incapables, vous serez virés, tous autant que vous êtes." Et voilà comment je suis relâché sur-le-champ avec force excuses et génuflexions. Le soir même, je suis invité à dîner dans la résidence du président de la République arabe d'Égypte. Paix à son âme. Quand il a été lâchement assassiné, j'ai pleuré toutes les larmes de mon corps. Mon histoire est à la hauteur de votre attente ? J'en ai une autre aussi…

— Passionnante, l'interrompt Barry. Mais votre café refroidit, monsieur Sofer, et moi je dois aller régler l'addition. »

Il nous quitte. Elias Sofer se trouble devant son renvoi à peine déguisé. Il repousse sa tasse de café, « Jamais après 5 heures du soir », puis se soulève à demi : « Bon, je ne veux pas vous déranger plus longtemps. Le temps ne m'attend pas pour passer. Et ma femme, la pauvre, elle s'inquiète quand je rentre trop tard. Enchanté d'avoir fait la connaissance de votre ami, ou fiancé, sans indiscrétion ? Il est très bien dans le genre "top décalé". Au revoir, ma belle enfant, et non pas adieu. Nous nous reverrons à Ocean Parkway, chez Sammy, ou chez moi, j'habite tout à côté. Oh, mais j'y pense, Sammy au cœur d'or a pris chez lui votre oncle Marco. Pour le sauver de la dépression mortelle. Vous savez ce que dit la Bible à propos d'une bonne action ? Non ? Honte sur vous, mauvaise juive. La Bible dit que sauver un homme revient à sauver l'espèce humaine en son entier. Et autre chose à ce sujet… »

Mais à cet instant Barry revient à notre table. Coupé net dans son incontinence verbale, M. Sofer quitte son siège. Quand enfin il tourne les talons, je remarque que le connaisseur des Saintes Écritures ne porte pas de kippa.

Au sortir du restaurant, Washington Square est désert et Manhattan aussi tranquille qu'un village. Soudain la pluie se met à tomber. Une pluie serrée, un ciel sillonné d'éclairs. Nous courons en riant comme des fous sous les aiguilles tièdes qui nous piquent le visage. En moins de cinq minutes nous arrivons, trempés et rieurs, devant la maison de Barry.

Il donne de la lumière dans le petit salon décoré des tableaux de sa femme. De nouveau, j'éprouve le sentiment écrasant de sa présence. L'idée de coucher dans son lit me devient insupportable. Mais renoncer à la nuit qui nous attend, avec Barry, m'est encore plus insupportable. Alors, comme dans un jeu d'enfants, je le pousse dans l'escalier menant à son bureau.

Là-haut, sans prendre le temps de nous déshabiller, nous nous employons à faire tressauter et grincer les ressorts du canapé. Précipités en pleine mêlée, nous faisons l'amour avec fièvre, jusqu'à l'épuisement de nos forces, et aussitôt nous recommençons. Puis verrouillés l'un à l'autre, nous glissons dans le sommeil, bercés par la musique de la pluie qui tambourine sur le toit du grenier.

Chapitre 5

Mercredi 6 septembre 1989

1.

La lumière venue de la lucarne vire au rose.

Barry dort sur le dos, un bras en travers de ma poitrine. Je touche ses cheveux, son cou, le poil tiède de ses aisselles pour vérifier qu'il existe bien là, contre moi. Ses paupières frémissent comme pénétrées d'un rêve dont je serais exclue, annulée et invisible, rien qu'une vague présence dans son lit. Car c'est bien de cela qu'il s'agit : notre histoire ne s'inscrit pas dans la durée. J'aime un homme qui appartient à une autre, c'est vrai, c'est sans avenir. Mais qu'y puis-je ? On ne supprime pas les sentiments en se disant qu'on ne devrait pas les éprouver. Plus tard, quand tout sera fini, j'en souffrirai, puis l'oubli fera son travail. Seul subsistera le bonheur subreptice de l'instant présent.

« Le bonheur ça n'est pas grand-chose, chante Léo Ferré, c'est du chagrin qui se repose, alors il ne faut pas le réveiller. » Brusquement, je pense à toute la cruauté du sort de mon oncle Marco. À sa tentative de suicide. Pourquoi a-t-il voulu s'ôter la vie ? Pour en finir avec la douleur, la fureur, la culpabilité inexpiable de la mort de sa femme ? J'ai hâte et j'appréhende en même temps de me rendre au déjeuner de la famille Shehata. À supposer qu'il soit en état d'y participer, pourrons-nous enfin établir les liens censés exister entre un oncle et sa nièce ? Serons-nous assez proches pour qu'il me parle des souffrances et du châtiment que son Dieu lui a infligés ? Comment fonctionne l'esprit d'un homme dont la foi a altéré le jugement ? Qui a dit que l'intelligence s'arrête là où commence la foi ? Plus j'y pense, plus je déteste la religion qui a conduit mon oncle à forger son propre malheur et celui de ses enfants. Cette petite Sarah qui croit exorciser la mort de sa mère en la niant. Nathan, vulnérable au point de cacher sa souffrance sous la rage de l'enfant puni injustement. Cela étant, mes cousins sont à l'âge béni où se referment facilement les blessures de la vie.

Quelque part, la cloche d'une église sonne sept fois.

Je repousse le bras pesant sur ma poitrine. Barry émet un bruit étouffé et s'éveille pour de bon : « Hey love ! » Ses yeux d'un bleu piqueté de jaune d'or me saisissent, m'emprisonnent. Je me contrains à refouler le désir d'enserrer et d'être enserrée, de posséder et d'être possédée, de dévorer et d'être dévorée. Mais il est temps de se lever. Je dois retourner à mon hôtel où, à 11 h 30, une voiture viendra me chercher pour me conduire à Ocean Parkway chez la famille Shehata. Je dis à Barry mon immense regret de devoir le quitter.

Et ma joie de le retrouver dans le courant de l'après-midi au terme du déjeuner avec mon oncle Marco. Il me répond, sur un ton de bouderie : « Have a good time, et surtout n'oublie pas de te munir du billet d'avion à échanger à l'agence Air France. »

Il s'habille. « La salle de bains est au premier étage », me dit-il, puis il descend préparer le petit déjeuner.

Je me prépare en renonçant bien sûr à utiliser la salle de bains conjugale. Pour la première fois, je me demande depuis combien de temps ils sont mariés. Ont-ils des enfants ? Est-ce que leur couple bat de l'aile ? S'autorisent-ils mutuellement de petites aventures sans importance ? Une complicité qui les lierait encore plus étroitement ? Autant de questions qui ne servent à rien, sinon à me tourmenter, et que je me garderai bien de poser à Barry.

Dans la cuisine où l'évier est encombré de vaisselle sale, il s'active avec la maladresse des hommes habitués à être servis par la femme du foyer. C'est une scène que je connais bien, une scène qui s'est répétée souvent au cours de mes liaisons clandestines. Il n'y a pas à en faire tout un plat. Quoi qu'il en soit, le mari incompétent ne se débrouille pas si mal. Pancakes au sirop d'érable, œufs frits au bacon, jus de fruits et la lavasse qui tient lieu de café aux Américains. Je mange, et c'est bon, en pensant à l'appétit avec lequel nous avons fait l'amour hier, Barry et moi. Pour ma mère en tout cas, la nourriture dont elle me gave témoigne de l'amour qu'elle me porte. Il m'aime. Je m'en persuade devant son insistance à me servir « un deuxième pancake, chérie, pendant qu'il est encore chaud ». Il le dépose sur mon assiette et, joie absurde, je remarque l'absence d'alliance à sa main gauche.

Dehors, l'orage a laissé place à une fraîcheur humide et déjà le soleil effleure le sommet des buildings de Manhattan. Quelle splendide journée ! Qu'elle soit suivie, je le désire de toute mon âme, de beaucoup d'autres aussi lumineuses. Sentimentale, je veux croire, pauvre idiote, qu'il existe peut-être un dieu pour les amoureux.

Au Paradise Hotel, j'annonce à Small Paul la bonne nouvelle : « Écoute, je vais garder ma chambre plus longtemps que prévu. Une semaine de plus, j'espère. C'est possible ? »

Sans consulter le registre des réservations, il s'en porte garant. Et, à croire qu'il n'a besoin de la permission de personne pour en décider, il promet même de m'obtenir un rabais sur le coût de la semaine supplémentaire. Je l'en remercie. Il me demande alors, sur le ton du reproche : « Où as-tu passé la nuit ? Et avec qui, si je peux le savoir ?

— Tu ne peux pas, enfin, de quel droit ?

— Du droit de maman Stella qui se fait du mauvais sang pour toi. Ah, tu peux rire si tu veux, la vérité ne s'enfuira pas. De toutes les mauvaises filles qui peuplent la Terre, tu es la pire.

— Ça va, quoi, j'ai l'âge de découcher quand j'en ai envie, ça ne te regarde pas. Est-ce que je me mêle de tes affaires privées ?

— Très bien, ce qui convient à la poule convient au coq.

— Arrête avec tes proverbes à la con, Small Paul. Je n'ai besoin ni de conseils ni de sermons d'un simple… Oh, c'est pas du tout ce que je voulais dire. Excuse-moi, pardonne-moi. Que ferais-je sans tes conseils ? Tu me donnes la clé de ma chambre ? Je vais de ce pas téléphoner à ma mère. Ça va, tu es content ? Mais au fait, elle m'a appelée combien de fois ?

— Je ne sais pas. Il y a eu une panne de téléphone, mais c'est réparé maintenant.

— Et c'est réparé aussi entre nous ? Tu ne m'en veux pas ?

— Non. Ta bouche dit les méchantes choses que ta tête ne pense pas. Seulement, mets-toi bien une chose dans le crâne : j'ai promis à ta maman de veiller sur toi comme un frère veille sur sa sœur de cœur, et je le ferai. »

C'est un ange. Un ange noir descendu du ciel dans l'intention de déployer ses ailes protectrices sur moi. Rien que ça ? Ma parole, tu deviens aussi exagérée que ta mère.

Dans ma chambre, un losange de soleil se découpe sur la moquette usée. Les draps du lit où je n'ai pas passé la nuit fleurent bon le propre et dans la salle de bains les serviettes ont été changées. Le temps de prendre une douche et je m'avise qu'à cette heure, 9 heures à New York, 15 à Paris, ma mère se trouve à son travail.

Le numéro du dentiste sonne occupé. À ma deuxième tentative, ma mère observe un amer silence. J'attends de véhéments reproches quand, mi-question, mi-affirmation, elle élève la voix jusqu'à l'aigu : « Il est mort, n'est-ce pas ?

— Écoute, maman, ne t'inquiète pas pour ton frère, crois-moi, il va on ne peut mieux aujourd'hui. Le médecin l'a autorisé à quitter l'hôpital et il habite maintenant chez Sammy, son beau-frère.

— Tais-toi, à quoi bon me mentir ? Marco est mort, je le sais, je le sens comme si une partie de moi-même avait cessé de parler, de respirer, de vivre.

— Mais enfin, puisque je te dis que…

— Tu mens, ne dis pas le contraire. Que ma langue sèche s'il n'est pas entré dans ma chambre, pâle et blanc comme une bête à l'agonie.

— Dans ta chambre, à Paris ? Tu délires, ma pauvre maman, tu perds la boule.

— Il est entré dans ma chambre, je te dis ; et mon sang s'est glacé dans mes veines. Il a marché vers moi sans faire aucun bruit, à la manière d'un fantôme. Il s'est assis sur mon lit en silence, les lèvres scellées à jamais déjà, le corps aussi léger qu'une plume. Et pourtant, chose étrange, le lit s'est affaissé et sous son poids, le sommier a grincé comme si…

— Tu as rêvé, maman, voilà tout. Allons, reconnais que ce n'était qu'un mauvais rêve.

— Peut-être, mais les morts communiquent avec les vivants chers à leur cœur. Ils renouent les liens par le biais de la télépathie. Pourquoi non ? Les frères et sœurs ont le don inné de se parler sans se parler, tout le monde le sait. Ce n'est pas parce que tu ne vois pas l'air que tu respires qu'il n'existe pas autour de toi.

Mon pauvre frère chéri a perdu le désir de vivre, qu'il repose en paix.

— En voilà assez, maman. C'était un rêve, un cauchemar que tu as pris pour la réalité. Encore que… Bon. Tu veux que je te dise la vérité ? Très bien. Oncle Marco a essayé d'en finir, oui, mais il a été sauvé à temps.

— Il est encore vivant ? C'est vrai ? Comment croire une menteuse dans l'âme comme tu es ?

— C'est simple. Tu connais le numéro de Sammy Shehata. Tu l'appelles et tu lui demandes de te passer ton frère au téléphone. Que ma langue sèche, comme tu dis, si tu ne l'entends pas de tes oreilles te rassurer autant que possible, ma folle, mon extravagante petite maman.

— Parole d'honneur, Éva ? Je suis folle à enfermer ? »

Ma mère aspire l'air avec un petit sifflement comme lorsqu'on remonte à la surface de l'eau. Elle se bat la coulpe : « Comment on se dupe soi-même, ce n'est pas permis », et part d'un rire qui s'achève en pleurs de joie.

2.

Problème pour ne pas arriver les mains vides chez les Shehata : acheter un gâteau, une bouteille de vin casher – si ça se trouve à Manhattan ! – ou alors ce qui agrée aux dieux de toutes les religions : un bouquet de fleurs.

À 11 h 30, c'est encore M. Aboulafia qui arrête sa belle voiture devant l'entrée du Paradise Hotel. En route pour Ocean Parkway, il se retourne et, par-dessus son épaule, me demande si je sais parler l'arabe.

« Eh non, malheureusement, en arabe je sais tout juste dire *salam aleykoum*, que la paix soit avec vous et… Regardez devant vous, monsieur Aboulafia, s'il vous plaît.

— Je regarde, je regarde. Alors, dites-moi, ça vous plaît l'Amérique ? Comment non ? C'est le pays de… comment dit-on en anglais… country of wonders. Le pays des merveilles. On est bien ici. En Égypte, ne m'en parlez pas, le juif n'est rien d'autre qu'un parasite, un microbe dans le sang des musulmans. En Amérique, même les chiens ont droit à la société protectrice des animaux. Ici, grâce à Dieu, les hommes sont tous égaux devant la loi des droits de l'homme. »

Le petit père de la santé (*sic*) ponctue ses propos de brusques coups de volant. Je me penche vers lui, le prie de conduire plus prudemment. Il se retourne encore, acquiesce de la tête, et sa calotte noire sur ses cheveux clairsemés oscille d'une oreille à l'autre. Sa nuque décharnée, son dos à la veste râpée forment un tel contraste avec sa puissante voiture aux sièges de cuir impeccables que, assurément, celle-ci appartient au riche cousin Shehata. Je lui demande, la question m'intéresse, quels sont exactement ses liens de parenté avec la famille Shehata.

« Des liens, me dit-il en appuyant sur l'accélérateur, qui remontent à un arrière-arrière-grand-père venu de Syrie chercher fortune en Égypte. Que voulez-vous, certains tirent le bon numéro à la loterie de la vie, pour d'autres la vie est une serrure dont ils n'ont pas la clé. Moi que la vie n'a pas beaucoup gâté, je dis "gam zeh le tov", mademoiselle, vous savez l'hébreu ? Tout est bien qui est entre les mains de Dieu.

— Monsieur Aboulafia, dites-moi, vous connaissez mon oncle Marco, n'est-ce pas ? Mieux certainement que moi qui ne le connais pas du tout. Parlez-moi de lui, voulez-vous.

— Pourquoi non ? Marco est un homme respectable et respecté dans notre communauté. Charitable, généreux, il donne beaucoup d'argent aux œuvres de notre synagogue. Certains bien plus riches que lui considèrent les pauvres comme de la merde (excusez mon français), mais votre oncle, lui, n'oublie jamais de mettre la main à...

— Oui, monsieur Aboulafia, mais regardez devant vous, s'il vous plaît. Et dans la vie courante, quel genre d'homme est-il sur le plan psychologique ?

— Très bien sur tous les plans. Il est le capitaine de l'équipe de basket-ball d'Ocean Parkway. Les jeunes sont à sa dévotion. Les femmes, ah, les femmes ! Il est tellement bel homme que, cinq sur lui, les femmes lui tomberaient toutes rôties dans le bec, s'il le voulait.

— Vous voulez dire qu'il a eu des aventures, lui !

— Je dis s'il le voulait, il pourrait. Rien de plus, rien de moins.

— Mais vous croyez pourtant qu'il...

— Je ne crois rien du tout. Au contraire. S'il existait un prix pour désigner le meilleur mari sur Terre, il irait à Marco, Dieu lui redonne la santé.

— Et vous, vous êtes marié, monsieur Aboulafia ?

— Moi ? Tel que vous me voyez je ne suis pas beau, aucune femme n'a encore voulu de moi. Une femme a besoin qu'on dépense pour elle et l'argent, voyez-vous, ne m'a jamais aimé.

— Pour moi, en tout cas, vous êtes quelqu'un de très intéressant, croyez-moi, parler avec vous me fait très plaisir.

— Moi aussi, votre compagnie illumine ma journée. »

Nous arrivons devant la superbe maison de Sammy Shehata. Je récupère le bouquet de fleurs quelque peu défraîchies par le soleil qui incendie la plage arrière. M. Aboulafia m'accompagne jusqu'au portail. Là, une ombre d'amertume traverse son visage et il attend je ne sais quoi. L'air embaume, lourd de senteurs d'ail, d'oignons frits à l'huile d'olive. Je lui demande, pour le regretter aussitôt, s'il vient déjeuner avec nous. « Je ne mange pas chez les autres », répond-il avec la morgue d'un homme qui ne transige pas avec sa dignité. Quel curieux bonhomme ! Si miteux soit-il en apparence, il fait montre de l'inaltérable fierté des déshérités. Un personnage sorti tout droit des romans d'Albert Cohen.

« À tout à l'heure, monsieur Aboulafia, et merci encore de m'avoir servi de chauffeur. »

À midi, le jardin semble onduler légèrement sous la brume de chaleur. Des ouvriers noirs en salopette se déplacent lentement au rythme de leur travail. Le soleil à la verticale joue avec leurs dos nus comme avec de sombres miroirs. L'un bine la terre des parterres de fleurs. Un autre ratisse le pied des arbres. Plus loin, un troisième muni d'une épuisette ramasse les feuilles flottant à la surface de la piscine.

La domestique d'un certain âge qui m'ouvre la porte – celle qui m'a surprise à fouiller dans les placards de la cuisine – s'empare avec un mépris mal déguisé de mon bouquet de fleurs fatiguées. « Mme Judith est dans la cuisine et M. Sammy dans son bureau. » Je la suis dans le premier salon aux miroirs et poste de télé coiffés de voiles funèbres. Elle fond sur un chaton gris en train de griffer le siège d'un fauteuil, l'attrape par l'oreille, le secoue et brutalement le flanque par terre. Étonnée – je crois savoir que les familles religieuses n'ont pas d'animaux de compagnie –, je l'interroge : d'où vient et à qui appartient ce chaton ?

« À Sarah. Elle l'a trouvé dans la rue avec une pancarte autour du cou : "Je suis tout seul." Mme Judith a hurlé tout ce qu'elle pouvait. Mais, que voulez-vous, M. Sammy ne sait rien refuser à cette petite. Et qui est-ce qui ramasse la merde dans la litière, hein ? Bon Dieu, j'en avais déjà assez sur le dos avant l'arrivée de miss Sarah. »

Au son de sa voix radoucie, j'entends indulgence, pitié et même tendresse maternelle envers l'orpheline qui lui impose un surcroît de travail. Je me demande si elle-même, à l'instar des bonnes noires dans les romans américains, n'a pas eu à délaisser ses propres enfants pour s'occuper de ceux de ses patrons blancs. En Égypte, selon ma mère, les bonnes préféraient les maisons européennes à celles des riches musulmans qui les traitaient en esclaves. À l'en croire, Om Sayeda, sa nounou soudanaise, l'avait couvée comme la prunelle de ses yeux. Ah, ressasse-t-elle, inconsolable, Om Sayeda avait fait de son enfance un paradis. De quoi a été faite l'existence au service des Shehata de cette domestique vieillie sous le harnais ? Peut-être n'est-ce pas tant le travail que les espoirs déçus et les rêves avortés qui lui ont creusé le visage de profondes rides ? Néanmoins, il émane de sa personne une sorte de révolte, d'insolence, un je ne sais quoi de supérieur. La violence contrôlée de ses sentiments – encore que le chaton en ait fait les frais – enflamme mon imagination. J'aimerais, mais elle m'intimide, risquer des questions d'ordre personnel. Elle se dirige vers la porte : « Je vais prévenir Mme Judith », en tenant tête en bas les fleurs de mon pauvre bouquet.

La minuscule Judith arrive, poudrée, fardée et grandie par sa surabondante perruque. Elle commence par pester contre Katleen – la domestique, je suppose – qui n'a même pas songé à me proposer un verre d'eau fraîche. « Quelle chaleur, hein, ce n'est pas permis. » Suivent force baisers sonores et effusions orientales d'hospitalité : « Ma maison comme la tienne », etc. Puis elle s'inquiète : « Dis-moi, chérie, tu aimes la cuisine shami (syrienne) ? Au citron et à l'ail ?

— Oui, beaucoup, ma mère me prépare souvent du hamod céleri ail et citron.

— Ta maman nous a téléphoné ce matin. Sa voix, je l'ai reconnue tout de suite, du pur cristal. À la chorale du lycée, quand Stella chantait, un ange montait dans sa voix. Et son visage, on aurait fait des poupées avec son visage. Ça semble si loin tout ça, au bout de la Terre. Ma mémoire ne rajeunit pas. Que veux-tu, chérie, quand on a passé les cinquante ans, il y a des souvenirs que le cœur ne fait pas remonter aux lèvres. Mais j'oublie le plus important. Ta maman voulait parler à son frère. Il était à sa toilette avec l'infirmière, une femme très capable, mais quand je lui ai dit : "Marco, c'est Stella ta sœur qui t'appelle exprès", ni une ni deux il est descendu au salon. Il était tellement ému qu'il ne réussissait plus à parler sans bégayer. La joie lui paralysait la langue. Son sourire tremblait dans tous les sens, mon Dieu, des larmes brûlantes coulaient le long de ses joues. Bon, je te laisse, on a besoin de moi à la cuisine.

— Tante Judith, s'il vous plaît, que se sont-ils dit au téléphone ?

— Je n'ai pas écouté. Discrète comme je suis, je suis sortie sur la pointe des pieds. J'entendais le silence des voix et c'est tout. Le pauvre Marco souriait à des paroles tellement douces à ses oreilles que ses lèvres avançaient comme pour recevoir un baiser de sa sœur. Une chose est sûre, ses larmes étaient consolées quand il est remonté dans sa chambre. À tout à l'heure, Éva, on passe à table dans un quart d'heure. »

Restée seule au salon, une petite paix silencieuse s'empare de moi. Dans l'adversité, oncle Marco aura eu la chance de trouver chez les Shehata appui, protection, voire absolution du chef de famille en deuil tout de même de sa sœur Leila. Preuve que la sollicitude, la bonté exemplaire dont les ultrareligieux entourent leurs proches tombés dans le malheur ne sont pas des mythes.

Il est plus de 13 heures lorsque Judith claironne : « À table, tout le monde à table. »

Dans la salle à manger sur une nappe blanche sont dressés dix couverts. Les convives m'accueillent dans des débordements de joie hyperboliques. Il y a là, outre les maîtres de maison, leurs deux fils, dont j'essaye de me remémorer le prénom, avec leurs jeunes épouses emperruquées, dont l'une joint les mains avec satisfaction sur son ventre protubérant, ainsi que mes cousins, Nathan à l'expression plutôt avenante pour une fois, et Sarah qui exige de s'asseoir à côté de moi. Son oncle Sammy ne s'élève en effet contre aucune de ses volontés. Il faut un certain temps pour que chacun s'installe à la table qu'il préside. Moi à sa gauche, Sarah à ma droite et son frère à côté d'elle. Tante Judith siège à l'autre bout. Elle souffle doucement sur son verre, l'essuie et regarde à travers un point invisible dans l'espace. Je remarque que la chaise à sa gauche demeure inoccupée. Celle de l'oncle Marco ?

En ce cas, où donc s'assiéra la redoutable grand-mère ? Je pose la question à Sarah. Elle m'apprend que la nonna Latifa, ne supportant pas de vivre sous le même toit que son gendre, est allée prendre pension chez sa sœur, la tante Sheila. Cette dernière habite Riverdale, un quartier chic au nord de Manhattan. Je m'exclame, hypocrite en diable : « Ça alors ! Tu n'es pas trop triste, ma petite Sarah, d'être privée de ta grand-mère ? » Mais elle enchaîne, très excitée, sur l'adoption de son chaton : son rêve devenu réalité. Pour ma part, je commence à m'inquiéter de la chaise vide, désespérément vide, de mon oncle Marco. Tandis qu'on l'attend, la maîtresse de maison amène la conversation sur les soldes de fin d'été dans les grands magasins. La discussion s'oriente avec passion sur les prix fous fous fous de la marchandise et la difficulté de repérer les vrais des faux rabais. On égrène les noms et adresses des meilleures boutiques à Brooklyn et Manhattan. Comment ces intérêts tellement terre à terre peuvent-ils coexister avec les hautes valeurs spirituelles prônées par les religions en général et l'orthodoxie juive en particulier ? Je retourne maintes questions dans ma tête – mes connaissances en matière de religion sont limitées, inexistantes à vrai dire –, quand le *tap-tap* d'une canne résonne sur le carrelage du couloir.

« Chut, chut, s'écrie Judith, il arrive. »

Oncle Marco apparaît en robe de chambre sur le pas de la porte. Il entre, soutenu par une infirmière. Il la renvoie : « Ça va, je peux me débrouiller seul. » Des salutations, « Ahlan wa sahlan » (tu nous honores de ta présence), fusent de partout. Il s'avance vers nous comme un somnambule, comme si ses pieds le poussaient en avant vers un but que sa tête ne connaîtrait pas. Nathan se précipite pour le soutenir, le mener jusqu'à la chaise libre auprès de sa tante Judith. Une fois assis, oncle Marco promène de vagues sourires autour de lui. Son beau visage, émacié, me semble-t-il, accuse une énorme fatigue de vivre, d'avoir survécu à la mort de sa femme. Enfin, il est déjà 13 h 10 à ma montre lorsque la prénommée Katleen apporte sur un plateau une montagne d'entrées. Le chef de clan tenaillé par la faim – sa serviette nouée déjà autour du cou – récite en hébreu les bénédictions du pain, du vin et des fruits de la terre. La tablée s'attaque aux salades, quiches salées, légumes en saumure. Oncle Marco, dont Judith a rempli l'assiette à ras bord, manifeste un début d'appétit avec une bonne volonté évidente. Ce qui m'incline à penser, et c'est rassurant, qu'il s'efforce de faire plaisir à son entourage. Entre deux bouchées, Sammy évoque, non sans une nuance d'humour, le jeûne du Grand Pardon fixé par le Tout-Puissant au 8 octobre prochain. Par anticipation, tante Judith implore les mauvais mangeurs, Nathan et moi en l'occurrence, de vider leurs assiettes. Les plats trop riches se succèdent dans le bien-être un peu animal des estomacs bien remplis. Toutes les cinq minutes, je consulte subrepticement la montre à mon poignet. J'ai hâte qu'il soit 16 heures. L'envie me démange de courir retrouver Barry ainsi que nous en sommes convenus, à l'agence Air France de Manhattan. Il me manque. Son beau visage parsemé de taches de rousseur, son nez assez marqué, sa bouche charnue qui instantanément met le feu à mon bas-ventre. N'y tenant plus, je demande la permission de me servir du téléphone : « Just two minutes. » L'oncle Sammy me l'accorde : « Please, help yourself au salon, habibti. »

Je referme la porte derrière moi et compose le numéro de Barry.

Mercredi 6 septembre 1989

« C'est toi, Éva ? C'est drôle. Je pensais à toi à l'instant. En fait je pense à toi tout le temps.

— Je sais. Moi aussi, à en perdre la tête comme une gamine.

— Où es-tu ? Viens vite, je ne peux pas vivre cinq minutes sans toi.

— Je suis encore à Ocean Parkway. Le repas s'éternise. Je risque d'arriver en retard à notre rendez-vous.

— C'est bon. Je t'attendrai. Ça va ? Ça se passe comment avec ton oncle ?

— Difficile à dire. Il boit, il mange, il sourit pour donner le change. Il est là avec nous, sans être vraiment là. Tu vois ? Il plane ailleurs, sur une autre planète. L'effet de ses antidépresseurs peut-être, va savoir. À quoi pense-t-il, s'il pense, je ne sais pas.

— Tu lui as parlé ? De quoi avez-vous discuté ?

— Nos sièges sont placés de telle sorte que toute conversation entre nous est impossible. Par ailleurs, quand on lui parle il ne répond pas. Il écoute sans entendre. Il nous regarde sans nous voir. Le plus effrayant, c'est ce sourire mécanique plaqué sur son visage. Et ses yeux fixes, empreints pourtant d'une tristesse, d'un désespoir inconsolables.

— Ne prends pas un ton aussi tragique, Éva. Ça va s'arranger. It's just a matter of time. Il s'en sortira. L'instinct de survie est un réflexe conditionné chez les espèces animales, l'homme y compris.

— Oui, peut-être. Bon, je dois raccrocher, on m'attend dans la salle à manger.

— Attends une minute. Tu peux faire quelque chose pour moi ?

— Quoi donc ?

— Tu es seule, là, tout de suite ? Bon. Tu es en jupe ou en pantalon ?

— En jupe, pourquoi cette question ?

— Relève-là. Tu veux bien la relever pour moi ? Baisse ta culotte et écarte les jambes. Ne ris pas, surtout ne ris pas. Mets ton doigt, le majeur, le long de la fente. Frotte-toi le clitoris doucement. Mets ton doigt dedans. Là, là... jusqu'à ce que ça vienne. Tu mouilles, mon ange, ne mens pas. Je bande, ne bouge pas. Je te baise à mort comme je t'aime, ma chérie. Viens vite, je n'en peux plus de t'attendre.

— Oui, moi aussi, j'arrive dès que possible. »

Je laisse les battements de mon cœur se calmer avant de regagner ma place à côté de Sarah. Elle me dévisage avec insistance et, comme si elle devinait mon émoi, elle s'écrie : « Mazal tov, ma cousine, pour ton fiancé du téléphone. » Je la fusille du regard : « Quel fiancé ? Je parlais au réceptionniste de mon hôtel, voilà tout. » Elle n'en poursuit pas moins ses questions : « Il s'appelle comment ? Il a quel âge ? Il est en bonne santé ? (Autrement dit est-il fécond ?) C'est un Américain séfarade ou ashkénaze ? » Je me fâche carrément : « Tu parles à tort et à travers, je déteste ça. » Elle continue sans baisser le ton : « À quand le mariage ? Si Dieu veut, je me marierai moi aussi avec quelqu'un de bien. »

Elle se perd dans une heureuse rêverie. Pauvre petite idiote vouée à un mari qu'elle n'aura pas choisi. Un barbu d'âge mûr qui lui fera porter des bébés tous les ans... Docile victime de la pression familiale qui verra sa jeunesse s'évanouir et ses rêves se dessécher, se rabougrir dans le monde étriqué de l'orthodoxie juive. La féminité naissante de ses seize ans, l'innocence de son joli visage, son destin fixé à jamais, me serrent le cœur. Assigné à la procréation, son corps, une grosse chose pesante désormais, saura-t-il connaître et reconnaître les délices de l'amour physique ? Outre la question du sexe, sa vie défilera inexorablement monotone et sans... Mais au fait, d'où lui vient l'absurde idée de mes fiançailles ? M'aurait-elle suivie au salon ? Mes soupçons se portent plutôt sur le bavard Sofer qui, non content de nous tenir la jambe chez Capsouto, aura répandu ce qu'il estime être une bonne nouvelle. Quelle importance après tout ? J'ai des raisons autrement sérieuses de contrariété. Ce repas qui n'en finit pas de finir... Et surtout ce moment d'intimité que j'ai tant espéré avoir avec mon oncle Marco... S'il m'ignore – il est vrai que je suis placée dans un angle mort pour lui –, il ne manifeste pas davantage d'intérêt pour le reste de la tablée. Étrange que parmi tous ces étrangers, ce soit lui, le propre frère de ma mère, qui me demeure le plus imperméable, fermé, inaccessible, pour aujourd'hui en tout cas. En me penchant je peux voir que les cheveux échappés de sa kippa forment les boucles noires et épaisses d'un homme dans la force de l'âge. J'en viens à croire que la vie est toujours la plus forte. Avec la santé revenue, il sortira de sa mélancolique torpeur. À temps peut-être pour que – quelle chance de pouvoir séjourner plus longtemps à New York – nous réussissions à établir le contact.

Pour l'instant, 15 h 20 à ma montre, alors que je songe à Aboulafia m'attendant sous le soleil cuisant, un cri s'élève au milieu du brouhaha. Tous les regards se tournent vers mon oncle plié en deux sur sa chaise et gémissant : « Oh, je suis fatigué, fatigué, fatigué. » Oncle Sammy ordonne de le remonter dans sa chambre. Nathan et l'un de ses cousins parviennent à l'arracher à sa chaise. Ils le saisissent chacun par un bras et le conduisent pas à pas vers la porte du salon. Dernière vision, sa tête tombant sur sa poitrine et le mouvement de ses mains qui resserrent la ceinture de sa robe de chambre.

Lorsque je prends congé de mes hôtes avec force remerciements, Sammy Shehata se lève, l'air vraiment désolé de me voir quitter la table. Il regrette que je n'aie pas touché aux desserts.

« Au revoir, ma fille, on se voit vendredi pour célébrer le shabbat en famille. Avant quoi, nous irons à la synagogue où le rabbin consacrera une prière spéciale pour la guérison de Marco. Pour le Tout-Puissant, il n'existe pas de souffrance qui ne puisse être guérie par la prière et la croyance en Son immense bonté. »

Devant la grille, je retrouve M. Aboulafia.

« Tiens, tiens, vous voilà », me dit-il, comme s'il ne s'attendait plus du tout à me revoir.

Je lui présente mes excuses. J'impute mon retard d'une vingtaine de minutes au malaise qu'a fait mon oncle Marco. M. Aboulafia écarte les cinq doigts de sa main : « Khamsa sur lui. Bien… Et maintenant où allons-nous comme ça ? » Je lui demande de me conduire à l'agence Air France située à Manhattan, au 142 de la 57e Rue Ouest. Il m'ouvre la porte arrière. Merci bien, mais compte tenu des dangereuses virevoltes du petit père de la santé, je préfère m'installer sur le siège avant. Il démarre en trombe sans cesser de parler, de profil, l'œil en biais, comme dans les bas-reliefs égyptiens. Il parcourt Ocean Parkway à si vive allure que je garde les mains sur mes genoux pour leur éviter de trembler. Les grands arbres du terre-plein central défilent dans un bruit de papier froissé. Alors, on n'est jamais assez prudent, j'enclenche le bouton de verrouillage de ma portière. 15 h 38 à ma montre et toujours à Brooklyn une circulation intense, le grouillement sur les trottoirs d'une foule pauvre mais animée, les queues devant les magasins où les couleurs de peau se déclinent du plus noir au plus blanc. 15 h 53. Enfin, au métro aérien qui passe au-dessus de nos têtes, je reconnais la frontière invisible entre les beaux et les bas quartiers de Brooklyn. Nous laissons derrière nous les bâtiments délabrés, les boutiques miteuses et sur un mur, l'espace d'une seconde, cette affiche « Défense de cracher ». À la vue du pont reliant Brooklyn à Manhattan, je reprends espoir, je devrais être bientôt rendue à destination. Déjà l'air se sature d'une brise marine tiède et salée. Nous traversons au ralenti le Brooklyn Bridge encombré à perte de vue. Une fois à Manhattan, la circulation se fluidifie. Mais arrivés à East Broadway, un bouchon contraint mon chauffeur à s'arrêter. Des policiers campés sur la chaussée nous ordonnent : « Stop, stop, do not pass. » Un groupe d'une trentaine de manifestants noirs tournent en rond sur la pelouse qui s'étend devant le City Hall, la mairie de New York. Ils marchent avec une majestueuse lenteur en brandissant des pancartes écrites en grosses lettres capitales : « Nobody for New York but David Dinkins », « Proud to vote for the first black mayor of New York », ou encore : « Let's do this together for David Dinkins ». Ils s'attirent les sifflets et les injures d'un autre groupe, des Blancs cette fois, postés de l'autre côté de l'avenue. La tension monte. L'affrontement sous l'œil impassible des flics semble imminent. Un homme en patin à roulettes tenant une pancarte « Black Power » se matérialise une seconde devant notre pare-brise. Le visage de mon gentil chauffeur prend l'expression d'un chien méchant. Il baisse sa vitre : « Allez, foutez le camp, bande d'abrutis noirs au-dedans comme au-dehors. A-t-on jamais vu ça, un négro maire de New York ! Et pourquoi pas le blanchi à l'eau de Javel dans le fauteuil du Président ! »

Consternée, je souhaite ardemment que ses mots ne traduisent pas sa pensée. J'espère qu'il ne fait que céder au désir bien humain de se valoriser en dévalorisant plus déshérité que soi. Un antidote, somme toute, à la médiocrité de son statut social. Et le racisme, selon Joseph Roth, un de mes auteurs de chevet, n'étant pas autre chose que du mimétisme, j'absous l'inoffensif M. Aboulafia d'être à son insu contaminé par cette contagieuse maladie. Mais il continue à gueuler : « Dégagez bande d'abrutis, retournez en Afrique, là d'où vous êtes tous venus. » Le visage déformé par la haine, la bouche éructante, il écrase son poing sur le klaxon. Derrière et devant notre voiture, d'autres conducteurs y vont aussi de leurs furieux coups de klaxon. De telle sorte que, prise de colère à mon tour, j'ouvre ma portière. M. Aboulafia arrête de klaxonner, m'agrippe par le bras, s'étonne : « Vous partez ? Vrai de vrai ? Pourquoi ? » Je me dégage d'une secousse : « Laissez-moi, ne me touchez plus. » Il se recule, déconcerté par la violence de mon injonction. « Qu'est-ce qui ne va pas, mademoiselle Éva ? J'ai fait quelque chose qu'il ne fallait pas ? » Son visage est comme un masque très vieux, sans couleur, pâli soudain par une tension trop forte pour être supportable. Tout en ramassant mon sac gisant sur le plancher, j'ai le sentiment, une seconde, d'accabler un vieil homme sans défense. Alors, par lâcheté et à cause de son regard empli de stupeur chagrine, je lui serre la main : « C'est juste, monsieur Aboulafia, qu'à pied, j'irai plus vite. » Il en convient, l'embouteillage n'est pas près de finir et propose de revenir me chercher tantôt à l'agence Air France. Je lui dis assez sèchement : « Non merci, vous conduisez comme un fou, je prendrai le métro ou un taxi. » Il s'étouffe comme s'il avalait de travers et, tandis que je referme la portière derrière moi, il porte la main au cœur que je lui ai brisé.

3.

Une demi-heure plus tard.

Au sortir du métro, joie de découvrir Barry dressé de toute sa haute taille à l'angle de la 57e Rue. Il me fixe d'un regard bleu profond qui ne plaisante pas. « T'as vu l'heure ? Qu'est-ce que tu fabriquais ? Tu n'as pas oublié ton billet, j'espère ? Allons-y vite, je suis mal garé. »

À l'intérieur de l'agence où trois clients au moins nous ont précédés, l'attente se prolonge. Je raconte à Barry la violence des Blancs contre les manifestants noirs qui, devant la mairie, appelaient pacifiquement à voter pour leur candidat David Dinkins. C'était prévisible, me dit-il, en raison de la canicule phénoménale qui accroît les tensions intercommunautaires. L'Amérique, m'explique-t-il doctement, s'est construite sur le génocide des Indiens, l'esclavage, la discrimination systématique à l'encontre des minorités : les Noirs, les latinos, les juifs. Son livre, s'il réussit à l'achever, s'efforcera de démontrer les intérêts convergents des communautés stigmatisées à cause du racisme biologique (soi-disant scientifique), de leur origine géographique et de leur religion. Pour lui, le combat pour les droits civiques est d'autant plus important qu'il constitue un hommage à la mémoire de son père. Celui-ci, GI pendant la Deuxième Guerre mondiale, avait pour meilleur ami un Noir affreusement moqué et humilié par les autres soldats, sudistes pour la plupart. Un jour, sur un mur de la chambrée, était apparue une inscription au crayon : « Levine aime les Noirs », et dessous, cette autre proclamation « Levine sale youpin ». Après la guerre, le père de Barry devenu avocat soutenait que la discrimination des minorités raciales en Amérique faisait des Américains l'équivalent des nazis qu'ils avaient combattus et vaincus. Et c'est grâce à la puissante personnalité de son père, s'exalte Barry, à la force de ses convictions que, très jeune, il a su que lutter pour les droits des Afro-Américains, c'est en même temps défendre la cause des juifs. Admirable non ? J'ai toujours été attirée par les idéalistes passionnés. Néanmoins je lui demande comment concilier cette belle cause commune avec le racisme paradoxal d'Aboulafia, le vieux juif malmené par le rêve américain qui me sert de chauffeur à New York. Barry me répond, goguenard : « Hey, réveille-toi. Pourquoi n'y aurait-il pas chez les juifs aussi des salauds, des fachos, des putains, des assassins ? Croire que les juifs sont d'une meilleure qualité humaine que les autres, c'est tout bonnement du racisme inversé. »

Prends ça dans les dents, ma vieille. Là-dessus, il me pousse vers le comptoir design en inox étincelant qui vient de se libérer.

L'employée ne déborde pas d'amabilité : il va être l'heure de fermer boutique. Toutefois, à la façon dont elle se penche en avant, je la soupçonne de ne pas être insensible à l'allure de ce bel homme en veste de cuir et jean ajusté. Barry parvient rapidement à obtenir une remise de 20 % sur mon nouveau billet de retour, open cette fois. Il lui en coûtera tout de même deux cent vingt dollars, soit dans les deux mille francs, une somme équivalente à une semaine de mes revenus. Il tire de sa poche un chéquier, sans sourciller. Lorsque l'employée lui remet le billet établi à mon nom, avec, me semble-t-il, l'ombre d'un sourire narquois, j'ai le pénible sentiment d'être l'objet d'un droit de préemption. Et pourtant. Je le range prestement dans mon sac à main. C'est que, je dois l'admettre, je ne possède pas assez d'amour-propre pour renoncer à mon histoire d'amour aussi insensée que provisoire avec cet homme marié.

Une fois dans la rue, le crépuscule jette des ombres mordorées sur les longs cheveux tirés en arrière de Barry. Tout guilleret : « Tu vois, c'était pas plus compliqué que ça. Que veux-tu faire maintenant, on retourne à la maison ? », il m'enferme dans ses bras, me tapote les fesses. Je n'essaye pas de l'en empêcher. Je me colle à lui, jusqu'à sentir son sexe se durcir sous la braguette de son jean. Un bouillonnement de désir s'est déclenché, qu'on ne peut arrêter, mais qu'on ne peut non plus laisser éclater ainsi, en pleine rue. La même idée nous traverse au même instant : rejoindre aussitôt la voiture qui nous ramènera à la maison.

En passant devant la porte ouverte du salon, je détourne les yeux des tableaux de la maîtresse incontestable de la maison. Les yeux fermés, mon heure est venue et je ne laisserai quiconque m'en priver, je grimpe les marches menant au bureau de Barry. Sans allumer la lumière ni nous déshabiller, nous nous allongeons à même le plancher. Il m'écarte les jambes, pénètre en moi lentement, millimètre après millimètre, tantôt se retirant, tantôt allant plus loin, s'incrustant si profondément en moi que j'ai la sensation d'être enveloppée par lui et de disparaître peu à peu en lui. Et brusquement s'impose le mystère suprême de la jouissance partagée.

Poisseux et heureux, nous nous étendons sur le canapé et jouons au jeu favori des amoureux : pourquoi toi, pourquoi moi ? Qu'est-ce qui t'attire le plus en moi ? Que me trouves-tu de si extraordinaire ? Imagine un peu si nous ne nous étions pas rencontrés dans le hall de Random House ! Une seconde plus tôt, une seconde plus tard et nous serions séparés maintenant, disjoints, coupés l'un de l'autre pour toujours. Et comment expliques-tu cette intime connaissance du corps de l'un et de l'autre en si peu de temps ? Il me pince le bout du sein avec la satisfaction avertie de sa puissance sexuelle. Pour plaisanter, et pour qu'il m'assure du contraire, je lui demande : « Est-ce que tu ne me prendrais pas pour une espèce de nymphomane ? » Il se marre : « It's obvious, my dear. » Je lui rends la monnaie de sa pièce : « Et toi donc mon vieux ! C'est l'hôpital qui se fout de la charité. » Il en convient : « I am a sex addict, oh yes, mais à cause de toi, petite veinarde ! » Nous rions, du rire un peu bête de deux gamins qui ont parfaitement réussi un tour pendable. Quelle merveille, ce rire qui vous fait retomber en enfance. Il caresse du bout du doigt mon nez, ma joue, mes lèvres, et m'embrasse doucement d'un baiser non pas érotique mais plein d'amour. La sonnerie du téléphone retentit. Barry reste immobile, crispé, les sens en alerte, mais la sonnerie ne cesse pas. Il se lève, allume la lampe de son bureau, soulève le combiné et dit : « C'est toi ? Attends une minute. » Il pose le combiné sur son bureau et s'en va répondre sur un autre poste. À l'évidence, il s'agit d'un appel de Marcia, sa femme. Alors, c'est plus fort que moi, je fais ce que justement je m'étais interdit de faire. Je m'accroupis, l'oreille tout près de l'appareil, en retenant ma respiration. La voix de Marcia, une voix sévère, irritée, me donne la sensation de recevoir une gifle en pleine figure.

« Depuis quand ? Je n'en crois pas un mot. Enfin. Tu es libre de faire ce que tu veux, Barry, c'est ton affaire.

— C'est mon affaire, oui ! Tu sais ce qui ne va pas chez toi, Marcia ? Je vais te le dire. Tu es toujours à me juger, à me casser le moral. Tu es déprimée ? Ce n'est pas une raison pour me mettre plus bas que terre, merde à la fin. Tu te souviens comme je t'ai soutenue quand ton expo a foiré, j'étais encore plus malheureux que toi.

— Tu te souviens que tu m'as réveillée en pleine nuit pour me dire "Regarde l'article écrit sur ta peinture déprimée et déprimante" ? Tu avais choisi ce moment précis pour me démolir, Barry, parce que tu es jaloux. Tu es jaloux de mon succès, voilà tout.

— C'est faux. D'abord ce n'est pas moi qui avais écrit cet article, le seul, si je ne me trompe, consacré à ton expo. Ensuite, tes tableaux, il n'y a pas grand monde pour les aimer, à part moi et les quelques amis qui se croient obligés de les acheter. Tu sais, mon chou, je donnerais n'importe quoi pour que ton talent soit enfin reconnu. Mais il ne suffit pas de se contempler dans le miroir pour y voir Pollock ou Kandinsky.

— Salaud, odieux petit salaud. Et toi, dis-moi, tu vois qui dans ton miroir : Steinbeck, Proust, Faulkner ? Non, tu vois Barry Levine, un écrivain raté avec un fort penchant pour la bouteille. Tu as écrit un livre valable il y a combien, huit, neuf ans, et les deux autres ont été si mal reçus que tu ne t'en es jamais remis. Tu es jaloux parce que je travaille, moi, je persévère, moi, je ne passe pas mon temps à me dire que l'échec me colle à la peau. »

Un silence qui me paraît très long, puis une explosion de rage :

« Ça, c'est vraiment bas, minable, ça ne m'étonne pas de toi. Une garce prétentieuse qui se croit trop bien pour moi. Okay. Je te rappelle qu'il existe quelque chose qui s'appelle le divorce.

— Barry, arrête, je t'en prie. Ça va, calme-toi. Je t'aime. Je ne peux pas vivre sans toi et tu ne peux vivre sans moi. Même si nous avons des…

— Tu me fatigues. Salut, je te laisse, j'ai besoin d'un verre.

— Non, Barry, attends, ne raccroche pas, mon amour. Arrêtons de nous disputer. Excuse-moi. Je suis désolée de t'avoir blessé alors que tu traverses une période si difficile. C'est douloureux mais c'est une bonne chose aussi de douter, de se remettre en question, mon cher, mon tendre am… »

Un clic. Il a raccroché. Interloquée, je me replie en vitesse sur le divan. La violence de cette scène de ménage dont je ne suis pas la cause, apparemment, me stupéfie. Certes, leurs rapports ne sont pas au beau fixe, je m'en doutais. Mais comment en arrive-t-on à se déchirer dans un tel paroxysme d'amour-haine ? Je me demande si les passes d'armes féroces ne servent pas en fait de carburant érotique aux couples mis à l'épreuve du temps. J'ignore à quand remonte le mariage de Barry et Marcia. À longtemps, sans doute, trop longtemps.

Qu'est-ce qui rachète la facilité mortelle de la routine conjugale ? J'imagine, quoique néophyte en la matière, que pour eux, c'est justement cette relation sadomasochiste qui les soude à jamais et pour toujours. Ces deux-là sont liés l'un à l'autre, aussi sûrement que la vie est liée à la mort. So what ? Tu n'espérais tout de même pas l'épouser ? Tu le savais d'entrée de jeu, pauvre idiote, tu savais qu'aimer un homme qui appartient à une autre génère frustration, culpabilité et dégoût de soi. À ce moment où je me flagelle l'ego – tu aimes bien ça, hein, tu aimes bien te sous-estimer –, j'entends un bruit dans l'escalier. Barry revient, d'un pas vigoureux et, semble-t-il, joyeux, avec un verre à la main et un paquet enveloppé de papier kraft dans l'autre. Un cadeau pour moi ? Il me le donne, scrute ma réaction avec un tel sérieux que je me surprends à sourire malgré moi. « Tu ne l'ouvres pas, sweetheart, qu'est-ce que tu attends ? Ça te fera plaisir, tu verras. »

Comment un homme aussi gentil et attentionné envers moi peut-il se montrer aussi agressif envers sa femme déprimée et rabaissante, ce sont ses propres mots, laquelle n'est pas en reste de méchanceté ? Je défais le paquet dans un état de tension si extrême que je dois m'y reprendre à deux fois. À l'intérieur, deux livres de la fameuse Maya Angelou rencontrée chez Capsouto Frères. Deux ouvrages inédits en France. Un roman autobiographique, *I Know Why the Caged Bird Sings* (Je sais pourquoi chante l'oiseau en cage), et un recueil de poèmes *And Still I Rise* (Et pourtant je m'élève). Je renifle avec délice l'odeur du recueil de poèmes, tourne les pages au hasard, m'extasie : « Oh merci, Barry. » Il dit : « Moi aussi j'adore respirer l'odeur du papier neuf. » Je m'arrête au poème éponyme de l'ouvrage *Still I Rise*. Il se penche sur mon épaule, lit à voix haute :

Tire-moi dessus avec tes mots,
Saigne-moi donc avec tes yeux,
Tue-moi avec ta haine, mais
Pourtant, comme l'air, je m'élèverai.

Mon côté sexy te dérange ?
Et pour toi, est-ce une surprise
Que je danse comme si des diamants
Nichaient au croisement de mes cuisses ?

Des taudis honteux de l'Histoire
Je m'élève
D'un passé pétri de souffrance
Je m'élève
Tel un océan noir, bondissant et immense,
Débordant, grossissant, je porte la marée.

Abandonnant les nuits de terreur et d'effroi
Je me lève
Dans une aurore à l'éclat merveilleux
Je m'élève
Apportant les cadeaux offerts par mes aïeux,
Je suis le rêve et l'espoir de l'esclave.
Je me lève
Je me soulève
Je m'élève.

« Point à la ligne, conclut-il. C'est foutrement beau. Personne n'a su écrire comme Maya la plainte du peuple noir hurlant qu'il est encore esclave dans ce putain de pays et qu'il ne tardera pas à prendre sa revanche.

— Oui, c'est aussi fort que du Toni Morrison. Mais pourquoi ce cadeau ? Ce n'est pas par hasard, j'imagine, que tu m'as…

— Le hasard n'existe pas, il n'y a que des rendez-vous.

— Non, c'est vrai ? Tu m'as décroché un rendez-vous avec Maya Angelou ?

— Pas encore, mais t'inquiète, baby, je m'en occupe demain au meeting de soutien pour Dinkins. Compte sur moi, c'est comme si c'était fait. Bon, si on allait manger quelque chose, hein, je meurs de faim.

— Je n'ai pas faim. Le repas avec mon oncle Marco a été dur, tellement dur à… Mais tu ne m'écoutes pas, c'est ça, roule-toi un joint. Ce que je ressens, ce que j'éprouve, ça a zéro intérêt pour toi. Tu n'as pas la moindre idée de mon inquiétude pour mon oncle, tu t'en fous. C'est lassant à la longue

— Mais qu'est-ce qu'il y a, Éva, tu m'en veux ? De quoi ? C'est trop injuste à la fin. »

Son regard se fait vulnérable, suppliant, désarmant.

« Mais non, je ne t'en veux pas », dis-je, et c'est la pure vérité. « J'ai juste besoin d'être un peu seule, de réfléchir, de mettre de l'ordre dans mes idées. Je dois retourner à mon hôtel pour lire Maya Angelou, me préparer à l'interview, si interview il y a. Prévenir mon rédacteur en chef. Appeler ma mère. Enfin j'ai mille choses à faire d'ici demain. Au fait, comment faut-il s'habiller pour le meeting, robe du soir et tout le tralala ? J'ai une petite robe rouge pas trop mal.

— Ils s'en foutent, du moment qu'on se pointe, les poches pleines. Écoute, on déjeune ensemble demain. Tu me poseras les questions que tu prévois de poser à Maya et je te dirai si...

— Non, je ne sais pas si j'aurai le temps. On verra, je t'appelle demain, OK ?

— Okay, mais j'ai quand même l'impression que tu es furieuse contre moi.

— Pas du tout, non. Rien de personnel comme vous dites ici en poignardant les gens dans le dos.

— Si je t'ai poignardée quelque part, sweetheart, ce n'est certainement pas dans le dos. Allez, fais pas cette tête-là, souris. Explique-moi comment une fille intelligente comme toi peut n'avoir aucun sens de l'humour. Je t'aime, tu sais, je t'aime à un point qui confine à la folie. »

Il pose des baisers sur mes yeux, se cramponne à mon cou, et je sens ma rancœur faiblir, faiblir, et je pense, il est adorable, je pense, je l'aime autant que je le déteste. Je pense, ah dormir ensemble, pas seulement coucher mais dormir ensemble. Je pense, tout ce qu'il désire de moi, il l'obtient : livraison à domicile garantie. Comment as-tu pu oublier que les hommes nous baisent dans tous les sens du mot ? En tout cas j'ai eu ma dose d'émotions fortes pour la journée. Lasse jusqu'aux os, je lui demande pardon, mais vraiment il faut que j'y aille maintenant.

Aucun commentaire, mais un long soupir d'exaspération.

Je m'empresse de réajuster mes vêtements et de fourrer dans mon sac les deux livres de Maya Angelou. « Merci encore, Barry, c'est d'autant plus gentil de ta part que je n'ai lu d'elle que *La Tête haute*, son seul livre traduit en français. Est-ce qu'elle est éditée, elle aussi, chez Random House ? » Pas de réponse, mais un air obstinément morose. De même, en descendant devant moi l'escalier, pas un mot. Et devant la porte ouverte de sa maison, il boude tel un enfant à qui on aurait confisqué son jouet. Je me mords la lèvre inférieure pour ne pas rire : « Bon, Barry, tout va bien, je t'appelle demain matin. » À la façon dont il hausse les épaules, genre « Tire-toi, je m'en fous », je pense, oh merveille, il ne peut pas plus se passer de moi que moi de lui.

Chapitre 6

Jeudi 7 septembre 1989

1.

Dans un demi-sommeil, je perçois un bruit d'aspirateur à travers la mince cloison de ma chambre. Quelle heure peut-il bien être ? Sur ma poitrine repose le gros roman de Maya Angelou sur lequel j'ai piqué du nez. J'étais si fatiguée hier, émotionnellement parlant, que rien ne parvenait à mon esprit, rien ne s'y fixait. Des lambeaux de rêve flottent encore dans mon cerveau. Je me redresse, allume une cigarette, et mon rêve prend peu à peu forme. Je suis devant le bureau de Barry, le téléphone plaqué contre l'oreille. J'entends une voix me dire : « C'est à lui que je veux parler. » Soudain, une femme au visage blanc comme de la craie m'arrache le combiné, le brise en plusieurs morceaux noirs, tranchants, tournoyant à proximité de mon visage. Je me recule, terrorisée, cette folle n'hésitera pas à me défigurer, quand subitement les fragments acérés entre ses mains se transforment en cubes de glace translucides.

En clair, ce rêve est un message que je m'adresse à moi-même : pas touche à Barry, il appartient à son épouse. Soit. À cela près que c'est lui, le mari volage qui trompe sa femme. C'est lui qui m'a draguée, a allumé mon désir, m'a couchée sur son canapé, enfoncée dans sa double vie, chacune hermétiquement séparée de l'autre. Cependant, je l'aime, n'est-ce pas fou ? Que fait-il en ce moment ? Je l'imagine seul dans sa maison vide en train d'attendre mon appel. Qu'il attende, qu'il s'inquiète, même s'il m'en coûte, je ne l'appellerai qu'en fin d'après-midi, simplement pour convenir de l'heure à laquelle nous nous retrouverons au meeting de soutien à David Dinkins. Maintenant, je dois concentrer mon énergie sur un seul objectif : convaincre Maya Angelou de m'accorder un entretien. Pour se gagner les bonnes grâces de l'auteur – j'ai tôt fait de le comprendre en tant que journaliste –, il faut manifester une parfaite et admirative connaissance de son œuvre. Cela exige que je consacre ma journée à lire *Je sais pourquoi chante l'oiseau en cage.* Trois cents pages tout de même, et en anglais, à se taper (sans oublier de parcourir le recueil de poèmes). La couverture du roman présente sur fond orange un grand oiseau en ombre chinoise s'élevant dans la lumière jaune vif du soleil. En exergue, Maya Angelou dédie son livre à son fils et « à tous ces grands oiseaux noirs prometteurs qui défient le hasard et les dieux et chantent leurs chansons ». Je commence à le feuilleter et je m'arrête à la page 12 sur ce déchirant constat : « Si grandir est pénible pour une petite fille noire du Sud, être consciente de sa non-appartenance, c'est la rouille sur le rasoir qui menace la gorge. » Je pense à ma mère en butte depuis une trentaine d'années à l'administration qui refuse de substituer à sa carte de séjour la nationalité française. Je pense à son sentiment d'insécurité, à sa peur, nourrie par la douloureuse expérience d'être, après l'Égypte, expulsée du pays synonyme des droits de l'homme. Dans mon enfance, elle déversait sur moi des lamentations assorties de malédictions sur son combat contre et pour les papiers. « Tu étais un bébé quand, arrivée en France avec un simple laissez-passer, j'ai été obligée de me présenter chaque jour à la préfecture pour obtenir la permission de vivre un jour, une semaine, un mois de plus à Paris. Toi au moins, ma petite chérie, tu ne sauras pas ce que c'est de n'être nulle part chez soi. »

À présent que je suis en mesure de comprendre la détresse existentielle de ma mère, j'esquisse un parallèle avec le rasoir posé sur la gorge des Noirs en Amérique. J'exagère un peu, mais la condition de l'apatride ne constitue-t-elle pas une variation sur le thème de la non-appartenance ? Est-ce la raison pour laquelle, en poursuivant ma lecture, ce passage me fait monter les larmes aux yeux ?

« Dur a été le chemin, amers les coups de fouet subis quand l'espoir était mort-né. Et pourtant, d'un pas régulier, ces pieds en sang ne nous ont-ils pas portés là où nos pères espéraient aller ? »

Je m'émerveille du grand art de la romancière alliant la poésie à la prose de combat, quand la sonnerie du téléphone retentit.

« Hey, petite sœur, c'est moi, c'est Small Paul. Tu vas bien ce matin ? Malgré la chaleur ? Moi je suis debout depuis 6 heures. À Dakar, chez moi, on dit qu'il vaut mieux dormir à l'ombre du cercueil que sous le soleil qui brûle comme le feu. On dit aussi que la lune a engendré l'homme blanc, tandis que l'homme noir a été créé par la lumière du soleil.

— Small Paul, s'il te plaît, on ne va pas y passer la journée. Tu as des messages pour moi ?

— Deux, oui.

— De ma mère, j'imagine ?

— L'un de ta maman. L'autre d'un type qui parle avec le drôle d'accent des Pakistanais ou des Arabes, je ne sais pas. Un certain Chera…

— Shehata, c'est un parent à moi, que voulait-il ? Que t'a-t-il dit exactement ?

— Tu dois le rappeler le plus tôt possible pour une chose importante. »

Prise d'un mauvais pressentiment, je cherche dans mon sac le carnet où j'ai noté le numéro de téléphone de Sammy Shehata.

« Shalom, ma fille, je dois te parler d'un problème embêtant, comme s'il m'en manquait en ce moment !

— Il est arrivé quelque chose de grave à mon oncle Marco ?

— Au contraire, Baroukh Hachem. Marco va de mieux en mieux, crois-moi. Il m'a même dit qu'il voulait se remettre à travailler le plus tôt possible. Il s'inquiète, et c'est bon signe, de l'état de sa situation financière. D'autant qu'on ne sait pas si l'assurance acceptera de prendre en charge la destruction de sa maison, time will tell, attendons la suite. Non, le problème, c'est ce pauvre Aboulafia. Hier, il a eu un accident de voiture, le diable l'emporte, je ne lui ferai plus jamais confiance.

— Un accident ? Je suis désolée. Il n'est pas blessé au moins ?

— Pas tellement, c'est un miracle, mais ma Chevrolet Silverado est bonne pour la casse, maalesh, peu importe. Écoute, à sa place, c'est Nathan qui viendra te prendre à ton hôtel demain à 5 heures. And do me a favor, je t'en prie, ne viens pas en pantalon. Mets une robe et un foulard, ou n'importe quoi, pour te couvrir la tête à la synagogue. »

Bien que je sois affectée par l'accident survenu à Aboulafia – quid de ce « pas tellement » blessé ? –, je ne suis pas mécontente de pouvoir faire demain un bout de chemin avec mon cousin Nathan. Ce sera l'occasion ou jamais de parler seule à seul avec ce garçon sombre et tendu par une froide colère, une colère que le chagrin, l'impuissance devant la mort de sa mère, aura rendu mutique. Son mutisme me fait penser au silence des enfants qui ne comprennent rien aux causes de leur désespoir. Tient-il rigueur à son père de la mort particulièrement atroce de sa mère ? Est-ce que son projet de partir vivre en Israël, dans un kibboutz socialiste et laïque qui plus est, ne constituerait pas une insurrection contre la religion de son père ? Peut-être, oui, encore que j'ai une fâcheuse tendance à projeter mes impressions, points de vue et sentiments sur autrui. Bon, soyons indulgente et compatissante envers mon pauvre oncle Marco : la fatalité et elle seule doit être tenue pour responsable de la tragédie qui a coûté la vie à Leila Sultan. Ou comme dirait ma mère : « La méchanceté du destin, avanies et calamités, j'ai tout avalé. »

À cet instant, télépathie génétique, c'est ma mère que Small Paul me passe au téléphone.

« Éva, c'est toi enfin. Tu n'as pas une minute à toi pour appeler ta mère, ça ne fait rien, j'ai l'habitude, fini, n'en parlons plus. Écoute, hier j'ai débordé de joie et même de bonheur, hier… j'ai eu Marco au téléphone. Tu le savais, mais d'où par où ? Ah, tu étais à déjeuner chez les Shehata, des gens bien finalement, tu les remercieras de ma part. Je regrette, mais ne leur dis surtout pas, je regrette de les avoir mal jugés. Quoi ? De quoi nous avons parlé, ton oncle et moi ? D'abord j'étais si émue de l'entendre en chair et en os que je n'arrivais pas à sortir un seul mot. Lui il n'arrêtait pas de s'étonner : “C'est toi, Stella, c'est vraiment toi ?” Son cœur s'étranglait dans sa voix. Comment je l'ai trouvé, tu veux dire moralement ? Abattu et un peu déprimé, je m'y attendais, remarque. L'absence de sa chère Leila est comme une épine enfoncée dans sa chair. Il m'a dit aussi qu'il n'y avait qu'une issue à sa vie, sa propre mort. Je l'ai grondé bien sûr en lui disant qu'il devait rester en vie pour l'amour de ses enfants. Alors, chose étrange, il s'est mis à me raconter comment Dieu, pour éprouver Abraham, lui avait ordonné de lui offrir Isaac en sacrifice. Que voulait-il dire ? Que la dette qu'il avait à payer au ciel pour n'avoir pas su protéger sa femme allait se transférer sur ses deux enfants ? Là, je me suis mise carrément en colère. D'abord, cette mode de citer Dieu à tout bout de champ. Ensuite, parce qu'il était assez puni comme ça par le Dieu qui lui avait ordonné de ne pas toucher à la chaudière sur le point d'exploser. Tu me connais, combative comme je suis, j'ai réussi à apaiser l'amertume de son cœur. J'ai même réussi à le faire rire en lui racontant...

— Maman, abrège s'il te plaît, j'ai besoin de me mettre au travail.

— Attends, attends, je ne t'ai pas dit le plus important. J'ai fait un rêve très bizarre

— Maman, maman... je te rappelle ce soir à la maison sans faute, ma petite maman chérie.

— Sans faute, sinon... Et toi, travaille bien, ma petite fille mariée à son travail. »

Le soupir de satisfaction qu'elle émet avant de raccrocher ne me surprend pas. J'ai maintes fois pensé qu'elle s'angoissait à l'idée que je puisse un jour ou l'autre me marier. À craindre ainsi un rival, elle oublie commodément le fait que je ne suis plus sa petite enfant adorée mais une femme en âge de convoler (quel horrible mot). J'ai beau la rassurer sur ce point – la féministe en moi déteste l'institution surannée et patriarcale du mariage –, ma mère n'en continue pas moins à me mettre en garde contre les hommes, mon père autrement dit, qui vous abandonnent avec un bébé sur les bras.

Mais assez lambiné, mon estomac crie famine. Donc descendre prendre le petit déjeuner, renouveler ma provision de cigarettes et remonter rapido-presto dans ma chambre afin de me replonger avec plaisir dans les livres de Maya Angelou.

Je me précipite sous la douche. En enfilant jean et chemise, je constate qu'il me faudra défroisser, voire même repasser, la robe rouge à porter ce soir, faute de mieux, au gala de soutien à David Dinkins. Inouïe, non, cette chance d'assister à un événement d'importance historique ? Et grâce à qui ? Bouffée de gratitude envers Barry. Euphorie à la pensée qu'outre sa gentillesse, c'est un amant formé pour donner du plaisir aux femmes. De plus, c'est un écrivain, qualité suprême pour la passionnée de littérature que je suis. Autant de raisons d'aimer Barry à la folie. Je le sais, il entre de la folie dans l'amour effréné pour un homme marié. Mal marié ? Ces deux-là ne peuvent plus se supporter. Car enfin ne lui a-t-il pas méchamment asséné au téléphone : « Il existe quelque chose qui s'appelle le divorce » ? Il faudrait être aveugle et sourde surtout, ma vieille, cache ta joie, pour ne pas en déduire que Barry et sa Marcia sont au bord de la rupture. Même si je n'y suis pas pour grand-chose, pas encore, ne nous leurrons pas, je savoure le fait que durant une semaine au moins nous serons l'un à l'autre entièrement. Après quoi, comme dirait ma mère : il est difficile de prophétiser, surtout l'avenir. Pleine d'entrain et d'énergie, je me dirige vers la porte de ma chambre quand – on ne me fichera donc jamais la paix ? – le téléphone se remet à sonner.

« Éva, c'est moi, hey, que se passe-t-il, my little darling ? J'attendais, j'espérais tellement ton coup de fil. Oh Seigneur, tu m'en veux terriblement ? Je comprends. Je me suis comporté de façon odieuse hier, tu as raison. Comme un enfant gâté qui en demande toujours plus ? D'accord, tout à fait d'accord là-dessus. Tu as le droit, bien sûr que tu as le droit de vouloir être seule parfois. Seulement, mets-toi un peu à ma place. Tu me manques. On a fait l'amour fabuleusement, non ? Quoi ? Mais oui, je te laisse travailler. À ce soir, okay, pour le gala David Dinkins. C'est dans une salle du Hard Rock Cafe à Times Square. Je viendrai te prendre à ton hôtel vers 19 heures, avec ma moto, oui j'ai une moto, ça t'étonne ? Pourquoi ? Tu me trouves trop vieux pour jouer les Hells Angels ? J'ai aussi une vieille bagnole si tu préfères… sauf qu'il est à peu près impossible de se garer à Times Square. Justement, je me disais qu'on pourrait aller passer le week-end à Cape May, une station dans le New Jersey. J'ai une bicoque là-bas, pas loin de la mer. Ça te tente ? On pourrait partir demain matin. Comment ? Vendredi soir, tu dois faire shabbat avec ta famille d'Ocean Parkway ? Okay, on partira samedi. Tu ne sais pas, pourquoi tu ne sais pas ? Mais non. Toni ne rentre pas avant lundi prochain. Puisque je te le dis, enfin, tu l'auras, ton interview. D'abord, la vanité des écrivains n'a pas de limites, et puis, comme tout le monde, Toni adore la France et l'esprit des Français. Chez nous, les critiques littéraires sont des emplâtrés frustrés qui… Okay, je parle, je parle alors que tu as mille choses à faire. (Il fredonne.) *If it be your will*, tu aimes Leonard Cohen ? *That I speak no more and my voice be still as it was before.* Okay, je la ferme puisque c'est ce que tu veux. Travaille bien. Je t'attendrai à

19 heures devant ton hôtel. Je t'embrasse partout comme tu aimes. »

2.

À 19 heures pile, Barry m'attend devant l'entrée de mon hôtel. En tenue de motard, veste et pantalon de cuir noir, bottes montantes, il combine la force virile avec une touche féminine quand, se penchant pour m'embrasser, des mèches blond-roux échappées de son casque lui battent les joues. Il est beau. Je l'aime. J'aime depuis toujours chez les hommes qui roulent des mécaniques l'ambivalence masculin-féminin.

« Tu as bien travaillé ? me demande-t-il. Tiens, mets ce casque. »

Je me coiffe d'un casque rouge criard, celui de sa femme ? – laisse tomber Éva, du calme, profite du moment présent –, et lui sourit : « Oh oui, j'ai pas mal bossé malgré l'atmosphère d'étuve dans ma chambre. Comment tu me trouves avec ma petite robe du même rouge que ce casque ? »

Il rit, question superflue : « Tu es superbe, merveilleuse, you don't have to fish for compliments (inutile d'aller à la pêche aux compliments). »

Nous nous dirigeons vers la moto garée un peu plus loin, une considérable machine de casse-cou. Il l'enfourche, met le moteur en marche. Assurant la bandoulière de mon sac, je monte derrière lui, passe mes bras autour de sa taille, me rive à son dos. Il se retourne : « Je t'excite hein ? » et il démarre dans le crépuscule gris-bleu.

Il accélère, éclipse une voiture au centimètre près, tel un acrobate à l'entraînement. Il redouble encore de vitesse, ignore les appels de phares brillant dans son sillage comme autant de petits soleils lui faisant escorte. Tu déraillles ma vieille et pourquoi pas, tiens, une couronne de perles de lune sur son front ? En moins d'un quart d'heure, nous voilà rendus à Times Square. Maintes voitures, dont une limousine longue de trois mètres, occupent les rares places de parking. Barry cadenasse sa moto à un panneau d'interdiction de stationner : « Si ça barde, les flics auront d'autres chats à fouetter. » Je lui rends le casque fatal à mes cheveux aplatis sur ma nuque. Et tandis que je m'efforce de redonner forme à mes boucles, Barry fourre les casques dans les sacoches de la moto.

Devant le Hard Rock Cafe se pressent quantité de personnalités prises sous les flashs des photographes. Je reconnais à leur uniforme des policiers venus en nombre, chargés je suppose de repousser d'éventuels opposants au candidat noir à la mairie de New York. Parmi la faune prestigieuse, une majorité de Noirs à la dégaine d'artiste. Les Blancs ne sont pas en reste dans le genre bohème friqué au cœur à gauche toute. Barry navigue là-dedans comme un poisson dans l'eau. Je suis épatée par son aisance avec les célébrités qu'il interpelle par leur prénom : « Hello Sonny », « Dear June, glad to see you », « Hey Spike comment vas-tu, mon vieux pote ? » S'agirait-il de Spike Lee, le fameux réalisateur de *Do the Right Thing* ? C'est un petit homme à grosses lunettes, doté d'un maigre bouc et vêtu d'une longue tunique à motifs africains, dont les yeux obstinément baissés sur ses baskets découragent quiconque voudrait l'approcher. Puisque Barry omet de me présenter à ses amis, je m'éloigne dans l'intention de repérer Maya Angelou quelque part dans la cohue.

Jouant des coudes, j'entre dans un cercle formé autour de… Aretha Franklin, ma parole ! Elle signe des autographes et, derrière elle, un cameraman attend qu'elle en ait fini pour recueillir ses propos. De sa belle voix de bronze, Aretha remercie ses admirateurs, autrement dit elle les congédie, mais ils restent groupés autour de leur idole à laquelle le journaliste épingle un micro. Je repars, mue par le fol espoir de convaincre Maya Angelou de m'accorder un entretien. Un mouvement de foule m'entraîne vers le Hard Rock Cafe. C'est un bâtiment extravagant qui, entre deux gratte-ciel, entrecroise les styles baroque et art déco des années folles. En témoigne l'arche centrale que surplombe toujours l'enseigne « Paramount » en lettres cursives, un rien délitée, tel un rappel nostalgique de l'époque du cinéma muet. Le plus extraordinaire étant, flanquée à gauche de l'édifice, une gigantesque guitare vibrant, sinon de musique, du feu roulant d'ampoules électriques. Cet édifice est trop dingue, il me ravit. Alors que je sors de mon sac bloc-notes et stylo, survient Barry, l'air pas content, mais alors pas content du tout : « Où étais-tu passée, je t'ai cherchée partout durant une éternité.

— Tu étais tellement occupé par tes mondanités que je suis partie à la recherche de Maya Angelou.

— Moi aussi, figure-toi, je l'ai cherchée jusqu'à… Écoute, darling, sorry, j'ai une mauvaise nouvelle à t'annoncer, mais t'inquiète, j'ai trouvé la solution.

— Barry, ne tourne pas autour du pot, dis-moi, c'est à propos de Maya Angelou ?

— Exactement. June, c'est l'assistante d'Oprah Winfrey, m'a dit que Maya ne serait pas là. Elle a attrapé une cystite carabinée et…

— Ah, j'en étais sûre que ça allait foirer. Depuis le début, de toute façon, je vais d'échec en échec. L'une se barre au bout du monde, l'autre tombe malade d'une cystite dont elle parle à qui veut l'entendre. Sans blague. Ce qui est sacrément certain, c'est que je suis une incapable, pas foutue de décrocher une…

— Relax, baby, relax. Moi, je t'ai décroché, moi, une interview avec Spike Lee, le petit bonhomme déguisé en roi du royaume du Dahomey. J'allais te le présenter quand tu t'es tirée. Tu vois qui c'est ?

— Bien sûr. C'est le fameux réalisateur de *Do the Right Thing* qui a fait un tabac au dernier Festival de Cannes. J'ai vu son film à sa sortie à Paris. Et il accepterait de m'en parler, non, c'est vrai ?

— Puisque je te le dis. J'ai tout organisé. Il t'attendra demain à 11 heures dans sa boîte de production. Promis juré. Fais-moi confiance sur ce coup, okay ? Ça te va, tu es contente ?

— Okay, happy, happy, happy, si je ne tombe pas une fois de plus sur un os. »

Pas tout à fait rassurée quant à la poisse qui me colle aux basques, j'adresse à Barry un sourire de béate gratitude, lui au moins est adorable de gentillesse envers moi. Un haut-parleur annonce l'ouverture des portes du Hard Rock Cafe. Le public, vague grandiose qui ne demande qu'à déferler, ondule lentement vers l'accès. De chaque côté de l'entrée, des vigiles vérifient sur une liste les noms des invités.

Barry glisse son bras sous le mien. Nous pénétrons à la queue leu leu dans la fraîcheur climatisée d'une sorte de labyrinthe aboutissant à une galerie fourmillante d'objets de collection. Au sol une moto ayant appartenu, la plaque en atteste, à Elvis Presley, un juke-box, deux ou trois pianos mécaniques à roulettes et le vibraphone d'un certain Red Novo. Sur les murs sont accrochées les guitares signées d'Elvis Presley, Eric Clapton, B.B. King, Chuck Berry, Jimi Hendrix et autres étoiles mortes des sixties, Jim Morrison et Janis Joplin, ma préférée entre toutes les victimes d'overdose.

Puis nous arrivons, un peu hébétés par notre errance de trophée en trophée, sous la nef géante d'une immense salle de restaurant, ambiance dîner de gala. Tables de six personnes, occupées déjà pour la plupart, nappées de blanc et dressées de couverts en argent ciselés, de bougeoirs en bois doré, de seaux à champagne en cuivre rougeâtre. Comme je m'étonne du riche apparat, je m'attendais plutôt au genre Salle de la Mutualité, Barry se marre : « Aux States, l'argent appelle l'argent.

— Et la quête se fera comment ? Comme à l'église ? »

Il joint les deux mains en prière : « Donnez et il vous sera beaucoup donné. » Son irrévérence, joyeusement impie, ravive mon sentiment que nous sommes lui et moi sur la même longueur d'onde. Nous, et tout est dit dans ce « nous », bataillons ensemble contre l'afflux de gens en quête de places assises. À l'autre bout de la grande salle s'élève une estrade décorée genre kermesse, où banderoles et drapeaux entourent le portrait du futur maire de New York.

Des jeunes gens à la taille ceinte d'une corbeille distribuent des badges « Dinkins for Mayor » à dix dollars pièce et recueillent sur les tables des chèques dont, m'explique Barry, Oprah Winfrey, la maîtresse de cérémonie, citera le montant ainsi que le nom du généreux donateur.

En attendant le show et faute de places libres, nous nous faufilons vers le bar passablement encombré lui aussi. De haute lutte, Barry arrache au barman une vodka orange et un martini à moindre dosage d'alcool qui, pourtant, me tourne la tête agréablement. J'ai de nouveau vingt ans, l'âge qui donne à croire que l'amour dure toujours, enfin toutes ces conneries qu'on se raconte à cet âge-là. Il n'empêche et quel qu'en soit le prix, l'amour forme le centre de ma vie. À cet instant, alors que je suis dans un état planant d'euphorie, une femme s'immisce entre Barry et moi et, ce culot ! se pend au cou de Barry. Une superbe jeune femme noire coiffée à la Grace Jones : tempes rasées et haute brosse de cheveux sur la tête. Jambes interminables, seins et fesses moulées dans une robe pailletée, paupières fardées de bleu électrique. M'ignorant, elle se frotte sa joue contre celle de Barry. Ils se disent à l'oreille des choses inaudibles dans le brouhaha ambiant, tellement absorbés l'un par l'autre que je me contorsionne pour leur rappeler mon existence. Mais rien, pas même la danse des sept voiles ne parviendrait à tarir leurs intimes chuchotis. J'enrage, cela va de soi. Alors, dans un sursaut de solitude et d'audace, j'assène une tape sur l'épaule distraite de mon amant : « Barry, tu ne me présentes pas à ton amie ? » Il me toise avec un certain embarras, il me semble, me nomme : « Éva, une journaliste française acquise à notre cause. » Puis, allumant un joint, comme pour gagner le temps de forger un mensonge, il dit : « Éva, this is Kayla, she's one of the organizers of this fundraising. » Une organisatrice !… Tu parles, Charles ! La créature d'une révoltante beauté me tend la main : « Merci de soutenir notre combat, je dois y aller, sorry, have a nice time. » Et elle me tourne le dos, non sans m'avoir lancé un regard assassin.

Blessée à vif, j'explose : « C'est qui, cette bombe sexuelle que tu tripotais sous mes yeux ? Une de tes maîtresses, n'est-ce pas ?

— Kayla, ma maîtresse ? (Haussement d'épaules.) Kayla est ma belle-sœur, voilà tout.

— La femme de ton frère, bien sûr, c'est commode. Ne m'as-tu pas dit que tu étais enfant unique, comme moi du reste ?

— Kayla est la petite sœur de Marcia, ma femme. » Il glousse : « Tu es jalouse, sweetie, j'adore ça.

— Sa sœur ? Mais alors Marcia est une… (le mot "Noire" s'étrangle dans ma gorge), une Afro-Américaine ?

— Tu ne le savais pas ? Ah bon. Tu n'as pas soif ? »

Il fait le geste de boire dans un verre imaginaire.

La révélation me bouleverse. Une sensation de brûlure me monte aux joues. Je suis submergée par un sentiment de culpabilité si aigu que ma tête s'abaisse sous le poids de la honte. Une féministe aguerrie doit s'interdire de chaparder l'époux d'une « sœur de combat contre le patriarcat », une règle que j'ai enfreinte parfois en me jurant que ce serait la dernière. Mais, circonstance aggravante cette fois, c'est une sœur à la peau noire que je trahis et bafoue de façon impardonnable. Encore que, piètre excuse, me fiant au patronyme McBain de Marcia, j'imaginais une Anglo-Saxonne, pâle et blonde. Me sentirais-je moins coupable si la femme de mon amant n'avait pas la peau noire ? N'est-ce pas une sournoise forme de racisme que de…

« Hey, Éva, mon chou, hey ça n'a pas l'air d'aller. T'es jalouse, hein, mais y a vraiment pas de quoi. Je t'aime. Je n'ai jamais aimé aucune femme autant que toi.

— Tu n'as jamais aimé aucune femme autant que moi, même pas la tienne ?

— Si au début, mais tu sais ce que c'est, un couple marié depuis une quinzaine d'années.

— Hé non, justement, je ne sais pas. Ta femme est au courant que tu la trompes ?

— D'abord, je ne la trompe pas tant que ça. Quand bien même, elle s'en fiche que j'aie une maîtresse ou pas. L'amour physique et elle, tu sais… Nous faisons l'amour une fois tous les six mois. Et encore. Ça ne l'intéresse plus du tout au fond. C'est chimique chez elle. Freud a dit que l'artiste sublime ses pulsions sexuelles au profit de son travail de création.

— Si Freud l'a dit…

— Et moi, Éva, je te dis que je n'ai jamais aimé aucune femme autant que toi. Je te l'ai prouvé, il me semble, tu ne crois pas ? Bon (il regarde l'heure à sa montre), 9 h 30, non mais merde, ils vont nous faire attendre encore longtemps ? »

La salle comble et enfumée clame son impatience en vociférant « Oprah, Oprah, Oprah… ! » Les gens attablés orchestrent le chahut en tapant des pieds, *boum-boum-boum*, et en entrechoquant assiettes, verres et couverts. Quelqu'un fantasme haut et fort à propos d'une bombe sur le point d'exploser. Soudain, une voix dans les enceintes réclame le silence et, triomphale, annonce l'entrée en scène d'Oprah Winfrey. Applaudissements frénétiques. Elle s'avance, en robe de soirée, scintillante sous les feux de la rampe. Elle règle le micro à sa hauteur, s'écrie : « Seigneur Dieu, jamais vu un parterre de gens aussi extraordinaires, pas étonnant qu'ils soutiennent tous notre David Dinkins ! » L'auditoire scande : « Dinkins, Dinkins. » Puis, passons aux choses sérieuses, elle déclare ouverte la levée de fonds indispensable au succès « du premier Noir descendant d'esclaves qui fera du rêve du révérend Martin Luther King une réalité ».

Au bar, quelqu'un s'époumone : « Oh yes, sister, vide-moi les poches. » À la répartie d'Oprah : « Je vais vous essorer jusqu'à la dernière goutte verte de vos dollars », explosion de rires assourdissants. Elle pioche dans un des paniers des collecteurs un chèque, en énumère le montant, révèle le nom du généreux donateur. Plaisante : « Peut mieux faire, non ? Qu'en pensez-vous, bunch of stingy (bande de radins) ? » Elle pêche des chèques les uns après les autres, les expose à la lumière des projecteurs comme pour vérifier qu'ils ne pas sont en bois.

J'en ai marre. Marre de la cacophonie. Marre de la valse des chiffres braillés dans le micro, comme autant d'actions cotées en Bourse. Marre des libéraux noirs et blancs qui militent en buvant du champagne. Ce cirque… ! Ah, être ailleurs, n'importe où plutôt que dans la chaleur qui monte, loin de la tabagie pareille à un brouillard tombé sur la salle et, pis encore, du piétinement douloureux dans mes escarpins à hauts talons. Je me sens mal, je ne vais pas tarder à pleurer. Je pousse du coude Barry : « Écoute, j'étouffe, je n'en peux plus, sortons d'ici. » Il n'est pas contre aller manger quelque part, vu que le bar n'offre même pas des appetizers et qu'il s'est déjà acquitté de son don au comité de soutien de David Dinkins. Enfin, comme je m'inquiète à propos du rendez-vous arrangé avec Spike Lee, il jure, sur ce qu'il a de plus cher au monde (moi, bien entendu), que son vieux pote tiendra parole : « Demain, à 10 heures, je t'emmène dans sa boîte de prod à Harlem. »

Dehors, la façade biscornue du Hard Rock Cafe jette l'éclat électrique de ses néons dans la nuit calme, apaisante. Barry se dirige vers un restaurant proche de l'endroit où il a garé sa moto : la Freddy's Tavern, minuscule pub au plafond bas.

Nous mangeons du poulet frit garni d'une purée de patate douce. Barry commente inlassablement la formidable performance d'Oprah Winfrey, le montant de la collecte sera demain dans toute la presse new-yorkaise. Moi, j'use d'un moyen détourné pour l'amener à me parler de sa femme : « Ta belle-sœur, Kayla, c'est ça ? Elle est belle à en couper l'appétit ! Kayla, c'est son vrai prénom ? On dirait celui d'une reine guerrière d'Afrique noire.

— Non, elle s'appelle bien Kayla.

— Kayla McBain, comme Marcia ta femme ? C'est une artiste, elle aussi ?

— Photographe et surtout militante à plein temps.

— Je me demandais justement, à propos du travail de Marcia, pourquoi elle signe ses tableaux de son nom de jeune fille, McBain, et pas de son nom de femme mariée, Levine. McBain, c'est un nom écossais, irlandais ?

— À l'origine, c'est le nom du maître blanc des ancêtres de Marcia qui ont été kidnappés en Afrique et vendus comme du bétail dans l'État du Maryland. Son arrière-grand-père a essayé de s'enfuir. Ramené dans les fers à la plantation, McBain l'a pendu à un arbre sous les yeux de sa petite-fille, la grand-mère de Marcia. Quant à savoir pourquoi, après notre mariage, elle a voulu conserver le foutu nom du foutu bourreau de ses ancêtres… Par fidélité envers ses parents, je suppose, qu'ils soient fiers de leur fille. Et pour bien montrer au monde entier, “fuck my husband”, que l'artiste prend le pas sur l'épouse au foyer. »

Saurait-on mieux dire la guerre déclarée entre ces deux-là ? Et c'est avec une sournoiserie infâme que j'aligne des arguments en faveur des femmes maîtresses, contre la volonté des hommes, de leur patronyme de naissance, de leur vocation, de leur destin. Mais il bâille, il est tard, et va savoir si sa moto n'aurait pas récolté une contredanse, voire été emmenée à la fourrière.

Non, nous la retrouvons bien, enchaînée au panneau d'interdiction de stationnement. Ouf, et l'expression soucieuse de Barry fait place à l'air émoustillé d'un primo-délinquant qui aurait berné les forces de l'ordre

3.

Il est largement minuit lorsque nous arrivons en vue de la maison. Je constate à la lueur des réverbères combien elle apparaît modeste et discrète, comme si elle se réservait pour la vie intérieure de ses habitants.

Le seuil franchi, Barry m'a réservé une surprise : « Puisque tu ne veux pas dormir dans ma chambre. » Il a pris soin de mettre des draps dans la chambre d'amis, située, à la différence de son bureau, au premier étage sensiblement plus protégé de la canicule.

Nous tombons sur le lit, les mains pleines de tout ce que nos doigts peuvent saisir de palpable, vêtements, chair, peau douce, lèvres tièdes, courbe des cuisses, et de choses cachées derrière le sexe, sous le sexe et dedans, dans la violence intérieure de mon corps comme coupé en deux pour un temps. Oh Barry, ne t'arrête pas, Barry, fais-moi jouir longtemps, fortifie-moi de ton plaisir, bois-moi, mange-moi à ta faim, tue-moi, mon amour, qu'importe, car je me meurs d'amour pour toi.

Il a déchargé tant d'énergie qu'il ne tardera pas à s'endormir. Et voilà que me vient la méchante envie de monter à l'étage pour voir la photo de l'épouse légitime posée sur son bureau. Je veux, je dois enfin découvrir si elle est le superbe sosie de la superbe dénommée Kayla. Si oui, tu l'auras bien cherché, la jalousie te fera souffrir un peu plus, voilà tout.

La barbe, il trouve encore la force de se rouler un joint. Je bâille à répétition, feins d'être incommodée par la fumée de son herbe, tousse pour faire bonne mesure. Enfin, sa cigarette écrasée dans le cendrier, je peux éteindre la lampe de chevet. Il se coule contre moi, me serre très fort en poussant des petits soupirs d'aise. J'attends que sa respiration se fasse régulière, paisible, pour me dégager doucement de son étreinte. Et je commence, on n'est jamais assez prudente, par me précipiter sous la douche du cabinet de toilette.

Drapée dans une serviette de bain, je gravis l'escalier menant au bureau sous le toit. À chacun de mes pas humides sur les marches, je tremble à l'idée d'être prise en flagrant délit d'espionnage. La porte du bureau s'ouvre sur l'obscurité, j'allume la lampe de la table de travail. Allez, trêve d'atermoiements. J'allonge le bras vers le cadre, non sans songer, avant de le saisir, à effacer ensuite la trace de mes doigts, enfin ce genre de choses que fait au cinéma l'assassin revenu sur le lieu de son crime. Non mais quel âge t'as, ma vieille, douze ans ? Je m'en empare, enfin je vais voir à quoi ressemble l'épouse de mon amant, quand… Déception. Sur la photo en noir et blanc, c'est un vieil homme assis sur une chaise cannée qui me regarde à travers des lunettes cerclées d'acier. Il a un livre ouvert sur les genoux, les épaules légèrement voûtées, et sa tête raide sur son cou conserve une chevelure grise aussi abondante que celle de… de son fils ? Le même long nez aquilin, le même menton volontaire un peu alourdi par l'usure du temps. Oui, ressemblance indiscutable, émouvante parce que prémonitoire, les années passant, du futur visage de Barry. Ma mère n'a gardé aucune image de mon père, pas même la photo de leur mariage afin, selon moi, de le vider de toute substance. Elle prétend n'avoir pu emporter, au départ du Caire, avec les deux seules valises autorisées, l'album de photos « lourd, triste et muet ». Ainsi, mon père égaré aux confins de nulle part a torturé mon imagination de petite fille impuissante à se représenter le moindre de ses traits.

Mais assez, assez de m'apitoyer sur les tourments d'une enfance gavée en revanche de l'insatiable amour de ma mère. Et si, entre-temps, Barry se réveillait et s'apercevait de mon absence ? En reposant la photo de son père, je me rends compte qu'elle occupe sur son bureau la place dévolue en général à l'épouse bien-aimée, non ? D'un doigt joyeux je trace en l'air un gros point d'interrogation.

CHAPITRE 7

Vendredi 8 septembre 1989

1.

Ce matin, Barry est descendu préparer le petit déjeuner. Le soleil dans la chambre d'amis entretient l'espoir d'une belle journée, une de ces journées où tout ce que l'on entreprend vous réussit. Pourtant, repliée en position fœtale sur le lit, je me consume d'inquiétude à l'idée que l'interview fixée à 10 heures avec Spike Lee puisse tomber elle aussi à l'eau. Barry a beau la tenir pour acquise, la loi des séries peut très bien continuer à me narguer. Pour quelle raison ce type rien moins qu'abordable (à en juger du peu de cas qu'il faisait hier soir du commun des mortels en général, et de mon insignifiante personne en particulier) daignerait-il m'accorder une seule minute de son précieux emploi du temps ? Ce qui est certain, ma pauvre fille, c'est ton penchant pervers à l'autoflagellation. Recours alors au mantra : t'en fais pas, t'en fais pas, t'en fais pas. Bon, imaginons, Barry est catégorique là-dessus, que Spike Lee consente à me recevoir, il me faut, sans perdre une seconde, rassembler les souvenirs gardés de son film, vu il y a six mois de ça, établir une liste de questions à l'écart des sentiers battus, peaufiner compliments et flatteries auxquels aucun artiste n'est insensible, un exercice où j'excelle sans scrupule, ma foi, c'est le métier qui veut ça.

Donc, plus une seconde à perdre au lit, je me douche, m'habille, saute le petit déjeuner ? Non, Barry en ferait toute une histoire et les odeurs qui montent de la cuisine stimulent l'appétit.

2.

À l'heure dite, Barry me conduit à moto jusqu'à la boîte de production fondée par Spike Lee à Harlem. Un immeuble ancien de trois étages qui, compte tenu de sa belle allure, fleure l'incontestable prospérité de l'entreprise. Ce dont, énorme bévue, je m'étonne haut et fort. Mais tant le succès du cinéaste de la cause noire que le nom de sa société, 40 Acres & a Mule Filmwork, m'explique Barry, représentent en bonne justice une revanche sur le misérable octroi d'un petit bout de terrain et d'une mule aux esclaves affranchis, au terme de la guerre de Sécession. Bon à savoir, voire même débuter l'entretien par cette militante profession de foi. À ma demande, je n'ai pas besoin d'un chaperon, Barry va s'installer dans le café jouxtant le bâtiment.

Vendredi 8 septembre 1989

Une secrétaire m'introduit dans une pièce aux murs tapissés des affiches des films de Spike Lee ainsi que, punaisés au-dessus d'un bureau, des posters géants de Malcom X et de Martin Luther King. Il arrive, me dit-elle. Pour lutter contre le trac, je vérifie les piles de mon magnéto de poche et, l'estomac un peu noué, je le pose sur la table, face au fauteuil de Spike Lee. Sept-huit minutes de retard, allons, ce n'est pas la mer à boire. Le voilà qui fait son entrée en salopette et casquette avec visière sur la nuque. Je me lève pour lui tendre la main : « Merci de m'accueillir, j'ai adoré votre film. » Il me salue d'un signe de tête et, le visage inexpressif, m'invite à me rasseoir. Il se laisse tomber dans son fauteuil, allonge une jambe et, comble de la grossièreté, me présente son profil. M'armant de courage, j'en ai vu d'autres, mon petit bonhomme, je le prie de se pencher vers le magnéto là, juste en face de lui. J'appuie sur la touche « Play ».

« Commençons, voulez-vous ? Puis-je vous poser une question d'ordre personnel ? Pensez-vous que l'enfance, ses affects, ses traumatismes, joue un rôle essentiel dans la naissance d'une vocation artistique ?

— J'en sais foutre rien. Qu'est-ce que ça peut vous faire ? Forcément l'enfance d'un petit nègre du ghetto de Harlem n'a pu être qu'un chemin de croix et de larmes.

— Mais pas du tout, monsieur Spike Lee, je n'ai absolument pas cherché à…

— Okay, voulez-vous du café ? »

Il décroche le téléphone et réclame deux cafés : « Avec du lait et du sucre pour vous, miss… whatever your name is (quel que soit votre nom) ? »

Pause de magnéto afin de ménager les piles de la batterie. Il triture sa barbiche, me dévisage à travers ses grosses lunettes comme s'il voulait m'abattre avec ses yeux. Y aurait-il quelque chose qu'il déteste en moi ? Misogynie, mépris, aversion innée de la couleur de ma peau, tout cela allant de pair ? Ses chaussures à quelques centimètres de mon nez, et sa tête levée vers le plafond, il donne l'impression de s'emmerder prodigieusement. Soudain, d'une traction violente, il se met debout, arpente la pièce, les mains molles pendant au bout de ses bras, en louchant vers la porte d'où, je suppose, le café tarde à arriver. Son carburant, qui sait, avant d'avoir les idées assez claires pour répondre à mes questions ? Toujours est-il que réduite au silence sur ma chaise, niée autrement dit, humiliée, une expérience du même ordre me revient à l'esprit.

Il y a quelques années de cela, j'ai eu une liaison amoureuse, passionnelle même, avec un cinéaste d'origine congolaise qui m'aimait, disait-il, à en perdre la raison. C'est moi qui avais perdu la raison en insistant pour l'accompagner au festival de cinéma panafricain de Ouagadougou. Mais comment aurais-je pu me figurer, en pleine romance, que le séjour allait virer au cauchemar ? Sur place, je n'ai pas été longue à me rendre compte que mon amant souffrait de devoir exhiber sa maîtresse blanche devant l'aréopage de ses condisciples noirs. En bon caméléon social, il lui est bientôt apparu contraire à sa négritude militante de s'asseoir auprès de moi pendant la projection des films. À la sortie, feignant de ne pas me connaître, il s'éloignait en discutant passionnément avec les autres réalisateurs de fraternité, justice et solidarité entre les peuples du tiers-monde. Tenue ainsi à l'écart une semaine durant, j'avais eu comme un avant-goût de l'ostracisme et ma souffrance se mua en rage féroce contre mon amant en pleine ardeur révolutionnaire. Lequel n'avait pas compris, circonstance aggravante, pourquoi je me refusais à lui, la nuit, lorsqu'il daignait enfin regagner notre chambre d'hôtel à Ouagadougou. Il va de soi qu'à peine rentrée à Paris, je lui ai signifié la fin de notre liaison. Tombant des nues : « Moi, moi, tu me traites de raciste ? », il s'est estimé, lui, victime d'une garce qui le quittait en vérité pour un autre homme. Ne pouvant s'y résoudre, sa vie sans moi n'avait plus aucun sens, il a refusé de me rendre le double des clés de mon appartement. J'ai dû changer mes serrures. Inquiète néanmoins, j'ai demandé à la gardienne de mon immeuble de ne le laisser monter chez moi sous aucun prétexte. Du coup, il a pris l'habitude de m'appeler à pas d'heure. « C'est moi », soupirait-il, et j'entendais le déclic d'une arme à feu. « Tu entends, Éva, je vais me tirer une balle dans la tête », *clic-clic-clic*, « Tu l'auras voulu », et il éclatait en sanglots. Non seulement il ne s'était pas flingué mais, quelques mois plus tard, il s'était marié avec une actrice aussi blonde que je suis brune. Ne plus y penser. Se concentrer plutôt sur le moyen de ferrer le grossier personnage qui, revenu s'asseoir à sa place, contemple à présent le plafond.

La secrétaire entre avec deux tasses et des biscuits sur un plateau. Elle rappelle à son patron le déjeuner auquel il a promis de se rendre dans, my God ! moins d'une demi-heure. Ça sent la manœuvre anticipée. Le regard du bigleux une fois encore me traverse comme si je n'étais pas là. Lorsqu'il plonge le nez dans sa tasse de café, la colère me cravache au point de péter les plombs.

« Si je vous fais perdre votre temps, monsieur Spike Lee, ayez au moins la courtoisie de me le dire, pas de problème, je débarrasserai le plancher sans regret, croyez-moi. »

Surpris ou amusé par ma virulence, il repose sa tasse de café :

« You at least don't lack daring (vous au moins ne manquez pas d'audace), j'aime bien ça. » Radouci, il m'apprend que je dégage des ondes positives, une qualité aussi mystérieuse que bénéfique : il me fait signe de rallumer mon magnéto.

Par où commencer ? Nous voilà comme deux individus qui, par hasard, se retrouvent assis l'un à côté de l'autre durant un long trajet en autocar, par exemple, et qui, proximité oblige, en viennent à échanger de menus propos. Mais à force d'obstination, je parviens à éveiller son intérêt pour l'article à paraître dans le journal si bien nommé *Jeune Afrique*. Il sort de sa réserve mélancolique et rongée par l'ennui, et enfin le contact s'établit entre nous. Aux questions que je lui pose, sur son travail uniquement – il tient au respect de sa vie privée –, j'obtiens des réponses laconiques, certes, mais d'une singulière acuité d'esprit. Il forme ses phrases avec lenteur comme s'il réfléchissait à chacun de ses mots. Il devient plus disert quand j'aborde le problème de l'Amérique pervertie par le racisme. « Vous ne pouvez pas comprendre, c'est un univers intime de souffrance comme seuls en connaissent les Afro-Américains. » Je résiste à l'envie puérile d'arguer de mon assiduité aux concerts SOS Racisme. Je l'interroge sur la genèse de son dernier film *Do the Right Thing*. Il s'anime. Il s'est inspiré des événements survenus en 1986 à Howard Beach : trois jeunes Noirs sont agressés devant une pizzeria à coups de batte de baseball par un groupe de Blancs et battus à mort, exactement comme l'a été Yusef Hawkins. « Voyez, miss, seul le racisme est immortel dans ce foutu pays.

— Pensez-vous que l'élection de David Dinkins à la mairie de New York apaisera les tensions entre les différents groupes ethniques de la ville ? » je lui demande afin de coller à l'actualité.

Un silence s'installe. Serait-il chiffonné par le terme « ethnique » ? Cela donne une idée de ce qu'il a dû endurer en son cœur et sa chair pour lui attribuer un sens forcément péjoratif.

« Ce que j'essaye de savoir, monsieur Spike Lee, c'est juste si vous croyez à la victoire de David Dinkins et s'il parviendra à lui seul à résoudre le problème des minorités de ce pays ?

— Dinkins est un joker sur lequel je suis prêt à parier, faute de mieux. Autrement dit, je voterai Dinkins, surtout pour en finir avec Ed Koch. Chaque fois que ce salaud parle de "sauvages", d'animaux nuisibles, c'est nous qu'il insulte. Pas envie de parler de ça, voyez, vous avez une question plus intéressante à me poser ?

— Oui. Votre film s'achève de façon un peu ambiguë sur deux citations contradictoires. L'une appelant à la non-violence de Martin Luther King et l'autre de Malcom X prônant justement l'action violente. Comment conciliez-vous l'inconciliable ?

— D'abord, je ne pense pas que la fin de mon film soit ambiguë. Les deux citations ne s'opposent pas, elles montrent deux voies possibles. Malcom X n'était pas contre le recours à la violence quand elle s'impose pour la défense de nos droits. Et, je vous le rappelle, c'est Malcom qui a été assassiné. La violence, selon moi, incarne la justification de l'injustifiable.

— Donc, selon vous, les émeutes et les pillages qui agitent New York ces jours-ci, sont "the right thing", la bonne, la juste chose à faire ? »

Terrain piégé. Il étudie une fêlure au plafond. Instruite par l'expérience – le sujet favori des artistes tourne autour de leur propre personne – je reviens à la puissance créative de son œuvre. Comment naît l'inspiration, quel est le ressort du besoin de créer, quels sont les bons et les mauvais côtés du génie à l'état pur ? Etc., etc. Bien m'en prend. Génie ou pas, il se réfère aux hautes ambitions de son père, « Tu seras qui tu veux mon fils », s'étend sur les sommets improbables atteints contre vents et marées dans sa vie professionnelle. Les minutes d'enregistrement défilent sur l'écran miniature de mon magnéto. L'entretien s'étoffe au-delà de mes espérances. À son terme, à cause d'une nouvelle irruption de la secrétaire, j'ai l'impression de tenir la matière d'un bel et bon article sur le cinéaste le moins prolixe du monde, enfin, on verra ça à la retranscription sur papier.

Il m'accompagne jusqu'à sa porte, me regarde d'un air de défi amusé. « Nice to talk with you. Dites à Barry qu'il faut absolument que nous prenions un verre ensemble, un de ces jours. »

3.

Barry joue au flipper avec la fougue qu'il met à me faire l'amour. Il bourre de coups de hanche la machine clignotante et bruissante de *ping-pang* et se laisse aller en arrière pour savourer le plaisir d'une bille atteignant sa cible. Je lui caresse le dos doucement, il se retourne, le sourire épanoui : « Alors, alors, ça c'est bien passé avec Spike ?

— Pas vraiment, c'était pas une partie de plaisir ni pour lui ni pour moi.

— Vous y avez mis le temps en tout cas. »

Il regarde son score d'un air satisfait et m'entraîne vers le bar, il a besoin d'un verre, tu m'étonnes, donc vodka orange pour lui, eau pétillante et cendrier pour moi. Je lui raconte l'entretien qui s'est conclu, contre toute attente, de manière favorable.

« Au début, une horreur. C'est le mec le plus mal embouché qu'il m'ait été donné d'interviewer. Méchant, méprisant, haineux même par moments, j'ai bien failli laisser tomber.

— Spike a un sacré caractère. Il en a tellement bavé dans la vie qu'il se méfie de tout le monde. C'est un écorché vif. Froid, fermé, méprisant parfois, mais tout le contraire d'un type haineux.

— J'ai réussi malgré tout à lui arracher de quoi écrire un article. Merci, Barry, sans toi il n'aurait jamais accepté de me parler.

— Ça n'a rien à voir avec moi, ma chérie. C'est toi, ta beauté, ton intelligence, ton talent qui avez emporté le morceau.

— Mon talent, c'est un emplâtre sur une jambe de bois, merci quand même.

— C'est quoi, ce masochisme ? Le problème avec les belles femmes, c'est qu'elles intériorisent le diktat macho du “sois belle et tais-toi ». La beauté, disait Stendhal, la beauté est une promesse de bonheur. Éva, regarde-toi. Tu es belle, intelligente, bourrée de talent et pas seulement dans ton job, ma petite salope chérie.

— Et vous en êtes un autre, monsieur l'obsédé sexuel.

— Touché ! Au fait, à quelle heure ton cousin vient te prendre à ton hôtel ?

— 5 heures.

— Cool, on a le temps de se faire une petite sieste à la maison.

— Non, pas maintenant. J'ai plutôt envie de retourner à l'hôtel pour retranscrire l'entretien. Pour être sûre qu'il n'est pas trop mauvais.

— J'y crois pas, bon Dieu, j'y crois pas. Okay, barre-toi. Je me crève le cul pour t'arranger un rancard avec Spike et toi… toi…

— Arrête, Barry, ne fais pas l'enfant. Nous aurons tout le week-end pour faire l'amour et ne faire que ça.

— Le week-end, il est mal barré, le week-end. Pourquoi as-tu accepté de dîner ce soir avec ta famille alors que, tu le savais, nous devions partir à Cape May ? Je ne comprends pas. C'est nouveau, cet intérêt pour ce ramassis de débiles mentaux. Tu t'es sentie obligée, c'est ça ?

— Non, oui, je ne sais pas. Ils m'intéressent en tout cas et je t'interdis, tu entends, je t'interdis de les traiter de débiles mentaux. C'est insultant.

— Ma parole, c'est la voix du sang qui parle.

— Ma parole, c'est l'ashkénaze bon teint qui se fout des métèques séfarades. Tu sais à qui tu me fais penser ? À Hannah Arendt. Dans son livre sur le procès d'Eichmann, elle ironise sur les juifs orientaux qui, plutôt que d'encombrer l'entrée du palais de justice, devraient essayer de trouver du boulot.

— Elle a écrit ça, vraiment ? Tu n'exagères pas un peu ?

— Je cite de mémoire, voilà tout. Tu ne m'ôteras pas de l'idée, qu'elle adoptait, consciemment ou pas, le complexe de supériorité inculqué aux Allemands. Et toi, tu fais preuve de la même étroitesse d'esprit en ravalant ma famille au rang de…

— Ta famille ? Alors là pardon, mais qui n'a cessé de me répéter que cette, comment disais-tu, cette tribu bizarroïde lui tapait sur les nerfs ?

— Au début peut-être, avant de mieux les connaître. Pour moi, ils étaient un mystère comme la Chine, l'Inde, le Japon, tous ces pays exotiques où je n'ai jamais mis les pieds. À présent, au contraire, ils m'inspirent des... comment dire... en fait, c'est la seule famille que j'ai en dehors de ma mère. Ça compte, non ? Bon... Tu me ramènes à l'hôtel ou je prends le métro ?

— Je te ramène à une condition.

— Laquelle ? Je te vois venir. Tu me ramènes à la condition de monter faire une petite sieste dans ma chambre. C'est tentant, mais je veux réécouter mon interview de Spike. Quelques heures l'un sans l'autre, c'est tout de même pas la fin du monde. Tu sais quoi ? Nous dormirons ensemble cette nuit. Je vais demander à Nathan, mon cousin, de me déposer chez toi tout de suite après le dîner. Qu'en penses-tu ?

— Mmm, un compromis, soit, c'est toujours mieux que rien.

— Tu ne vas pas recommencer, Barry ? Tu sais à qui tu me fais penser ?

— À Hannah Arendt.

— À Georges Brassens. À sa merveilleuse chanson sur les amours qui ne durent pas toujours. Ça se passe dans une chambre d'hôtel, entre un gars de la marine en permission et sa chérie d'un seul jour. “Tout c'qu'on fait dans un seul jour !/Et comme on allonge le temps !/Plus d'trois fois, dans un seul jour/Content, pas content, content.”

— Content. Combien de fois par jour peut-on être content ? C'est Singer qui répondait ça aux journalistes quand ils lui demandaient s'il était content de recevoir le prix Nobel. C'est beau, non, l'humour d'un génie qui ne se paye pas d'illusions.

— Et sa formidable absence de prétention intellectuelle. Pour mes articles, j'essaye, à ma modeste échelle, de m'inspirer de ses conseils aux écrivains en herbe : "Entre deux mots, choisissez toujours le plus simple. Ce n'est pas Freud qui vous permettra de gagner votre vie." »

Sur ces bonnes paroles, j'empoigne sac à main et porte-documents, et saute à bas de mon tabouret. « On y va, Barry ? Désolée, mais quand faut y aller, faut y aller. »

Il passe sa mauvaise humeur sur son tabouret retourné comme une crêpe d'un coup de pied : « On y va, okay, mais ne t'avise pas de te défiler ce soir. Tu viens quoi, vers les 11 heures au plus tard ? T'es sûre que ton cousin va conduire un soir de shabbat ? Il saura se repérer à Manhattan ? Si ça se trouve, il n'est jamais sorti de Brooklyn. »

4.

Small Paul somnole, la tête entre ses coudes appuyés sur le comptoir. J'hésite à le réveiller car, investi de je ne sais quelle autorité, il va encore me reprocher d'avoir découché à mes risques et périls. Je me glisse à pas feutrés derrière lui. À l'instant où je vais décrocher la clé de ma chambre, il sursaute et pivote vers moi. Je me prépare à entendre quelques amères vérités sur mon inconduite, mais il se contente de remarquer : « Par chance, je ne suis pas ta mère. »

Un fou rire me secoue et aussitôt je lui demande pardon :

« Tu ne me croiras pas, Small Paul, mais tu es le grand frère que j'aurais aimé avoir.

— Un grand frère a le devoir de surveiller sa sœur, de lui interdire les mauvaises fréquentations. »

Sur ce, il se retourne, décroche ma clé et me la donne avec la solennité de sa fonction. Le téléphone du comptoir se met alors à sonner. Small Paul répond et me tend le combiné : « Tiens, Éva, c'est pour toi.

— Qui est-ce, ma mère ?

— Non, c'est une dame qui t'a appelée déjà une fois ce matin. »

Au bout du fil, c'est, à ne pas en croire mes oreilles, la voix de Lisa, l'assistante de Toni Morrison. Elle se réjouit de la rencontre qu'elle m'a arrangée avec Toni, oui j'ai bien entendu, non elle ne me fera pas faux bond cette fois, oui elle me recevra mardi prochain à 11 heures du matin dans les bureaux de Random House.

Une joie débordante me pousse dans les bras de Small Paul, la seule personne à même de comprendre et de partager mon allégresse.

Je monte dans ma chambre et là, au téléphone, que personne ne prétende que la providence n'existe pas : c'est Mourad, mon rédacteur en chef, qui s'engage à publier mon entretien avec Spike Lee en bonne place, voire à jumeler cinéma et littérature afro-américaine avec le portrait de Toni Morrison en cover story. Après quoi, je m'acquitte du devoir d'appeler ma mère. Surprise, surprise, non seulement elle ravale ses habituels reproches, mais elle se prévaut d'un rêve merveilleux me concernant. Cette nuit, elle m'a vue entrer dans sa chambre habillée de soleil en pleine nuit avec des fleurs pour « couronner ta jolie tête et des baisers pour embaumer ton cœur ». Maman, ma lyrique petite maman qui, dans son sommeil, m'a vue telle que je me sens aujourd'hui : rayonnante et tout étourdie de bonheur.

5.

Un peu fiévreuse, mais qui ne le serait pas par pareille chaleur, j'attends mon cousin Nathan devant le Paradise Hotel en fumant une cigarette après l'autre. Dans la vitrine d'un magasin, je vois une bigote aux jambes et bras couverts, un foulard au ras du front et, rivé aux lèvres, le péché patent d'une clope. Blague à part, ce déguisement, aussi lourd et étouffant soit-il, c'est Sammy qui m'a enjoint de le porter, ce sera mon ticket d'entrée à la synagogue ultra-orthodoxe d'Ocean Parkway.

Un camion-citerne passe lentement en arrosant d'eau la chaussée de la 34e Rue. Une voiture vient se ranger au bord du trottoir. Un jeune homme en costume-cravate en descend et il me faut une seconde pour reconnaître Nathan à son éternel béret Che Guevara. J'écrase du pied mon mégot, monte devant, à côté de mon cousin, qui démarre raide et silencieux. Pour le dérider, je lance une plaisanterie : « Dis-moi,

Nathan, est-ce qu'on a le droit de fumer pendant le shabbat ? » Il rit : « Well, it's a free country. » Quand il rit, une petite veine bleue bat et se gonfle juste au-dessus de sa tempe. Et c'est suffisant pour qu'une émotion me gagne, cet élan de tendresse que Barry qualifiait, moqueur, de « voix du sang ». Quelle aubaine aussi, pauvre M. Aboulafia, que ce soit mon jeune cousin qui me serve de chauffeur. La conduite à tenir pour l'amener à me parler de lui d'abord, puis de mon oncle Marco, ce parfait inconnu, exige d'y aller en douceur. Nathan a déjà franchi le pont reliant Manhattan à Brooklyn lorsque, esprit d'à-propos, je feins de m'intéresser à la marque de sa puissante voiture.

« C'est la Cadillac Séville de papa, pas toute jeune mais...

— Comment ? La voiture de ton père n'a pas cramé dans l'incendie de la maison ?

— Non, par chance, le garage n'a pas explosé. Le problème, c'est cette putain de compagnie d'assurances qui fait tout pour ne pas régler l'addition. Ils font toujours ça, remarque, avant de sortir leur fric, soi-disant les clauses du contrat ne couvrent pas tous les risques : perte de la maison, de la bagnole de maman, etc. Et puis, ils veulent vérifier les livres de comptes du magasin de papa, m'a dit oncle Sammy. Il y aura une enquête pour déterminer si papa n'aurait pas mis le feu exprès à la maison pour toucher l'assurance vie de maman.

— Quelle horreur, c'est insensé de croire ça ! Quand je vais le dire à ma mère... C'est un comble, il ne lui manquait plus que ça, à ton pauvre papa. Il est au courant, lui ?

— Je ne sais pas. Je pense que oui, mais on n'en a pas parlé ensemble. Enfin, oncle Sammy s'en occupe, il sait comment s'y prendre avec ces vautours.

— Oui, ton oncle Sammy va résoudre le problème, j'en suis sûre. Si je peux me permettre de te le demander, ton père et toi vous vous entendez bien en temps normal ?

— Ouais ça va, mais pourquoi tu me poses cette question ?

— Excuse-moi, Nathan, mais je trouve quand même bizarre ton projet de partir vivre en Israël, loin de ton père dans la peine et la souffrance, non ?

— Non, ça n'a rien à voir avec papa.

— Non ? Ça ressemble tout de même à un acte de rébellion ouverte contre, je ne sais pas, le mode de vie de ton père, de toute ta famille. Pourquoi ? Que se passe-t-il entre ton père et toi ? Aurais-tu des raisons de lui en vouloir ?

— Ouais, non, enfin, je lui en ai voulu autrefois. Tu ne vas pas me croire mais quand j'ai eu quinze ans, il a voulu me retirer du lycée pour que j'aille l'aider au magasin. À quinze ans, bordel de merde. Tu me vois passer ma vie à vendre des fringues bon marché dans une saloperie de boutique de merde ? Sans l'appui de maman, paix à son âme, j'y coupais pas. Tu te rends compte à quoi j'ai échappé ? Faut être sacrément égoïste pour faire passer sa boutique avant l'avenir de son fils.

— Et s'il avait voulu te retirer du lycée pour te protéger de fumer du hasch, ou pire encore ?

— Qui t'a dit ça ?

— Sarah, ta sœur, elle m'a raconté aussi que ta mère s'était mise à jeûner trois fois par semaine pour que tu arrêtes de te droguer. C'est vrai ?

— Elle raconte n'importe quoi, cette petite idiote. Si papa l'avait su, crois-moi, il m'aurait déjà envoyé en taule. Ça t'étonne ? Tu ne le connais pas, tu ne sais pas de quoi il est capable si on refuse de lui obéir. Tu ne sais pas comment ces connards d'orthodoxes traitent leurs enfants. Papa ne supporte pas qu'on remette en cause sa foutue autorité. Des gifles volaient si on se tenait mal à table, si on écoutait la radio pendant le shabbat, si on lisait des comics. Et ainsi de suite. Il avait mis au point un système de punition-récompense pour mon argent de poche. À la moindre petite faute, il sortait des billets de sa poche, les agitait sous mon nez et les remettait dans sa poche : "Hop, confisqué, mon fils. L'argent, mon fils, s'attrape avec l'argent."

— Qu'est-ce que ça veut dire ? Qu'on n'attrape pas les mouches avec du vinaigre ?

— Que l'argent se mérite. Qu'il le gagne, lui, à la sueur de son front et qu'il serait temps que je gagne ma vie en travaillant.

— Pourtant il te permet de poursuivre des études à la fac, des études qui coûtent les yeux de la tête, non ?

— Ouais, parce que c'est une école de commerce. C'est lui qui l'a décidé, pas moi. Au bout du compte, il espère quand même me faire bosser avec lui au magasin. Moi, je me voyais faire autre chose, de l'architecture, du design, quelque chose d'un peu créatif. Journaliste, c'est bien aussi, ça, comme métier.

— Merci, j'adore mon métier mais tu sais, ça ne met pas forcément du beurre dans les épinards.

— Bof, l'argent ça va, ça vient. Tu voyages, tu rencontres des gens intéressants, la vie rêvée, quoi !

— Si on veut. Mais moi j'ai eu la malchance de ne pas avoir eu de père pour me chérir, me protéger, m'aider à grandir. Veux-tu une cigarette ? Je te l'allume. Tu sais, j'aime bien ta façon de conduire, tu es calme, concentré, pas comme M. Aboulafia que les bouchons rendaient fou furieux.

— C'est dégagé maintenant parce que les juifs d'Ocean Parkway ne prennent plus leur voiture après que le shabbat a commencé.

— Ton père, c'est vraiment pas de chance pour lui, il a été pris dans des embouteillages monstres, un vendredi. Je ne crois pas au mauvais œil mais là, tu vois, je me demande parfois si…

— Quoi ? Moi je me demande tous les jours pourquoi c'est pas lui qui a crevé au lieu de maman. Il l'a tuée, il mériterait de partir en fumée.

— Arrête, Nathan, arrête. Tu entends ce que tu dis de ton père ? Tu ne le penses pas vraiment, Nathan, c'était un accident enfin, tu le sais bien, une erreur de jugement. Il n'a fait au fond qu'obéir aux préceptes de sa religion. Pense un peu à ce qu'il endure aussi, lui, tu n'es pas le seul à souffrir, Nathan. Il a essayé de se tuer et, si je me souviens bien, tu étais en larmes ce jour-là.

— Ouais, mais il s'en est tiré, lui, comme par hasard.

— Arrête la provoc. Il a vraiment voulu mourir. C'est ton père, il n'a plus que ta sœur et toi pour le raccrocher à la vie. C'est injuste, de le détester au moment où il a le plus besoin de toi.

— Ça va, Éva, t'inquiète. Je ne le déteste pas, plus maintenant. C'est mon père. L'aimer c'est une chose, mais lui pardonner pour ce qu'il a fait à maman ? Je ne sais pas, je ne suis pas encore prêt pour ça. Avec le temps peut-être, quand je serai en Israël… Tiens, regarde de ton côté, y a bien une place qui se libère là-bas ? »

Nathan se gare sur le côté gauche du terre-plein central, désert et silencieux à l'approche de la nuit. En face s'élève la synagogue à l'enseigne lumineuse en forme d'étoile de David. C'est un austère bâtiment cubique percé de fenêtres en demi-lune. Sur le parvis, pas âme qui vive. Un homme en noir survient, tape sur l'épaule de Nathan, lui souhaite : « Shabbat shalom et que le Tout-Puissant guide ton père sur le chemin de la guérison. » Il s'éloigne, non sans avoir décoché un regard irrité au transgressif béret Che Guevara de mon cousin.

À l'intérieur, une foule est rassemblée – j'aperçois des silhouettes derrière les fenêtres brillamment éclairées au bas de l'édifice. Les voix entremêlées qui s'en échappent ont une sonorité masculine. C'est en bas, m'explique Nathan, que se placent les hommes, tandis que les femmes se tiennent dans la galerie du haut. « Tante Judith t'a gardé une place, bon, j'y vais. » Il monte les marches menant à la porte d'entrée, se retourne comme au regret de devoir me quitter. À mon tour, je pénètre dans la salle pleine à craquer d'hommes au dos drapé dans leur châle de prière. Un long moment j'observe le monde inconnu et fascinant des ultrareligieux qui bannissent farouchement les femmes de leur sanctuaire. Quelqu'un, le bedeau ? me désigne du doigt la galerie qui s'élève en saillie jusqu'au milieu de la salle. Là-haut des gamins courent entre les travées, d'autres s'agrippent à la balustrade en criant et riant. Assises sur des bancs à dossier, les mères papotent, agitent des éventails dans l'air moite aux senteurs musquées. Figée sur la dernière marche de l'escalier, j'éprouve l'angoisse qui saisit une espionne sur le point d'être démasquée. Le dos droit et le foulard dûment ajusté, je parcours quelques mètres, en vérité personne ne me prête la moindre attention. Tout d'un coup, je vois une main qui se lève, on m'appelle par mon prénom. Je rejoins ma cousine Sarah, la tante Judith et ses deux belles-filles installées au troisième rang de la galerie. « Enfin te voilà, mieux vaut tard que jamais », s'écrie cordialement tante Judith. Elle me fait asseoir entre elle et Sarah qui, aussitôt, s'approprie mon bras. Elle joue avec mes doigts, couche sa tête sur mon épaule, se pelotonne contre moi en babillant. Bien que je suffoque un peu sous la pression des chairs abondantes de tante Judith, j'apprécie le souffle chaud sur ma joue de la seule cousine qu'il m'est donné d'avoir en ce monde. Elle me raconte je ne sais quoi dans le brouhaha, avec un sourire de connivence, comme pour partager un secret. Je l'interromps pour lui demander des nouvelles de son père. Elle se met à rire tout en fossettes : « Papa a une drôle d'allure dans le costume trop large que lui a prêté oncle Sammy. » J'en déduis qu'il a trouvé la force d'assister à la cérémonie dont je ne verrai pas grand-chose, hélas, depuis le fond de la galerie. Sarah me fournit un nouveau sujet de regret : son papa sera appelé par le rabbin à réciter la prière de consolation aux âmes endeuillées.

« Sarah, est-ce qu'une femme qui vient de perdre son mari peut elle aussi réciter publiquement cette prière ?

— Mais non, les femmes ne savent même pas lire la Torah.

— C'est interdit ?

— Interdit peut-être, je ne sais pas. Ça ne se fait pas, tout simplement.

Soudain des appels au calme retentissent. À en croire le silence absolu qui se fait, le rabbin vient d'entrer dans la salle. J'entends, à défaut de la voir, l'assemblée se mettre debout d'un seul mouvement. Je me dresse sur la pointe des pieds pour tenter d'apercevoir le rabbin, en vain. Il laisse passer un long silence méditatif, puis lance un accueil vibrant de joie à la « Shabbat Princess ». Des « Amen, amen, amen » fusent de partout, et l'office peut commencer. Le rabbin psalmodie une prière d'une voix monocorde mais nette, l'acoustique palliant l'absence de vision. Je l'écoute d'une oreille distraite. D'abord, je n'entends goutte à l'hébreu, ensuite, j'ai l'esprit encore accaparé par mon cousin Nathan. Je comprends, j'applaudis son désir de s'affranchir d'une communauté qui scelle l'avenir de ses enfants aussi sûrement que le marteau d'un juge. Non, ce qui me trouble, pour ne pas dire m'alarme sérieusement, c'est la fureur inscrite sur son visage tandis qu'il me parlait de son père. La haine, a écrit... Stefan Zweig ? : « La haine fait plus de mal à celui qui l'éprouve qu'à ceux qui en font l'objet. » Pour un peu, l'atmosphère s'y prête, je prierais Dieu d'extirper du cœur de mon pauvre petit Nathan « la haine aveugle comme un nouveau-né au premier jour », ainsi que le disait Marguerite Duras à propos de sa mère. Une pensée pour la mienne, fière et stupéfaite de la mémoire livresque de sa fille. Ma mère, incrédule : « Comment une si petite tête peut-elle contenir autant de mots ? » Pour autant, elle réprouvait ma boulimie de lecture qui, outre le fait d'être une perte de temps, risquait d'abîmer mes beaux yeux : « Avec des lunettes personne ne t'aimera à part moi ! » Je songe aux efforts, aux supplications, aux ruses que j'ai dû déployer pour lui arracher l'achat d'un livre, quand je manque d'éclater de rire : tante Judith a piqué du nez sur sa grosse poitrine soulevée à intervalles réguliers de ronflements. N'importe qui, du reste, serait terrassé par la chaleur suffocante dans l'espace confiné du sérail, harem, gynécée... ? Rire sous cape constitue entre autres bienfaits pour la santé un bon dérivatif à l'ennui. Les prières se succèdent, monotones. Le temps s'immobilise. Je n'en peux plus. Enfin quelque chose, une sorte d'excitation joyeuse se produit en bas dans le sanctuaire. Serait-ce la fin de l'office ? Aurais-je raté la prière que devait réciter mon oncle Marco ? Non. La voix du rabbin appelle en clair anglais Marco Sultan à « venir perpétuer le souvenir de son épouse dont la vie se prolonge dans la demeure céleste ». J'imagine mon oncle s'engager dans la travée centrale et, encouragé par de sonores « Que le Seigneur console les endeuillés de Sion », monter en chaire auprès du rabbin. Plusieurs secondes s'écoulent avant qu'il n'émette un murmure à peine audible, comme si les mots s'étranglaient dans sa gorge, comme si un tourbillon d'émotions lui coupait le souffle. Sa voix hésitante prend peu à peu de l'assurance. Il égrène sa prière ponctuée à chaque couplet par les « Amen, amen » des fidèles. Pour finir, il pleure son épouse qui a pris son essor vers le ciel des anges. Un homme sans sa femme, la source de son bonheur, est un homme mort. Ah, s'il pouvait trouver une tombe fraîchement creusée, il n'hésiterait pas à s'y coucher. Le rabbin le tance, le suicide est un acte contre nature : « Nous acceptons le bonheur comme un don de Dieu. Et le malheur, pourquoi ne l'accepterions-nous pas aussi ? » L'espace tout entier résonne de formules de soutien et de compassion pour le veuf éploré. « Ah, soupire tante Judith qui s'est soudain réveillée, si seulement il pouvait se remarier. » Oncle Marco reçoit la bénédiction du rabbin et je l'imagine regagnant sa place d'un pas chancelant ou raffermi, qui sait ? par les témoignages d'affection de l'assistance. Tant de bienveillance, tant d'amour fraternel…

N'y aurait-il pas là, au pays du chacun pour soi, une explication à la force de persuasion d'une communauté rigide et cependant prompte à offrir aide et protection à chacun de ses membres ? Le rabbin entonne une allègre mélodie en hébreu, reprise de partout à pleins poumons. Même moi, une visiteuse venue du monde profane, je me mets à vibrer au rythme du chant. Fascinée, je découvre pour la première fois la joie et l'extase religieuses qui régissent le mode de vie strict et astreignant des ultra-orthodoxes Le rabbin se lance dans ce qui ressemble à un prêche, une prédication, un commentaire de la Bible ? Se référant à la Genèse, chapitre 9, il propose une explication à la différence de couleur de peau entre les êtres humains. Tout commence lorsque, après le déluge, Noé, surpris ivre dans sa nudité par Cham son fils cadet, le maudit lui et toute sa descendance jusqu'à la fin des temps. Je ne vois pas, littéralement, où le rabbin veut en venir. Il dit : « Lisons le commentaire du Rav Maïmonide à présent. » Une pause (les fidèles consultent sans doute le texte en question) et il poursuit en élevant la voix : « "Notre grand sage et philosophe, de mémoire bénie, nous a dit au nom de Noé parlant à son fils Cham… Et comme tu m'as rendu incapable de faire de vilaines choses au plus noir de la nuit, les enfants de Canaan naîtront vilains et noirs. De plus, puisque tu t'es contorsionné pour voir ma nudité, les cheveux de tes petits-enfants s'entortilleront jusqu'à devenir crépus et ils auront les yeux rouges, en outre, puisque tes lèvres ont plaisanté sur mon infortune, les tiennes vont enfler et puisque tu as manqué d'égards pour ma nudité, ils iront tout nus et leur membre viril s'allongera ignominieusement." »

Lecture consternante, et encore plus consternants les rires gras dont se fend l'assemblée tant des hommes que des femmes. Les rires me remettent en mémoire d'autres rires ignobles devant les caricatures de juifs au nez crochu et aux lèvres hypertrophiées. Incapable d'en supporter davantage, je me lève, attrape mon sac à main, et… tante Judith m'exhorte à me rasseoir. Il fait une chaleur intenable, elle en convient, mais la cérémonie est bientôt terminée. En effet. À cela près qu'avant l'ouverture des portes, le rabbin rappelle à ses ouailles leur devoir de voter pour Rudy Giuliani, l'adversaire du « blacky » à la mairie de New York.

6.

Sur le parvis, les gens restent un moment à prodiguer des « Mazal tov » et des souhaits de jours meilleurs à mon oncle Marco. Entouré des membres de sa famille comme un tout indissociable, il semble, à la lueur laiteuse d'un réverbère, rasséréné, délivré d'un lourd fardeau. Serait-ce d'avoir reçu l'absolution de son Dieu de miséricorde ? En tout cas, je suis frappée par la douceur, la sérénité qu'impriment sur son visage les paroles d'indéfectible soutien des membres de sa communauté. Ainsi, faire partie intégrante d'un groupe solidaire suffit à puiser du réconfort dans la tristesse d'un malheur sans fond ? J'attends que le cercle autour de lui s'éclaircisse pour pouvoir l'approcher. Il est 19 h 40 à ma montre lorsque, le parvis se vidant peu à peu, je peux enfin accéder au héros, somme toute, de ce mémorable shabbat. Je le salue d'un « Bonsoir, mon oncle, je suis Éva, votre nièce de Paris. » Il courbe sa haute stature, sa barbe sent le talc, et pour la première fois il pose sur moi un regard attentif. Après une seconde, et c'est très long, il s'écrie : « Je sais qui tu es. Tu es la fille de Stella, tu lui ressembles tellement… » Il se tait un instant et sur un ton mélancolique remarque : « C'est notre jeunesse que j'ai devant les yeux. »

Oncle Sammy donne le signal du retour à la maison. Il prend son beau-frère par le bras et le clan tout entier lui emboîte le pas. Mais au lieu de se diriger vers les voitures stationnées alentour, le groupe descend en sens contraire l'avenue Ocean Parwkay. Mais bien sûr, et Sarah me le confirme, le shabbat interdit l'usage des voitures et de tout autre moyen de locomotion, hormis la marche à pied. Soucieuse, j'ai promis à Barry de passer la nuit avec lui, je rejoins Nathan, reconnaissable parmi les chapeaux noirs à son béret de révolutionnaire. Je lui expose mon besoin d'être reconduite à Manhattan vers 10 ou 11 heures du soir. Après une courte hésitation, il regrette de ne pouvoir me rendre ce service. S'il se fiche bien d'enfreindre les interdits du shabbat, là n'est pas la question, ses relations avec son père sont déjà assez compliquées pour ne pas en rajouter en empruntant sa voiture. Je cache ma déception, le rebelle ne l'est pas tant que ça finalement, sous une moue nonchalante : « Nathan, no problem, si je ne peux pas non plus appeler un taxi, je rentrerai en métro. » Pour marquer le coup, je dénoue mon foulard, libère mes cheveux, une provocation dont à l'évidence, il se fiche éperdument.

Les hommes marchent devant en parlant de choses sérieuses, les femmes, derrière, en échangeant de menus propos sur la chaleur et le festin qui les attend à la maison. Tante Judith s'inquiète du pas rapide de l'épouse très enceinte de Lazare, son fils aîné. « Becky, va moins vite s'il te plaît, pour le bien de ton bébé. » Becky donc s'arrête net et, rieuse, invoque la faim qui la talonne d'autant plus qu'elle doit manger pour deux. Elle fait courir le bout de ses doigts sur son ventre et proclame : « Ce sera un petit garçon, grâce à Dieu. » Elle assure son équilibre en glissant son bras sous le mien. Aucune remarque sur l'absence de mon foulard, non, un autre sujet l'obnubile et, je n'y couperai pas, elle me demande sur un ton empreint de commisération : « Pourquoi, Éva, pourquoi n'es-tu pas encore mariée ? » Je réponds avec le plus grand sérieux : « Mais Becky, je suis mariée de temps en temps. » Ses efforts pour comprendre la scandaleuse affirmation lui élargissent les yeux : « Tu veux dire que tu as divorcé plusieurs fois, c'est bien ça ? » Je n'infirme ni ne confirme. La future mère d'un garçon, grâce à Dieu, se met à distance de la divorcée multirécidiviste qui, circonstance aggravante, s'est refusée au devoir sacré de la procréation.

Le portail de la maison illuminée de bas en haut s'ouvre de façon automatique – mû de l'intérieur par une bonne ? – et se referme de même derrière nous. À peine à l'intérieur, il faut se purifier les mains à l'eau et au savon dans le cabinet de toilette du rez-de-chaussée. La table de dix couverts a été dressée sur la terrasse baignée par l'air frais venant du jardin. Il en monte des odeurs de viandes grillées au barbecue. Il y a encore loin, je le crains, de la cuisson du plat principal à nos assiettes. Tante Judith procède à l'allumage des bougies plantées dans de magnifiques chandeliers en argent. Elle nous désigne nos places autour de la longue table et, hasard ou délicate attention de sa part, ma chaise voisine celle de mon oncle Marco. Sammy, le maître de maison récite des bénédictions sur le pain qui nourrit le cœur de l'homme et sur les fruits de la vigne : une boisson gazeuse en l'occurrence dont il emplit son verre. Enfin, à 20 h 05 à ma montre, le repas peut commencer. Tout en faisant honneur aux copieuses entrées, mon oncle Marco m'adresse de temps à autre de petits sourires furtifs. Bien qu'il ne me dise mot, je sens confusément qu'il apprécie notre proximité. Je suis saisie d'un élan de tendresse à son égard, même si je sais au plus profond de moi que ses croyances, sa vie, ses attentes sont si éloignées des miennes que nous appartenons à des planètes distantes de plusieurs années-lumière. Néanmoins, tout en lui m'émeut : ses gestes, la façon dont il boit à petites gorgées, la serviette avec laquelle il s'essuie la moustache, le bel appétit dont il fait montre comme s'il reprenait goût aux plaisirs de la bonne chère et par extension à ceux de ce monde. Il marmonne : « Personne ne savait farcir les feuilles de vigne comme ma Leila. » Et se tourne vers moi : « Et toi, ma fille, tu ne manges pas ?

C'est la mode à Paris de n'avoir que les yeux sur l'os ? »

Katleen vient débarrasser ce qui reste des entrées. L'oncle Sammy se lève pour révéler une grande, une merveilleuse nouvelle. Mon oncle Marco aurait décidé de retourner travailler dans sa boutique le plus vite possible : « N'est-ce pas, habibi, qu'il te tarde de voir si le magasin a bien tourné en ton absence ? » Tous les regards se tournent vers mon oncle Marco. Il se lève à son tour. D'une voix ferme, il confirme sa hâte de reprendre le travail dès lundi prochain. Murmures d'approbation. Katleen apporte l'immense plateau contenant les viandes grillées, entourées de légumes divers et variés. Mon oncle Marco se rassoit et tout à trac me demande : « Pourquoi ne viendrais-tu pas visiter mon magasin ? Tu pourrais choisir un joli cadeau souvenir pour ta maman et toi, non ? » Je l'en remercie. Rien ne me ferait plus plaisir que de me rendre à sa boutique lundi prochain, à 11 heures du matin, OK ? Marché conclu : « 11 heures c'est bien, très bien même. » Il me répète plusieurs fois l'adresse à Brooklyn du Sultan's Bazar, adresse que, à défaut de pouvoir écrire, je dois graver dans ma mémoire.

Une heure plus tard, lorsque je quitte la table au motif d'un important rendez-vous professionnel dans un bar de Manhattan, je me heurte à l'incrédulité générale : « Quoi, du travail en pleine nuit, et du shabbat qui plus est ! », puis aux récriminations de tante Judith : elle s'est donné tant de mal pour préparer ma chambre avec vue sur le jardin. Nathan vole à mon secours : « Foutez-lui la paix », et se déclare prêt à m'accompagner, à pied cela va sans dire, jusqu'à la station de métro Ocean Parkway. Je présente à tous les excuses de rigueur et à mon oncle Marco personnellement mon vif, mon sincère regret de devoir le quitter et ma confiance absolue en la fin de ses épreuves. Il me lance un « À lundi, n'oublie pas » qui ne manque pas de piquer la curiosité de la petite Sarah : « Quoi ? Vous faites quoi, lundi ? Je peux venir moi aussi ? »

On me laisse partir à contrecœur, et à la condition irrévocable que je revienne partager un dîner en famille ou, pour prendre de belles couleurs, un pique-nique autour de la piscine.

Au cours du trajet, long d'environ un kilomètre, m'avertit Nathan, la fumée de nos cigarettes fait souffler au-dessus de nos têtes comme un petit vent de liberté. Nous descendons sous les étoiles silencieuses l'avenue où scintille l'éclairage au néon de la synagogue. Soudain, à la vue de la voiture de son père sur le parvis, les traits de Nathan se durcissent. Il s'arrête et, l'espace d'une seconde, je crois qu'il va flanquer des coups de pied dans la carrosserie. Mais non, un sourire narquois aux lèvres, il m'interroge sur le mystérieux « À lundi, n'oublie pas » que m'a adressé son père.

« Il m'a invitée à venir voir son magasin, ce qui m'a fait énormément plaisir.

— Ah bon, si tu as du temps à perdre avec ce connard. Tu restes encore combien de temps à New York ?

— Je ne sais pas, le plus longtemps possible.

— Super. Écoute, j'aimerais te montrer quelque chose pas loin d'ici, y en a pour deux minutes.

— Tout de suite, là, maintenant ?

— T'as bien deux minutes, pas plus, c'est tout près du métro, tu verras.

— Je verrai quoi ? Il est tard, Nathan, et…

— Tu verras, attends et tu verras. »

Nous nous remettons en marche sans qu'il consente à éclairer ma lanterne. Trois pâtés de maisons plus loin, il s'arrête devant un petit jardin semblable à tous les autres. « Regarde », me dit-il, le visage parcouru de tremblements nerveux.

De prime abord je ne vois qu'un amas de gravats dont se dégage une forte odeur de cendres froides. Puis, peu à peu, au milieu du jardin m'apparaît une planche attachée par des cordes à une barre verticale. Tout au fond se dresse un pan d'édifice, des poutres couleur de suie soutenant la moitié d'un toit, les fenêtres vides et noires d'une maison à moitié incendiée. Seuls demeurent intacts le bâtiment du garage et la balançoire qui, libérée du poids de Sarah, continue à onduler légèrement. Je roule des yeux effarés par le spectacle des ruines que Nathan contemple, le cou tendu en avant, comme s'il s'efforçait de voir quelque chose qu'on lui aurait définitivement retiré. Il ricane : « Alors Éva, qu'est-ce que tu penses de tout ça ? » Atterrée – quelle folle rancœur pousse ce garçon à revenir sur les lieux du crime supposé de son père –, j'observe un silence glacial. « Tu sens cette odeur ? » me dit-il. Il se met à touiller du bout du pied la fine couche de cendres grises. Une image flamboie dans mon esprit : une femme hagarde à sa fenêtre qui voit venir sa mort. Partagée entre la compassion, c'est un orphelin, et une férocité soudaine, je lui hurle : « Arrête, Nathan, arrête de faire ça, c'est ignoble, honteux, dégoûtant de cracher sur les cendres de… de ta maison.

— J'ai pas craché dessus, enfin, oh et puis c'est pas la peine de m'engueuler comme ça. Je voulais juste te faire comprendre…

— Quoi ? Écoute, tu peux jouer à la guerre contre ton père tant que tu voudras, mon vieux, mais tu as passé l'âge du conflit de générations. Bon, je te laisse, tu m'as assez fait perdre de temps comme ça.

— Éva, attends, faut qu'on se parle, je t'accompagne jusqu'au…

— Fous-moi la paix, salut, je suis assez grande pour trouver le métro toute seule. »

Il me regarde déguerpir de l'air écœuré, furieux d'un enfant ne comprenant pas la punition qu'on lui a infligée. Je suis presque parvenue à la bouche du métro quand une pensée me stoppe dans mon élan. Tout bien réfléchi, Nathan hait trop son père pour ne pas l'aimer aussi ardemment. Et, brusque intuition ou vertu d'espérance, je me pénètre de la quasi-certitude qu'il ne partira pas de sitôt en Israël. Et je parierai même que, en dépit de son animosité envers son père, il ne se donnera jamais la permission de l'abandonner à sa vie brisée en mille morceaux douloureux.

7.

Une surprise : dans son excitation à l'idée de partir en week-end, Barry a déjà garé sa vieille Coccinelle, la voiture en faveur chez les intellectuels de gauche, devant l'entrée de sa maison. « Quoi, lui dirai-je en manière de plaisanterie, une bagnole allemande fabriquée par les fils des nazis ? » J'appuie sur la sonnette en savourant un avant-goût du bonheur. Ai-je jamais aimé un homme autant que je l'aime ? Apparaissant dans l'embrasure de sa porte, il me lance un regard noir : « Merde alors, Éva, t'as vu l'heure ? »

Je lui ris au nez : « T'as qu'à siffler et j'arriverai en courant comme une chienne. » Il se déride, rabat sur sa tête le chapeau imaginaire d'Humphrey Bogart : « Tout de même, my love, il est minuit passé. »

Et voilà que ça recommence, les étreintes, les enlacements, les baisers sur les yeux, la bouche, le creux de la nuque.

Il m'entraîne vers le salon d'où s'échappe le bruit d'une télé allumée. Nous nous asseyons devant, côte à côte sur le canapé. « Regarde, Éva, ça y est, les flics ont arrêté les assassins de Yusef Hawkins », crie-t-il. En voix off, sur fond d'une foule brandissant des pancartes, un journaliste commente l'agression perpétrée le 23 août contre l'adolescent noir de Brooklyn par une vingtaine d'Italo-Américains armés de battes de base-ball et d'une arme de poing. Yusef, venu se renseigner sur une voiture d'occasion, a été pris à partie au motif, non encore prouvé, souligne le journaliste, de fréquenter la sœur de l'un de ses assaillants.

« Non encore prouvé ! hurle Barry. Non mais, foutu connard, vas-y, accuse-le carrément de l'avoir violée. »

Le connard invisible ébauche l'hypothèse d'une vendetta : le frère de la jeune Italienne, objet des avances du jeune Noir, aurait tué celui-ci de deux balles dans le thorax.

« A justified vendetta in fact, vocifère Barry. Ferme-la, fils de pute.

— Arrête de hurler, Barry, s'il te plaît, laisse-moi écouter la suite. »

Mais il continue à injurier le fils de pute qui, imperturbable, poursuit son exposé : le quartier à prédominance blanche a fait l'objet d'un mandat de perquisition. Ainsi, dix jours après l'incident qui a déclenché un torrent de tensions raciales, la police a procédé à l'arrestation de quatre suspects dont…

« Un incident, ben voyons, tu vas la fermer ta sale gueule de raciste… ! »

Barry saute à bas du canapé, se dirige vers la télé, mime le tir d'un pistolet : « Je te hais, salaud qui n'a pas une larme à verser sur ce gamin abattu comme un animal de deux balles dans la poitrine ! », et il lui coupe le sifflet en éteignant le poste. Il tourne vers moi son visage rouge d'indignation, soupire : « Chaque Noir né dans ce pays qu'il a créé grâce à son travail, sa sueur, le viol de ses femmes et le meurtre de ses enfants, chaque Noir sait que la presse est blanche, la police est blanche, la mort est blanche, Dieu est blanc. »

Enfin, il se calme et regagne sa place près de moi sur le canapé. Le simple fait de frôler son épaule m'inonde d'amour. Je l'adore. J'adore son esprit de rébellion, j'adore ses colères explosives : c'est un taureau prêt à charger les racistes de tous bords.

« Tu sais, Barry, il s'est passé quelque chose d'inimaginable ce soir, à la synagogue d'Ocean Parkway. À la fin de l'office, le rabbin s'est servi de la malédiction de Cham, l'ancêtre biblique de tous les Noirs, inférieurs par définition, pour exhorter ses fidèles à voter pour le candidat blanc à la mairie de New York et contre le "blacky", tu entends, même le nom de Dinkins était imprononçable. Le plus choquant, Barry, c'est que personne n'était choqué, au contraire. Pour tous, le message politique allait non seulement de soi, mais le sexe affreusement allongé des fils de Cham les faisait aussi se tordre de rire. Incroyable, non ?

— Pourquoi incroyable ? Depuis toujours cette prétendue malédiction divine a servi de légitimation à l'esclavage et à la barbarie qui en découlait. Ensuite, la collusion religion-politique est structurelle dans la plus grande démocratie du monde. Chez nous, les fanatiques cathos, protestants, juifs votent en bloc pour les ultraconservateurs de la droite raciste. Et ta chère famille de tarés visités par l'inspiration divine croit encore dur comme fer que l'homme noir descend du singe.

— C'est ça. N'importe quoi, tu dis n'importe quoi sur ma famille, oui, ma chère famille dont tu ignores tout, absolument tout. Par contre toi, l'expert en fraternité de destin des juifs et des Noirs, la scène insupportable, j'en étais malade, que je t'ai racontée ne bat pas en brèche ta belle théorie de la convergence des luttes et… »

Il me ferme la bouche d'un baiser. Je le repousse pour la forme, plaisir différé n'en sera que meilleur. Il m'attire de force dans ses bras, comment lui résister ? Il me renverse sur le canapé, retrousse ma longue jupe de dévote avec un ricanement de lubricité, la remonte au-dessus de ma taille, de mes seins, de mon cou. Nous faisons l'amour longtemps, longtemps, dans l'émerveillement de l'amour, dans la chaleur intime de nos corps, dans la communion de l'orgasme qui nous laisse à demi morts d'éreintement. « Une trêve ? me dit-il. J'ai besoin d'un verre et toi ? » Il enfile son pantalon, sort du salon, et je demeure nue sur le canapé au-dessus duquel est accroché un tableau, un insoutenable tableau de Marcia.

Chapitre 8

Samedi 9 septembre 1989

1.

C'est l'aube. À demi somnolente, j'ai à peine dormi, je m'assieds ou plutôt je m'écroule sur le siège assez fatigué lui aussi de la vieille Coccinelle. Bouillonnant d'impatience, Cape May se trouve à quelque 250 kilomètres de New York, Barry emplit son coffre d'un tas de bagages indispensables au séjour dans sa maison au confort limité. Il me dit quelque chose comme « Ce sera merveilleux, tu verras », puis démarre en agitant des clichés romantiques sur la mer turquoise, le sable blond, le bruissement des vagues ourlées d'argent, la beauté supraterrestre du « Lovers Paradise ». Je partage son enthousiasme. Il conduit vite, dans le clair-obscur, la main droite sous ma longue jupe qui barre obstinément l'accès à mon entrecuisse. Par un lien de cause à effet, je réalise que je dois absolument repasser à mon hôtel afin d'échanger ma tenue contre des vêtements un peu plus sexy. Il y consent de mauvaise grâce : « Fais vite. »

Le veilleur de nuit refuse de me donner la clé de ma chambre avant d'avoir vérifié mon nom dans le registre des clients. Un soupçonneux mal luné. Je déplore d'autant plus l'absence de Small Paul, encore que j'échappe cette fois aux leçons de morale de mon invraisemblable ange gardien.

Ma chambre sent le renfermé. D'abord une douche, afin d'éliminer de mon corps les effluves poisseux de ma nuit d'amour. Puis je jette dans ma valise des vêtements légers, tee-shirts, jupes et robes d'été, trousse de toilette et, sait-on jamais ? mon magnéto de poche. Zut, je n'ai pas de maillot de bain, pourvu qu'il ne me propose pas celui de sa femme… Eh bien, j'en achèterai un plus tard à la station balnéaire.

Nous sortons rapidement de New York, vidé le samedi matin de ses embouteillages, et nous engageons sur l'autoroute du New Jersey. En coutumier du trajet, Barry pousse à fond sa vieille Coccinelle, vaillante, j'en conviens : dans moins de trois heures nous serons rendus à Cape May. À la vue du panneau indiquant Newark, Barry me parle de Philip Roth, le petit-fils d'émigrés juifs né dans cette ville. Il regrette de ne pas connaître cet écrivain qui, dans les années 1960 encore asservies au puritanisme, s'est autorisé à prendre la sexualité débridée pour thème principal de ses romans. « Un provocateur de génie, insiste Barry. Le seul écrivain juif américain qui ne s'encombre pas de circonvolutions quand il s'agit d'appeler un chat un chat. » Je l'écoute, les paupières lourdes, commenter le style cru, la violence subversive, la drôlerie, l'ironie et... Mes yeux se ferment, ma tête s'alourdit et doucement, irrésistiblement, je m'assoupis.

2.

Cape May. La baie en fer à cheval, l'océan fondu dans le bleu du ciel, la morsure légère du sel sur ma joue, le bonheur à portée de main. « Et voilà ! » s'écrie en français mon Barry, extatique. À mesure que nous traversons la ville au ralenti, il loue le charme historique à nul autre pareil de la plus ancienne des stations balnéaires. Dans la rue principale se succèdent d'imposantes maisons à pignons et pigeonniers de style victorien, peintes de vives couleurs : « On les appelle "the painted ladies" (les dames peintes) », se rengorge Barry, comme s'il y était pour quelque chose. Je l'adore. J'adore ses puériles fiertés, son visage parsemé de taches de rousseur, ses mains expressives sur le volant, j'adore même la cendre tombée de sa cigarette sur ses genoux. Nous roulons le long de la jetée. En bas, les dunes, la longue plage de sable fin, les parasols rayés, les chaises longues, les criaillements des mouettes, géantes ici, m'évoquent Trouville en Normandie (là où ma mère, pourquoi faut-il qu'elle s'impose sans cesse à mon souvenir ? passe ses vacances d'été). Barry songe tout à coup que, avant de rejoindre son « dump » (sa méchante bicoque) situé à l'extérieur de Cape May, il faut acheter de quoi remplir le réfrigérateur.

Retour au centre-ville. Je le laisse à ses courses et me mets en quête d'un maillot de bain, pas trop cher si possible, dans la luxueuse station balnéaire.

Une boutique présente en vitrine des bikinis, shorts et tee-shirts taillés dans le tissu étoilé du drapeau américain. Le patriotisme kitch des tenues estivales, une véritable obscénité politique, coûte la peau des fesses. Je me rabats sur un deux-pièces de couleur uniforme au prix raisonnable de 29,99 dollars : « C'est un modèle de l'année dernière », me dit la vendeuse.

À la sortie de Cape May, des dunes de sable crémeux à perte de vue. Un chemin caillouteux mène à une maisonnette isolée au bas de l'une d'elles. La méchante bicoque, pas tant que ça finalement, fleure bon l'authenticité. En bois brut, avec une toiture de bardeaux, elle se prolonge par une véranda coiffée d'un auvent en paille tressée. À l'intérieur, une petite cuisine est reliée par une ouverture en arcade au living-room, une pièce pas très grande avec une cheminée, des meubles en rotin poudrés d'une fine couche de poussière, un divan profond plein des odeurs légères du poème de Baudelaire, tu t'emballes, ma fille, tu t'emballes, une baie vitrée par où, oh merveille ! j'entends le rugissement sourd de l'océan Atlantique.

Barry déballe les provisions dans la cuisine. Il me crie : « J'ai réservé une table pour ce soir au

Hemingway's Seafood Restaurant, avec vue sur la baie du Delaware. »

Je monte à l'étage. Deux petites chambres en enfilade donnent sur une salle de bains carrelée dans le goût des années 1950. Et c'est tout et c'est charmant, tout simplement charmant. D'autant plus que je me sens délivrée de la sensation d'être une intruse puisque aucun, pas un seul tableau de Marcia n'occupe les murs de la maison.

Au living-room, tandis que Barry s'affaire dans la cuisine, j'improvise une sorte de danse, bras levés en signe de triomphe. Légère, en apesanteur, je tourbillonne sur le vieux parquet qui grince. Barry m'immobilise d'une tape sur les fesses. « T'as un joli balancement du cul quand tu danses. Un sacré joli cul. Si tu veux, on ira danser en boîte ce soir. » Pour l'instant il a faim. Il propose de se taper un bon petit lunch, et ensuite cap sur la plage. Mais affamés surtout l'un de l'autre, nous commençons par faire l'amour sur le divan. Oh mon cœur, restaure-moi de ton amour jusqu'à la fin de mes jours.

3.

Au bas de la maison, des herbes hautes s'étendent jusqu'à la plage de sable blanc, sous le bleu pâle d'un ciel sans nuages. L'air est imprégné du parfum estival de l'ambre solaire. D'immenses mouettes fendent l'air de leur long bec, volent haut au-dessus des vagues, se laissent soudain tomber à pic dans l'eau. Presque déserte en ce début d'après-midi torride, la plage n'est mouchetée que de trois parasols. Un couple avec deux gamins jouant à s'enterrer dans le sable. Une famille qui pique-nique – leur chien aboie à notre approche. Et, assises en tailleur sur leur serviette de bain, deux filles seins nus qui feuillettent des magazines. Elles suivent du regard Barry, flamboyant sous la dure lumière du soleil à son zénith. Superbe, il foule le sable d'un pas souple, aussi assuré que s'il rentrait chez lui.

À bonne distance des curieuses, Barry se débarrasse du sac à dos contenant nos affaires de plage. Il bataille, s'énerve contre le parasol qui persiste à ne pas s'ouvrir. Aussitôt déshabillés, nous courons main dans la main sur le sable brûlant. Par contraste la mer est si froide, je ne m'y habituerai jamais. Barry plonge et resurgit en poussant un cri de plaisir : « C'est trop bon, viens vite », avant de replonger comme une torpille jaillie de son tube de lancement. Sa tête n'est plus qu'un point minuscule à l'horizon lorsque je me résous à entrer dans l'eau glaciale. Allons, un peu de courage, tu es une assez bonne nageuse en principe, je m'élance et chute de tout mon long dans l'eau cinglante comme un coup de fouet. Quelques brasses tout de même puis, pourquoi se faire souffrir plus longtemps ? je bats en retraite sur le rivage.

Frissonnante, je sors du sac à dos de Barry la serviette de plage, mes lunettes de soleil, mon paquet de cigarettes et mon briquet. Je m'allonge sur la serviette et m'abandonne tout entière à l'ardeur du soleil. Et au sentiment que l'ensemble de ma vie n'a été vécu que pour ce seul moment d'intense béatitude. Chaleur, repos, chaleur encore. Soupirs. Où est passé Barry ? Cela doit faire une demi-heure que l'homme, mon homme, a disparu. Idiote qui joue à se faire peur, je sens monter en moi une vague d'angoisse. Je me soulève, prends appui sur un coude, garde les yeux fixés sur la mer. Les noyades consécutives à un malaise, à des crampes, à une crise cardiaque et… Soudain une haute silhouette scintillante sous le soleil vertical agite les bras dans ma direction. Barry s'avance, ruisselant, et s'ébroue au-dessus de moi. Ses longs cheveux mouillés retombent en corolle sur ses épaules et il me vient l'envie de lécher goutte à goutte le sel sur son torse, ses bras, chaque pore de sa peau. Le sent-il ? Il s'allonge contre moi qui, n'y tenant plus, bois goulûment l'eau sur sa bouche. Il me traite de cannibale, « Ne t'arrête surtout pas », mais il le faut. La famille de pique-niqueurs défile devant nous en nous lançant, et j'en ris, le regard oblique des passants honnêtes de Georges Brassens.

« J'aime quand tu ris.

— J'aime que tu aimes quand je ris. »

Barry me couche sur le dos. Son corps se presse contre le mien. Invasion de lyrisme. Il déclame à mon oreille : « Ah, partir, partir sur la mer infinie. Pleus ta pluie de chaleur, soleil ! Sur nous deux en toi nous baignant », et ainsi de suite. Ne te moque pas, Éva, ton homme a l'ego fragile. Sois honnête, toi aussi tu as le cerveau pétri de citations littéraires. Et tous ces emprunts faits aux personnages de romans, de films pour énoncer une émotion, la ressentir, te souvenir de ce qui t'a rendue heureuse ou d'un amour passager qui t'a dévastée.

Tout d'un coup, quelque chose me noie le cœur. Une indigestion ? Des frissons de chaud et froid me parcourent le corps. Barry s'en rend compte. « Qu'est-ce qui t'arrive ? Ça ne va pas, tu te sens mal ?

— Pas très bien, pousse-toi s'il te plaît, Barry, tu m'écrases de tout ton poids. »

Il pose ses lèvres sur mon front, s'inquiète : « Tu as de la fièvre, on dirait. Tu sais quoi ? C'est le soleil. T'as pris un sacré coup de soleil, désolé, Éva, c'est à cause de ce foutu vieux parasol.

— Tu crois, bon ce n'est rien alors, ça va passer. Remontons à la maison, ça ira mieux… »

4.

En fin d'après-midi.

Mes cuisses et mes pieds ont enflé, de même que mes bras et mes mains, je suis glacée. Barry, c'est un ange, a enduit de baume contre les brûlures chaque centimètre de mon épiderme rouge écrevisse. Il a appliqué des glaçons enveloppés dans une serviette sur mon front brûlant. Il m'a obligée à boire quantité de verres d'eau froide, « Tu es complètement déshydratée », et à avaler toutes les deux heures un comprimé d'Excedryn, un sédatif pour les maux de tête, « Ça te fera du bien, ma petite chérie ». Du bien, il me veut du bien au sens italien de « ti voglio bene » : je t'aime tellement.

Maintenant, autant tirer un trait sur le Hemingway's Seafood Restaurant. Barry est en train de préparer dans la cuisine un petit dîner en tête à tête. Moi, je l'attends assise sur le canapé du salon devant un énième verre d'eau glacée. Je l'attends contrite et désolée d'avoir compromis, voire gâché, notre week-end à Cape May. Et avec ça, réduite à une pauvre petite chose fripée, je dois être laide à décourager l'amour. C'est bien de toi, ça, penser à une partie de jambes en l'air quand le simple contact d'un doigt sur ta peau te fait l'effet du verre pilé… ! Mais assez de pleurnicheries, allons, une bonne nuit de sommeil et demain, ma grande, demain tu péteras le feu.

5.

Nous dînons dans la véranda : beignets de poisson, frites, cheese-cake à la noix de coco, une spécialité de Cape May. Barry me somme de manger de tout. Je m'exécute, la nausée au bord des lèvres. Pour lui être agréable, je mangerais un cheval, comme on dit en anglais.

Nous bavardons à mi-voix dans le bruissement des ailes des papillons de nuit. De littérature, évidemment. Nous passons en revue les livres qui nous ont marqués, qui ont eu un effet déterminant sur ce que nous sommes à présent.

« Ce qui est sacrément certain, Éva, c'est que nous sommes semblables, identiques, similaires, toi et moi.

— Ah bon ? Les deux moitiés de Platon ? Rien que ça !

— En cela que notre relation aux livres est une relation amoureuse. La vraie vie est dans les livres, voilà tout.

— À cela près, Barry, que les livres, toi, tu les écris. Au fait, tu en es où de ton bouquin ? Tu as déjà un titre ?

— Pas encore. *Juifs et Noirs, communauté de destin,* c'est pas terrible, hein. Ou alors *Juifs et Noirs. Concordances et Discordances* ... Non, trop intello, moi je n'achèterais pas. Et que penses-tu de *Noirs et Juifs : go behind, go off*?

— Quoi ? Je ne comprends pas.

— C'est une expression de Sammy Davis Junior. Il a raconté à la radio une histoire qui lui était arrivée dans un bus à New York. Il est assis dans le bus, lorsque le contrôleur lui dit : "Hé toi, le nègre, va t'asseoir au fond de mon bus." Sammy lui dit : "Hé sir, je suis juif", et l'autre réplique : "Youpin, fous le camp de mon bus". Les nègres derrière et les juifs dehors, c'est parlant, non ?

— Très drôle. Ton livre, c'est un essai ou un recueil de blagues juives et noires ? Non, sérieusement, Barry, pourquoi tant de crainte ? Je suis sûre et certaine, moi, que ton livre sera important, essentiel même, t'en fais pas, t'en fais pas. J'aimerais tellement que tu me lises un chapitre, le dernier que tu as écrit, tiens, par exemple. De quoi parle-t-il ?

— C'est compliqué. J'en suis encore à décrire la trajectoire exemplaire de mon père. J'essaye de démontrer pourquoi il s'est lancé corps et âme dans le combat pour les droits civiques des Noirs et ce bien avant la prise de conscience des années 1960. Le respect qu'il avait pour tous les êtres humains que Dieu a créés à son image et son empathie douloureuse pour ses semblables devant Dieu.

— Ça alors ! Ton père était un juif croyant, contrairement à toi ? Ça m'étonne un peu parce que toi…

— Parce que je ne suis pas circoncis ? Eh non, tu le regrettes ? Je plaisante, mais il paraît que la circoncision a cela de bien qu'elle permet de retarder l'éjaculation et donc de faire durer le plaisir des femmes.

— Oh, ce que tu peux être stupide parfois. Ton père croyait en Dieu ?

— Il était croyant et incroyablement moderne à la fois. Il parsemait ses plaidoiries de citations de la Bible, "Tu aimeras ton prochain comme toi-même", et de phrases de Martin Luther King, entre autres celle-ci : "La justice se tient aux côtés de l'amour". Son combat pour les droits civiques des Afro-Américains venait aussi de son expérience du nazisme qui a presque réussi à exterminer tous les juifs d'Europe. Trois mois avant sa mort, mon père m'a dit dans une sorte de rage que l'Amérique… Ah merde, que se passe-t-il ? »

L'éclairage de la véranda tremblote et finit par s'éteindre. La panne d'électricité plonge la maison dans une totale obscurité. Barry fulmine contre lui-même : il n'a ni plombs de rechange ni bougies à allumer. Il broie du noir, sans mauvais jeu de mots, sous le ciel brillant d'étoiles. Du coup, il ne nous reste plus qu'à monter là-haut dormir ensemble, serrés, mais pas trop, l'un contre l'autre.

Chapitre 9

Dimanche 10 septembre 1989

La nuit a été chaste. J'ai dormi longtemps dans la tendresse des bras de Barry. Je dormirais encore si son activité frénétique dans la cuisine et l'odeur de café chaud qui emplit l'air ne m'avaient réveillée. Je me sens mieux, presque rétablie de mes méchants coups de soleil. La preuve : je meurs de faim. Après tout, notre dernier jour à passer ensemble à Cape May sera merveilleux.

Je sors du lit, me brosse les dents, souris à mon visage joliment hâlé dans le miroir du lavabo. Je m'habille sans éprouver de démangeaisons et, dans une explosion d'énergie, je cours retrouver Barry dans la cuisine.

Étreinte légère, comme s'il craignait le frottement sur ma peau qui, je le rassure, n'est plus à vif. À table, outre la délicieuse omelette au lard grillé, nous nous dévorons des yeux. Il me vante encore, c'est une idée fixe, les charmes uniques de Cape May et se propose, faute de pouvoir retourner à la plage, de m'en faire faire le tour.

« D'abord une promenade sur Washington Avenue pour admirer les somptueuses bâtisses victoriennes. Rappelle-moi d'acheter des plombs. Ensuite le phare, un monument historique à lui tout seul. Au sommet, un panorama sensationnel sur la baie du Delaware. En bas, un musée maritime. Et puis que dirais-tu de… »

Il s'interrompt, tend l'oreille vers la sonnerie du téléphone venant du salon et, sans quitter sa chaise, s'écrie : « Ah merde, j'ai oublié de le débrancher.

— C'est ta femme ? Eh bien vas-y, qu'est-ce que tu attends ? Ma permission ?

— J'en ai pour une minute, pas plus », me dit-il avec un air de culpabilité consternée.

Lorsqu'il se dirige vers le salon, je m'efforce de rester de marbre. Qui suis-je pour lui interdire de répondre aux appels de sa femme ? Il n'empêche. Oublier de débrancher le téléphone ressemble beaucoup à un acte manqué. Aurait-elle su où le joindre s'il ne l'avait pas avertie du week-end à Cape May ? En réalité mon amant ne peut faire quoi que ce soit sans en informer sa bonne femme… Ils se disent tout, ils ne se cachent rien, pas même les accrocs à leur contrat de mariage. Lui parle-t-il en ce moment de son escapade, insignifiante, rassure-toi, ma chérie, avec une fille juste bonne pour la baise ? Une fille infiniment remplaçable. Une fille bien déterminée en tout cas à prendre le premier train pour New York.

Au bout d'un long quart d'heure Barry revient, l'excuse aux lèvres : « Sorry, Éva, elle n'en finissait pas de me tenir la jambe. » Plutôt que de déverser sur lui les griefs emmagasinés durant leur interminable conversation, j'esquisse un geste signifiant « Aucune importance, mon vieux. » Ne jamais montrer sa colère, me conseillait ma mère : « La colère, ma fille, n'est bonne qu'à enlaidir un joli visage. » Toutefois, je remarque : « Vous aviez beaucoup de choses à vous dire tous les deux. Des choses importantes, faut croire. Dis-moi, elle n'est pas enceinte ?

— Quelle question idiote ! Nous ne couchons plus ensemble depuis je ne sais pas combien d'années. Nous vivons sous le même toit, voilà tout.

— Comme frère et sœur bien sûr, je te crois ! Et puis c'est tellement commode la tranquillité domestique, veinard, quand on se tape en douce la première venue.

— La première venue, c'est l'image que tu as de toi ? Arrête de te rabaisser... Au mieux, tu es jalouse, au pire, tu ne sais pas vivre sans te faire souffrir. Moi, je ne te ferai jamais de mal. Je t'aime, fais-moi confiance. Je t'ai dit la vérité, nous sommes Marcia et moi sur le point de nous séparer.

— À cause de moi ? À combien de femmes as-tu promis de quitter la tienne ?

— Pas à cause de toi, pour toi, pauvre idiote. »

Il m'enlace et me caresse sous le menton d'un index taquin afin de chasser mon humeur obstinément morose. Bon. Je me laisse caresser, la tempête est passée, l'incident est clos, pour le moment du moins. Tâcher autant que possible de ne pas transformer la cuisine en champ de bataille. Accepter de n'être que la maîtresse, l'autre femme, celle qu'on emmène discrètement et furtivement en week-end. Se montrer heureuse de ce qu'il veut bien m'accorder. Se faire douce, et voilà la femme libérée qui parle, aller même jusqu'à lui proposer de laver la vaisselle sitôt qu'il aura desservi la table.

« Laisse, Éva, il est presque 9 heures et on a tant de choses fabuleuses à voir. Tiens, par exemple, la crique où les pirates sabordaient les bateaux comme dans *Les Contrebandiers de Moonfleet.* J'adore ce film que Fritz Lang tenait pour une commande commerciale. Je t'emmènerai aussi voir l'endroit où ils enterraient leurs trésors de guerre. »

La rage me reprend, je l'envoie balader, lui et son programme.

« Je hais, tu m'entends, j'exècre, j'abomine les activités touristiques. Merci bien, mais si c'est tout ce que tu as trouvé pour tuer le temps qu'il nous reste à passer ensemble… !

— Tuer le temps, quand je croyais purement et simplement te faire plaisir. Je ne comprends pas ton animosité. Qu'est-ce qu'il y a, Éva ? Tu m'en veux à ce point-là ?

— Non, laisse tomber, disons que je ne me sens pas assez bien pour faire des kilomètres à pied sous le soleil.

— Bien sûr, tu te ressens encore de ton insolation. J'aurais dû y penser. Tu sais quoi ? Nous allons rester à la maison à écouter de la musique et puis, si tu en as envie, mon cœur, nous ferons l'amour une dernière fois avant de retourner à New York. »

Une dernière fois sonne comme quelque chose de définitif, non ? Tout a une fin en tout lieu en tout temps et personne n'y peut rien. Dans quelques heures, et mon cœur s'arrête à cette idée, notre week-end en amoureux ne sera plus qu'à ranger au poussiéreux rayon des souvenirs. Dans le genre prophète de ton propre malheur, ma pauvre, tu es imbattable. N'y pense plus. Pense plutôt que tu vis, que tu auras vécu avec lui ta plus belle histoire d'amour.

CHAPITRE 10

Lundi 11 septembre 1989

1.

Le front plissé, la mine contrariée par je ne sais quoi, Barry regarde d'un œil morne sa tasse de café. Lui, si disert et enjoué d'habitude, rumine en silence de sombres pensées. Pourquoi ? Parce que devant me rendre ce matin au magasin de mon oncle Marco, j'ai refusé de passer une nuit de plus à Cape May ? Il boude, ma parole, il boude comme chaque fois que l'on s'oppose à ses quatre volontés. Cette sorte d'enfantillage chez un homme au seuil de la quarantaine me laisse stupéfaite. À trente-deux ans j'ai l'impression d'être la plus vieille de nous deux. Et la plus raisonnable, forcément. J'allonge le bras, lui ébouriffe les cheveux : « Qu'est-ce qu'il y a, Barry ? Ça n'a pas l'air d'aller. » Il écarte ma main d'un coup de coude rageur. N'y tenant plus, j'explose : « Tu peux me dire pourquoi tu me fais la gueule ?

— Je ne te fais pas la gueule, darling. Il s'agit pas de ça. C'est juste un truc comment dire, un truc qui me fout en rogne.

— Quel truc ? Eh bien, parle. C'est si difficile à avouer ?

— Je voulais t'en parler hier mais nous étions si fichtrement heureux hier… J'ai pensé que ça pouvait attendre.

— Laisse-moi deviner. Vous vous êtes disputés hier, Marcia et toi, c'est ça ? Elle sait à propos de nous deux, hein ? C'est sa sœur, la bombe sexuelle, qui t'a dénoncé ?

— Pas du tout, et quand bien même, je m'en fous. Écoute, Marcia a décidé de rentrer vendredi à la maison. Vendredi, tu te rends compte, alors qu'elle devait rester à Charlottesville jusqu'à la fin du mois. J'ai essayé de l'en empêcher, seulement…

— Seulement, tu ne peux pas l'empêcher de réintégrer le domicile conjugal. À moins de changer les serrures. Je plaisante, va, pas de problème. De toute façon, j'ai décidé de rentrer à Paris mercredi ou jeudi au plus tard.

— Tu m'en veux, je le savais que tu m'en voudrais. Est-ce ma faute si elle a décidé de rappliquer, la garce ? Je n'y suis pour rien, c'est facile à comprendre, non ? Ne pars pas si vite, je t'en supplie.

— N'insiste pas, Barry, je suis forcée de repartir. Mon rédacteur en chef commence à s'impatienter, tu sais, je suis payée à l'article, moi, je ne vis pas de l'air du temps. Une fois bouclé l'entretien avec Toni

Morrison, je n'aurai aucune raison de rester plus longtemps à New York.

— Aucune raison, ça, c'est vraiment bas et méchant. Je t'aime moi, je t'adore. Écoute, elle ne sera pas tout le temps sur mon dos. Je m'arrangerai pour te voir tous les jours. Pour passer toutes les nuits avec toi.

— Bien sûr, tu me feras l'amour dans ton bureau pendant qu'elle dormira à côté dans le lit conjugal.

— Ne sois pas idiote, c'est injuste. Nous dormirons dans ta chambre d'hôtel, voilà tout.

— Ma chambre est sordide.

— Eh bien, nous irons ailleurs. Les bons hôtels ne manquent pas à Manhattan.

— Classique. L'époux qui s'envoie en l'air dans la suite d'un hôtel avec piscine tandis que sa pauvre femme se morfond à la maison. Que ce soit humiliant pour la maîtresse, aucune importance.

— Ne dis pas ça, tu t'humilies toi-même en pensant que tu ne comptes pas pour moi. Je t'aime, tu es le grand amour de ma vie. Chaque jour, chaque heure de ma vie, je pense que notre rencontre tient du miracle… Si tu me quittes, je ne m'en remettrai jamais, tu entends, je n'aimerai plus jamais personne d'autre que toi. Tu ne me crois pas ? »

Brusquement, il se lève de sa chaise, tombe à mes genoux et, chose insensée, me demande de l'épouser. Je le repousse – non mais de qui se moque-t-on ? –, et le prie de cesser sa lamentable petite comédie. Il ne le fera, me dit-il, que lorsque j'aurai répondu par oui ou par non à sa demande en mariage.

« Mais oui, bien sûr, dès demain, mon amour.

— Dès demain, comment ça ?

— Demain, dès que tu auras acheté deux billets d'avion pour Reno, la capitale du divorce. »

L'ironie de ma réponse ne lui échappe pas.

« Touché ! Je ne veux pas dire là maintenant évidemment. Mais sérieusement, Éva, j'ai l'intention de divorcer pour vivre avec toi.

— Où ça, à Paris ?

— Pourquoi pas ? Paris est la ville idéale pour les artistes, les écrivains, les peintres américains. James Baldwin, Hemingway, Henry Miller, Nina Simone et tant d'autres qui ont fui le puritanisme américain. Tous ont raconté et écrit sur le bonheur de vivre à Paris. Heureux, disaient-ils, comme… attends, ça va me revenir… comme Dieu en France. »

Il rit, fier de son peu, de son si peu de vocabulaire français. C'est un enfant. « Plus que l'âge, écrivait Nicolas Bouvier, l'enfance est un état d'esprit. » Et c'est aussi à cause de cela, de son immaturité, que je l'aime. Quand je pense qu'il y a seulement dix jours, je ne savais même pas qu'il existait ! Qu'en l'espace de seulement dix jours, je me sens plus désirable et désirée que je ne l'aie jamais été ! Sur le pas de la porte, je dois lui promettre de ne pas m'attarder au magasin de mon oncle pour pouvoir déjeuner avec lui. Et, juré-craché, nous passerons ensemble le reste de la journée et la nuit, cela va sans dire. « Bon, maintenant, je te laisse. Je dois repasser à l'hôtel enfiler une tenue décente avant d'aller voir mon oncle. »

2.

Une fois dans la rue baignée de soleil, la joie de vivre m'envahit. J'ai envie de crier la vie est belle. J'ai envie d'appeler ma mère pour la remercier de m'avoir donné la vie.

Au Paradise Hotel, Small Paul me tend la clé de ma chambre et un message de ma mère en m'enveloppant d'un regard ulcéré. Il m'en veut, c'est sûr, d'avoir découché deux nuits d'affilée. Partagée entre le rire et l'attendrissement – mon absence l'a inquiété et affecté à la fois –, je lui présente mes excuses.

« Small Paul, c'est vrai, j'aurais dû te prévenir que je passerais le week-end à Ocean Parkway dans la maison avec piscine de ma famille américaine. Regarde, j'ai même attrapé de méchants coups de soleil.

— En quoi ça me concerne ce que tu fais ou pas ? Tu es libre d'aller où tu veux avec qui tu veux. Que j'en aie quelque chose à dire ou rien revient au même... Bon, tes coups de soleil, ça ne te brûle pas trop ?

— Pas trop, presque pas en fait.

— Tant mieux. Tu as pris le petit déjeuner ?

— Oui, oui, merci. Tu es tellement gentil envers moi, c'est à peine croyable.

— Je fais mon possible pour aider les gens autour de moi. Si on ne s'aide pas les uns les autres, personne d'autre ne le fera. Personne, le monde est un endroit vide.

— Dis-moi, Small Paul, il semblerait que la vie n'a pas toujours été gentille avec toi… ?

— Ce que j'ai eu n'est pas si mal finalement. Pour le reste…

— Quel reste ? L'amour, une femme, des enfants ?

— L'amour, Éva, l'amour est une fleur qui vous déchire le cœur. Moi, pour commencer, ma mère est morte quand j'avais huit ans. Mon père est parti se remarier et je ne l'ai jamais revu. C'est comme ça, quand on a quelque chose de précieux, on a trop peur de le perdre. Rester comme je suis, c'est tout ce que je demande. T'es bien sûre de n'avoir pas besoin d'un café ou d'un chocolat au lait ? »

Je me penche au-dessus du comptoir, pose un baiser sur la joue de Small Paul.

« Tu n'imagines pas à quel point tu comptes pour moi. Et maman Stella, elle t'apprécie énormément. À chaque fois qu'on se parle, elle me pose mille et une questions sur l'adorable réceptionniste de mon hôtel.

— Ah oui, vraiment ? Moi aussi, maman Stella a gagné mon affection pour toujours. »

Et il sort de derrière son comptoir pour m'accompagner jusqu'à l'ascenseur en déplorant l'argent gaspillé pour une chambre qu'on n'occupe pas.

Sur la table de nuit de ma chambre se trouve une note imprimée : « Après 10 heures du soir, on est prié de ne plus faire de bruit. Les bijoux égarés n'engagent pas notre responsabilité, la maison possède un coffre si besoin. » Plutôt que de mes bijoux – le manager de ce minable hôtel prend ses clients pour des millionnaires ? –, c'est de l'état de mes finances que je me soucie. Car à moins d'emprunter encore de l'argent à Barry, et je m'y refuse absolument, je doute que la somme dont je dispose me permette de prolonger mon séjour à New York. En plus du loyer de ma chambre, j'aurai à m'acquitter du nombre incommensurable de mes appels téléphoniques à ma mère... Alors partir, rester ? Je ne sais pas, je ne sais plus à quoi me résoudre. Il m'en coûtera terriblement de partir, de quitter Barry alors que rien ne me force à regagner si vite Paris. Mais ne m'en coûtera-t-il pas davantage de rester comme un chien dans un jeu de quilles, au milieu du couple en train de se rabibocher peut-être ? De se réconcilier sur l'oreiller, selon la formule consacrée ? Peu probable, à en juger par l'âpreté de l'échange que j'ai entendu, espionné plutôt, au téléphone dans le bureau de Barry... Sans compter, me l'a-t-il assez répété, qu'ils ne couchent plus ensemble. Qu'ils vivent comme deux étrangers sous le même toit. Je n'ai jamais éprouvé avant lui, absolument jamais, le sentiment d'avoir trouvé l'homme idéal, tant sur le plan physique que de la séduction intellectuelle. Pure naïveté de ma part : qui croit encore de nos jours à l'homme idéal ? Bon, que faire ? Partir, rester ? Incapable de trancher, je m'accorde un délai de réflexion. Demain – Marcia ne revient pas avant vendredi – il sera encore temps de prendre la décision qui, dans un cas comme dans l'autre, me fera mourir à petit feu.

Je pense à ma mère au comble de l'inquiétude quand j'omets ne serait-ce qu'un seul jour de l'appeler. Si je compose son numéro maintenant – à 16 heures en France –, j'en serai quitte pour laisser un message sur son répondeur, un message rayonnant d'optimisme sur l'état de santé morale de son frère, en mesure à présent de retravailler dans sa boutique. Et je remettrai à plus tard le récit détaillé de ma visite formidablement intéressante, émouvante et tout et tout au Sultan's Bazar.

Je consulte le bout de papier où, de mémoire, j'ai noté l'adresse de son magasin : 748 Nostrand Avenue, Brooklyn. Quant à la station de métro… Zut, il est 10 h 10, moins d'une heure pour me rendre au Sultan's Bazar. Bon, pas d'affolement. D'abord, enfiler une tenue correcte (jean, chemisier à manches longues et col boutonné feront l'affaire), puis, au diable les économies, s'offrir le luxe d'un taxi.

3.

L'avenue Nostrand est une large artère commerçante, bourdonnante d'activité. L'atmosphère en perpétuel mouvement dégage l'énergie combative des classes laborieuses. Au bas des immeubles de briques rouges, délitées, rapiécées, les boutiques déversent des panneaux-réclames et des portants de vêtements jusqu'au milieu du trottoir. Il me faut un moment pour repérer le magasin de mon oncle Marco, grâce à l'enseigne « Sultan's Bazar » qui le surmonte. Je réalise soudain que Sultan, le nom de jeune fille de ma mère, occupe un lambeau du ciel américain. Le titre des monarques arabes trône, ironie du sort, au-dessus d'une échoppe de fringues « Tout à un dollar ». En vitrine, les articles aux coloris incandescents font penser aux parures des acteurs de Bollywood.

Dans la boutique, un Noir aux avant-bras musclés traîne sur le carrelage un carton à moitié ouvert. C'est Troy. Il se précipite vers moi avec un aimable sourire : « Welcome. What can I do for you ? » À ma réponse : « Je viens voir mon oncle Marco », son sourire s'élargit.

« Oh oui, je sais, la nièce de Paris du patron, il m'a dit de vous demander de l'attendre.

— Il n'est pas là ? Que se passe-t-il, il ne va pas bien ?

— Très bien au contraire, sa tête est guérie, il me l'a assuré. Ne vous en faites pas, M. Marco s'est absenté pour aller à sa compagnie d'assurances. C'est à dix pâtés de maisons d'ici, il ne tardera pas à revenir avec un gros chèque, espérons. Je vous sers un petit café ?

— Merci, monsieur Troy. On s'est vus à l'hôpital, mais vous ne vous en souvenez pas.

— Sorry. Vous savez ce que c'est dans ces moments-là, ma propre mère je ne l'aurais pas reconnue. »

Il rit franchement, passe dans l'arrière-boutique où, je suppose, se prépare le café. Un rien inquiète, ma montre indique 11 heures passées de douze minutes, je me plante devant la vitrine. Deux minutes plus tard, Troy réapparaît avec deux tasses fumantes.

« Avec ou sans sucre ?

— Avec un sucre, merci, monsieur Troy. J'ai très envie de fumer une cigarette, si c'est permis. »

Il comprend : rien n'est meilleur avec le café qu'une cigarette, et il m'invite à sortir fumer dehors. Nous nous postons, tasse à la main, sur le seuil du magasin. À la cigarette que je lui offre, il préfère une des siennes. Il aspire une bouffée, hoche la tête : « Ma femme ne veut pas que je fume… à cause de mes bronches.

— Et mon oncle Marco non plus… Il ne doit pas être commode tous les jours.

— Quelquefois oui, mais c'est un type bien, pour un patron en tout cas.

— Apparemment vous vous entendez bien tous les deux. Ça fait longtemps que vous travaillez avec lui n'est-ce pas ?

— Longtemps que je travaille pas avec mais pour lui. C'est pas tout à fait la même chose. »

Pan sur le bec de la militante contre l'exploitation de l'homme par l'homme. Je tente de changer de sujet, mais Troy balance son mégot et rentre précipitamment à l'intérieur du magasin…

Mon oncle Marco surgit au coin de la rue, d'un pas pressé. Arrivé à ma hauteur, il s'écrie « Ah c'est toi » comme s'il se souvenait tout juste de qui je suis… Sous son chapeau à large bord, son visage maigre et barbu se plisse du sourire épanoui de quelqu'un venu à bout de quelque chose de difficile. Quoi, sinon son entretien avec son assureur ? Je me berce de l'espoir que contre toute attente, le tragique accident est en bonne voie de règlement. Pour en avoir le cœur net – j'ai tendance à prendre mes désirs pour la réalité –, je l'interroge en passant comme lui au tutoiement : « L'affaire avec ton assureur se présente bien ? » Il proteste : « Ce n'est pas encore dans la poche », puis mû par la superstition, il jette des regards en coin aux passants : « Tais-toi, malheureuse, tu veux que tout le quartier t'entende ? »

À Troy qui l'interroge d'un regard inquiet, il tapote affectueusement l'épaule, façon comme une autre d'annoncer une bonne nouvelle. Il lui demande si la matinée a été bonne. L'autre répond : « Moyen, trois ou quatre clients quand même, mais la journée, patron, ne fait que commencer. » Mon oncle Marco approuve, il n'est pas encore midi. Néanmoins, il s'indigne de voir sur le carrelage le carton à moitié ouvert. La réprimande arrache à Troy un soupir genre « À quoi bon se magner durant dix heures pour gagner trois fois rien ». À cet instant deux jeunes filles pénètrent dans le magasin. « Ne bougez pas, patron, dit Troy. Je m'en occupe.

— Bien, répond mon oncle avec une douceur souriante, je vais dans mon bureau. Tu m'appelles s'il y a un problème. Quand tu auras fini, tu iras nous chercher des sandwichs thon-salade à la boulangerie casher. »

L'arrière-boutique offre juste assez d'espace pour deux chaises, une petite table de travail supportant une masse de chemises, une machine à écrire, un cadre renfermant une photo de sa femme, je suppose, un poste de téléphone et l'indispensable chandelier à sept branches.

Mon oncle me désigne la chaise face à son bureau. Il se défait de son long pardessus et de son chapeau noirs, les accroche au portemanteau doté d'un miroir voilé. Je réprime mon étonnement : à ma connaissance du moins, la période du deuil n'excède pas sept jours. J'ai dû y attarder mon regard car, en venant s'asseoir, mon oncle pousse un gros soupir : « Ah, Éva Éva, des femmes comme ma Leila, il n'en existe plus. Plus aucune femme ne sera ce qu'elle a été pour moi. Qu'elle repose en paix. Qu'elle intercède en ma faveur auprès du Tout-Puissant. Que Dieu me pardonne ma faute, si c'en est une. Enfin, n'est-ce pas Dieu, béni soit Son nom, qui décide de toutes choses ? »

Il braque ses yeux sur moi, comme s'il attendait mon assentiment, comme si je détenais le pouvoir d'apaiser sa conscience. Que lui dire ? Que si sa religion lui demandait de marcher sur la tête, eh bien, il marcherait sur la tête ?

« C'était un accident, mon oncle, personne n'est à l'abri d'un accident involontaire, par définition. Tu ne peux pas être responsable d'un malheur dont tu as payé le prix.

— Pas assez, ou peut-être si. Tout est dans la main de Dieu Miséricordieux qui récompense plus qu'il ne punit. »

Il s'interrompt, regarde l'heure à sa montre et déclare avoir l'estomac creux.

« Et toi, Éva, tu n'as pas faim ? Non, comment non ? Tu veux que ta mère m'accuse de t'avoir laissée mourir de faim ? Ce n'est pas permis. C'est drôle comme tu ressembles à Stella tout en étant son contraire.

— Contraire en quoi, par exemple ?

— En tout, mademoiselle la Française. Ton accent pointu, tes phrases sorties du dictionnaire, ton air d'être plus grande dans ta tête que Victor Hugo !

— Tu me trouves prétentieuse, oncle Marco, c'est ça ? Je suis désolée de l'idée que tu te fais de moi.

— Je dis simplement que tu es très intelligente, un peu trop peut-être. À Paris, les filles sont éduquées, l'intelligence ne compromet pas leurs chances de trouver un mari. Enfin, s'il plaît à Dieu, ton jour viendra et le cœur de ta mère se gonflera de fierté. Elle le mérite. Qu'est-ce qui lui ferait plaisir à ton avis ? J'ai quelques belles choses pour les touristes qui ont les moyens. J'ai une étole en pur cachemire brodée à la main, bien plus jolie que tout ce que la mode actuelle présente. Il n'y a pas de cadeau assez beau pour la beauté de ma sœur adorée.

— Merci, mon oncle, son plus beau cadeau sera d'apprendre que ton assureur te dédommagera.

— Pas si vite, on verra. J'ai pensé aussi à un bijou. Une chaîne en argent ciselé avec en pendentif l'étoile de David. Eh oui, il y a des juifs en Inde aussi, vois-tu, et pas que des mécréants.

— Maman adore les bijoux.

— Très bien, elle aura l'étole pour l'hiver et le pendentif contre le mauvais œil. Et pour toi, une tunique en coton imprimé doux comme de la soie et le bandana qui va avec. Troy va t'emballer tout ça dans un joli papier cadeau. Sauf la chaîne en argent. Garde-la autour du cou quand tu passeras la douane.

— C'est tellement généreux de ta part. Mais prendre tout ça, non vraiment, ça me gêne.

— Ce n'est pas toi qui prends, c'est moi qui donne. Mais qu'est-ce qu'il fabrique, ce Troy ? Il est allé pêcher le thon-salade sous le pont de Brooklyn ?

— Peu importe, mon oncle, de toute façon je vais devoir y aller, je ne peux pas m'attarder plus longtemps. Je dois rentrer préparer une interview avec une très importante romancière que je vois demain.

— Et tes cadeaux ? Attends, il finira bien par revenir. Personne comme lui ne sait faire les paquets-cadeaux. Dis-moi, ma fille, tu restes jusqu'à quand à New York ?

— Je ne sais pas, encore deux ou trois jours.

— C'est tout ? Tu abandonnes tes parents comme ça, comme si de rien n'était ? Ce n'est pas permis. Viens dîner une dernière fois à la maison.

— Je ne peux pas malheureusement. Si tu savais combien je regrette de devoir vous quitter, ça me fait beaucoup de peine. Je ne vous oublierai jamais, toi mon oncle, Sarah, Nathan et la famille Shehata.

— À la seconde où tu seras sortie du magasin, tu nous auras oubliés tous autant que nous sommes. En arabe on dit, tu connais l'arabe ? on dit "Jette ton cœur au loin et cours le rattraper". »

À l'instant où je proteste et jure de mon sincère attachement à ma famille américaine, le téléphone se met à sonner.

Mon oncle décroche : « Sammy habibi, j'allais t'appeler justement. Mais attends une seconde, je suis avec Éva, elle doit partir, ne raccroche surtout pas. » Il se tourne vers moi : « Puisque tu es si pressée, écoute, le temps pour Troy d'emballer les cadeaux et de les déposer à ton hôtel, tu les auras cet après-midi au plus tard. »

Il me chasse d'un signe de la main et porte le combiné à son oreille. Depuis la boutique ouverte à tous les vents – Troy va se prendre un sacré savon –, j'entends la voix jubilante de mon oncle : « Tu avais raison, Sammy, mille fois raison de les menacer de résilier toutes tes polices d'assurance. Non, pas besoin de leur envoyer tes avocats, ils ont compris. Bon, si Dieu veut et pourquoi ne le voudrait-Il pas ? ils me verseront l'indemnité dans deux ou trois mois. »

Alléluia. Dans le métro qui me ramène à Manhattan, je me laisse gagner par l'allégresse. Mon oncle Marco semblait si convaincu du succès de sa démarche auprès de son assureur que oui, je veux y croire résolument. Un succès obtenu grâce à l'intervention de son riche et puissant beau-frère armé d'une flopée d'avocats. « La richesse ouvre toutes les portes, dit ma mère, la pauvreté les referme à votre nez. » Chez cet homme foncièrement généreux, l'esprit de famille – et sans doute le devoir de porter assistance à chacun des membres de sa communauté – mérite un certain respect. Entraide, solidarité, empathie. Après tout, malgré leur extrémisme religieux et l'étroitesse de leur vision, ces gens-là cultivent ce qu'on peut appeler des valeurs humanistes. Et voilà que soudain, le sentiment d'étrangeté que mon oncle et les siens m'inspiraient de prime abord vacille et s'efface. Soudain – comment ai-je pu les comparer à une tribu de Papous ? –, je prends conscience de me trouver avec eux, parmi eux, en pays presque familier.

4.

À la sortie du métro, je m'arrête devant un kiosque de fast-food. Je commande un hot-dog et une part de cheese-cake, auxquels le marchand ajoute en prime une canette de Coca. Tandis que je savoure le sandwich gras et chaud – les émotions, ça creuse –, une abominable pensée me traverse l'esprit. Et si demain, Toni Morrison me posait de nouveau un lapin ? Si, harcelée par la presse, la lauréate du Pulitzer annulait le rendez-vous, négligeable somme toute, avec une journaliste française ? Plus j'y pense, plus l'hypothèse devient certitude. D'ores et déjà je me prépare au désespérant message que l'assistante, Lisa Machin-Truc, m'aura laissé à l'hôtel.

Mais non. Small Paul n'a reçu qu'un coup de fil d'un M. Levine, un Américain pas très aimable, « ni bonjour ni s'il vous plaît », qui a exigé que je le rappelle immédiatement. « Il y a des gens, Éva, qui apprennent les bonnes manières quand il est trop tard et d'autres qui ne les apprennent jamais. »

Rassurée, j'en danserais même de joie dans l'ascenseur, je monte dans ma chambre. Néanmoins, un tiens vaut mieux que deux tu l'auras, je compose d'abord le numéro de l'assistante de Toni Morrison. Par chance, il est 14 h 10, Lisa a déjà regagné son bureau. Elle me confirme, un rien agacée me semble-t-il, le rendez-vous de demain matin, 11 heures, dans les locaux de Random House. À ma réaction « Super, fantastique, formidable », elle oppose un « Je suis débordée de travail, sorry, see you tomorow » et me raccroche au nez.

La voix de ma mère m'arrive si proche qu'elle paraît provenir de la chambre d'à côté. Sans lui laisser le temps de se plaindre du peu de cas que je fais d'elle, je lui annonce l'heureuse nouvelle : « Maman, l'assureur d'oncle Marco lui a garanti la prise en charge des dommages causés par l'incendie de sa maison.

— Ne me dis pas… ! Je le savais, je savais avant tout le monde que la chance finirait par lui sourire.

— Tu le savais comment ? Tu l'as lu dans le marc de café ?

— Ne ris pas, voyons. C'est dans mon cœur que j'ai vu sa chance tourner. J'ai vu comme je te vois l'ange compatissant se pencher sur mon Marco adoré, mon petit frère chéri, et j'ai su qu'il était sauvé. Toi, évidemment, tu ne peux pas…

— Mais si, je suis comme toi folle de joie de le savoir tiré d'affaire, financièrement en tout cas. Quoi ? Mais oui, je lui dirai. Comment ? Je t'entends mal, la ligne est mauvaise… Allô, allô, maman ?… »

Elle s'égosille. La vilaine menteuse que je suis hurle comme une sourde et sur un dernier « Je ne t'entends plus » raccroche.

C'est que je me fais du souci à propos de mon entretien avec Toni Morrison. Ce n'est pas faute pourtant de l'avoir préparé soigneusement, efficacement. Il n'empêche, la frousse me taraude. Enfin, ma pauvre fille, l'expérience acquise dans ton métier aurait dû te vacciner contre le doute, l'absence de confiance en soi, non ? Très bien. J'ouvre mon porte-documents. J'étale sur le lit les deux pages de mon questionnaire. J'allume une cigarette et, le crayon en main, je me livre à un repérage des questions banales ou mal formulées dont je ne me serais pas jusqu'ici avisée. Mais incapable de me concentrer, je prends conscience que mes pensées ne tournent qu'autour de Barry. Je ressens un tel désir de le revoir, une telle sensation de manque que je me rue sur le téléphone.

Il décroche à la première sonnerie et, reconnaissant ma voix, rugit hors de lui : « Bon Dieu Éva, où étais-tu ? Ça fait une éternité que j'attends ton coup de fil, Éva, j'ai pas pu écrire une seule ligne de toute la journée. Rien, pas un seul mot. J'ai ramé à en avoir des crampes dans mon foutu estomac. Mais ça, t'en as rien à foutre. On devait déjeuner ensemble, merde, t'as oublié ?

— J'ai été voir mon oncle, tu le sais, je pouvais pas me libérer.

— T'aurais pu me prévenir, non ? Il a pas le téléphone, ton oncle Marco de mes deux, et bien sûr toutes les putain de cabines de Brooklyn étaient en panne.

— Ce que tu peux être mal embouché, Barry, Small Paul avait bien raison.

— Small qui ? Connais pas. C'est qui, ce petit connard ?

— Le réceptionniste du Paradise Hotel, un type adorable. Il a eu bien raison de m'avertir : tu n'es qu'une brute d'Américain pas très aimable. Mais va savoir pourquoi je t'aime comme je n'ai jamais aimé un homme avant toi. Je t'adore, imbécile, je t'adore comme ce n'est pas permis, dirait ma mère. L'idée qu'à la fin de la semaine, nous partirons chacun de notre côté me rend affreusement malheureuse.

— Et moi donc, mais à qui la faute ? C'est toi qui fous le camp, mon amour, c'est toi qui m'abandonnes. Je sais, je sais, ton job à Paris, ma femme qui rapplique et ton soi-disant amour qui n'est rien comparé au mien.

— N'importe quoi ! C'est la défonce, dis-moi, qui te pousse à dire pareilles idioties ? En tout cas, si tu cherches à gâcher le peu de temps qui nous reste à être ensemble, tu ne t'y prendrais pas autrement.

— C'est tout le contraire, Éva. Bon, tu m'aimes, je t'aime, arrêtons de nous disputer. Qu'est-ce que tu veux faire ce soir ? J'ai un pote saxophoniste qui joue tous les lundis soir au Village Vanguard où l'on peut aussi manger un morceau. Ça te dit ? »

Et comment ! Jeune fille, j'allais danser des nuits entières au son de l'orchestre jazzy du Caveau de la Huchette. Nous convenons de nous retrouver chez lui sur le coup de 6 heures du soir.

J'inspecte mes quelques vêtements mis à l'épreuve par l'usage et la transpiration. En conclusion, je n'ai d'autre choix que ma petite robe de soie rouge exhibée déjà à la soirée de la levée de fonds pour David Dinkins ; cette même soirée où je me suis rendu compte que je couchais avec un homme non seulement marié, mais, surcroît de culpabilité, marié à « une sœur de peau noire ». N'y pensons plus, interdiction de gâcher la fête de nos retrouvailles...

Sous la douche, je me savonne si fort que de petites pellicules de peau se détachent de ma nuque, de mes épaules, de mes jambes cramées par le soleil de Cape May. Ensuite, propre comme un sou neuf (pourquoi dit-on « propre comme un sifflet » en anglais ?), je m'examine nue devant la glace de l'armoire. Joli hâle sur les pommettes et le nez et, mais oui, silhouette affinée. J'ai dû perdre près de deux de mes kilos en trop. Quel meilleur régime minceur finalement que la frénétique gymnastique sexuelle... !

5.

À 6 heures pile, l'esprit en fête, j'appuie sur la sonnette de la charmante vieille maison nimbée de l'or du soleil couchant. Au bruit des pas de Barry derrière la porte, mon cœur bondit dans ma poitrine. Il m'ouvre, le visage illuminé, avec cependant une étrange lueur dans les yeux, quelque chose d'halluciné. Ses baisers sentent la vodka et, pour le peu que je m'y connais, l'odeur du hasch ou de la marijuana. Fumette et soûlographie, pouah, je m'avoue non sans consternation que je ne l'aime pas beaucoup en cet instant. S'en rend-il compte ? Il reconnaît avoir bu et fumé pas mal, mais juste pour faire passer l'insupportable attente que je lui ai infligée. Je ricane : « Maman a abandonné son petit garçon qui déteste rester seul ne serait-ce que dix minutes. » Il me pousse de force vers le salon, pose sa main sur mon dos en disant : « Allez, ma belle, je vais te faire jouir comme jamais. » Je me recule, mais il m'empoigne par les épaules, me jette sur le canapé. Je glapis, couine, m'efforce de me dégager de son étreinte. Il s'allonge sur moi : « Tu crois que tu peux me rendre cinglé et puis m'envoyer paître ? » Il retrousse ma robe, m'écarte les jambes, me pénètre d'un seul élan : « T'en avais envie, petite salope, encore plus envie que moi. »

Je commence à haleter, à gémir. J'ai honte de ce bruit suffocant qui sort de mes lèvres ouvertes, de mon corps soulevé par des houles de plaisir, de ma bouche réclamant « Encore, encore, je t'en prie, reste encore. » Il me fouille jusqu'à l'âme, et je crie : « Plus fort, si tu arrêtes de me baiser, j'en mourrai, sûrement j'en mourrai. » Et je sens sa queue grossir, se durcir, et sa voix enfler : « Ne meurs pas tout de suite s'il te plaît, attends-moi. » Et brusquement la jouissance explose en moi, une jouissance sidérante comme si je jouissais pour la première fois, après tant d'autres pourtant, dans les bras de mon amant incomparable, cela va de soi.

Nous arrivons tard, relativement tard, au Village Vanguard, où le portier nous refoule : la boîte est pleine à craquer. Barry s'énerve : Syd Shelton, le saxo de l'orchestre, l'a mis sur la liste des invités et, argument décisif, il brandit un billet de dix dollars.

Le club est situé en sous-sol. Une petite salle enfumée, bruyante, où les spectateurs s'entassent en touchant presque le plafond de la tête, on se croirait dans une cave de Saint-Germain-des-Prés. Dans la demi-pénombre, je l'espère du moins, personne ne remarquera ma pauvre robe de soie chiffonnée à plaisir sur le canapé du salon. Le public en transe n'a évidemment d'yeux que pour l'orchestre, un quartette, qui joue *In My Solitude*, la chanson interprétée entre autres par Nina Simone que tout journaliste rêve de rencontrer. La musique qui tient du sanglot prend fin sur un nostalgique accord de piano. Le pianiste, chef de l'orchestre ? s'avance, s'incline : « Hey folks, we'll be back soon. » Barry profite de la pause pour interpeller un serveur. Celui-ci nous conduit à notre table, réservée, eh oui, par l'ami saxophoniste au moyen d'un carton portant le nom de « M. Levine », lequel râle : « Nom de Dieu, ils nous ont foutu au fin fond de cette putain de salle. » À cette heure, plus de plats chauds au menu, nous avertit le serveur, mais des salades d'épinards, de tomates et de pommes de terre aux piments africains, et en dessert des pommes cuites garnies de crème glacée. Barry s'en accommode, va pour les pommes de terre épicées, avec du vin rouge « et d'abord une vodka orange sans glaçons ». L'orchestre revenu sous les applaudissements, attaque un swing, « *Accross the Track Blues* du grand Duke », précise mon Barry souriant de tout son visage. Le saxophoniste, Syd Shelton donc, un Noir grand et mince, autant que je puisse en juger de ma place, entame un solo rageur ; les notes s'élèvent haut, aussi haut, je remarque, qu'une révolte dans le cachot d'une prison. Barry s'émerveille de la perception intuitive de sa « frenchy girl », s'étonne de ma faculté à comprendre « cette musique née de la terreur, de la colère, des larmes du Sud profond ». Le compliment, si c'en est un, « perception intuitive », mon œil, m'exclut en quelque sorte d'un mode musical réservé aux seuls natifs américains.

Passons. Le serveur apporte les salades, le vin rouge, des petits pains et le verre de vodka orange. Barry le hume avec un plaisir animal. Tout en mangeant, il se souvient de l'époque où, à la fac, Syd et lui jouaient au hand-ball, au foot, au basket, fumaient de l'herbe et tabassaient sur le campus « les trous-du-cul blancs qui traitaient les Noirs de Bamboula et les juifs de youpins ». Son visage s'échauffe de la fureur d'un jeune, très jeune adolescent affrontant les méchants de ce monde. Et moi je me sens pareille à une vieille femme follement amoureuse d'un homme-enfant. Soudain il se lève : « Mais c'est ce vieil Eddie là-bas, ça alors ! »

Il se dirige vers une table occupée par un couple dont l'homme lui lance un sonore « Salut frangin ». Barry lui presse l'épaule, puis se pose familièrement sur un coin de la table. Au mépris de la dame laissée pour compte, les deux amis discutent avec animation durant un bon bout de temps. Puis quelque chose dérape, tourne à l'aigre. Les éclats de voix attestent d'un désaccord à propos de je ne sais quoi. Barry balaye d'un geste les objections de son interlocuteur, prophétise quelque chose de rassurant. L'autre opine du chef. Toute tension tombée, les deux hommes se réconcilient avec force poignées de main et grandes tapes dans le dos.

Barry revient s'asseoir au comble de l'excitation. Il me donne un coup de coude : « Lui, le type là-bas, c'est le fils d'un personnage emblématique, essentiel à mon livre, Barney Josephson : la preuve vivante, bien qu'il soit mort l'année dernière, de la relation spéciale, culturellement unique, entre les juifs et les Noirs.

— Mais j'ai eu l'impression d'un différend, d'une dispute entre toi et le fils de… de…

— Barney Josephson, un type extraordinaire qui, à lui seul, a brisé les normes de la ségrégation dans les boîtes de nuit. Non, c'est juste qu'Eddie s'inquiétait de ce qu'il m'avait raconté sur son père, ses quatre mariages, ses maîtresses, etc., il tient absolument à lire avant publication le portrait que je n'ai pas encore réussi à écrire. Avant publication, tu parles ! C'est pas demain la veille.

— Mais si, tu vas y parvenir, j'en suis sûre. Tu es tellement habité par ton sujet, Barry. Tu en parles avec une telle passion, une telle intelligence, une telle lucidité que, je n'en doute pas une seconde, tu vas nous pondre un livre qui fera date.

— Vraiment ? Tu sais quoi ? Tu es la meilleure chose qui me soit arrivée depuis très longtemps.

— Si tu le dis ! Parle-moi de ce fameux Barney. Un juif ashkénaze comme toi, je suppose ?

— D'origine lettonne comme mon père. Écoute. C'est ce petit juif vendeur de chaussures qui a bel et bien révolutionné le monde du spectacle où les Noirs ne devaient pas se mêler aux Blancs. Où même les artistes noirs à l'affiche d'une boîte devaient y entrer par la porte de service. Ce petit bonhomme a ouvert en 1938, sous l'implacable ségrégation, le Café Society, le premier club à ne pas regarder la couleur de peau des clients. Un scandale, je te dis pas, qui a fait la première page des journaux. L'un d'eux, Eddie, m'a montré l'article, l'a traité "d'antidote circoncis à l'élitisme arrogant et raciste des autres boîtes de nuit de New York". À quoi Barney a répondu : "Vous avez raison, mon club est le mauvais endroit pour les bonnes personnes." En plus c'est chez lui, au Café Society, que Billie Holiday a chanté pour la première fois *Strange Fruit*, tu connais ?

— Par cœur : "Les arbres du Sud portent un fruit étrange/Du sang sur leurs feuilles et du sang sur leurs racines."

— Bravo, that's my girl. La métaphore du lynchage des Noirs a été écrite par, tiens-toi bien, Abel Meeropol, un poète juif communiste militant contre le racisme. Meeropol est aussi celui qui a adopté les enfants des époux Rosenberg. *Strange Fruit*, le premier grand succès de Billie a fait aussi son malheur : le FBI l'a persécutée de la pire façon. Ils ont interdit la chanson, ils l'ont espionnée, ils ont planqué de la drogue dans sa loge, l'ont jetée en prison, et à sa sortie lui ont interdit de se produire dans les night-clubs de

New York. Barney lui-même a été pris dans le collimateur du FBI, au point de devoir fermer sa boîte. »

Au final annoncé par le chef de l'orchestre, « That's all folks », le violon puis le piano entament une solennelle mélodie dont Barry, les yeux clos, chuchote les paroles : « Sauveur ! Sauveur ! ne m'oubliez pas ! » Applaudissements frénétiques. Et tandis que les gens quittent la salle, Barry me demande de le suivre en coulisses afin de féliciter son ami Syd et de l'emmener ailleurs boire un dernier verre. J'aspire pour ma part à rentrer dormir seule dans ma chambre d'hôtel afin de m'éveiller reposée, en forme pour l'entretien de demain avec Toni Morrison. Barry y consent d'emblée. « Oui, sweetheart, tu as l'air un peu fatiguée. » Il ne se soucie ni de me raccompagner à mon hôtel ni même de me retenir. Un dernier baiser furtif tant il semble pressé de finir la soirée en beuveries et fumette avec son « pote génial, non ? Bonne nuit, mon amour, et good luck avec Toni, tu me raconteras ça demain ».

Chapitre 11

Mardi 12 septembre 1989

1.

Enfin, après m'avoir laissé poireauter un bon quart d'heure dans le hall de Random House, l'assistante de Toni Morrison m'emmène au 6e étage. Elle frappe à une porte à la plaque orgueilleusement gravée « T. M. ».

« Vous disposez d'une demi-heure maximum », m'avertit-elle sur le ton de la gardienne du temple d'une divinité.

La porte s'ouvre sur la divinité en personne : Toni Morrison, majestueuse de beauté, son épaisse chevelure noire à peine méchée de fils blancs, la bouche rosie de rouge à lèvres, et des créoles en or aux oreilles. La grande dame de la littérature n'est pas exempte de coquetterie. Je la remercie avec force superlatifs : honneur, privilège, immense plaisir, de l'entretien qu'elle a accepté de m'accorder. « Savez-vous, me dit-elle, que la France est le dernier pays à avoir traduit mes livres ? » Guère encourageant comme entrée en matière, mais au moins elle sait qui je suis et d'où je viens. « Si on s'asseyait ? » propose-t-elle avec une telle autorité que j'étouffe ma nervosité sous un nouveau flot de remerciements.

Elle va s'installer à son bureau, sort un paquet de cigarettes de son sac à main, qu'elle place délicatement entre ses pieds, comme s'il renfermait un petit animal vivant. Je prends place sur la chaise face à son bureau où – la cerbère m'a imparti une demi-heure – je pose aussitôt mon magnéto. Elle allume une cigarette, aspire la fumée avec d'audibles soupirs de plaisir. Elle aussi, à en juger par le cendrier plein de mégots, est une fumeuse invétérée. Notre commune addiction au tabac me la rend moins impressionnante, plus accessible en quelque sorte. Je mets en marche mon appareil et, sans consulter mon questionnaire, appris par cœur du reste, j'adopte un ton d'éloquente admiration.

Éva Soriano : Toni Morrison, votre dernier livre *Beloved* a été couronné par le prix Pulitzer. Comment avez-vous réagi à ce prix tardif alors que l'on vous devait déjà quatre autres romans tout aussi admirables ?

Toni Morrison : Comme une victoire et une forme de revanche. Chez nous, l'artiste noir, et blanc dans une certaine mesure, est méprisé sauf s'il représente un bon investissement financier. Alors seulement, il a droit à la parole, aux médias qui vous assaillent, à la télévision, aux prix littéraires. Mon premier roman *L'Œil le plus bleu,* paru dans l'indifférence générale, s'est vendu à quelques misérables exemplaires. Mais me voilà devenue « bankable » (rire d'autodérision), ce qui n'a rien de flatteur.

E. S. : Incontestablement, Toni Morrison, votre œuvre sur l'histoire des Noirs américains a cela de singulier qu'elle s'écrit tout spécialement du point de vue solidaire, empathique, des femmes noires. Vous considérez-vous comme une écrivaine féministe ou une écrivaine tout court ?

T. M. : Comme une femme écrivaine noire dans un monde racialisé et sexualisé. Si j'ai privilégié les personnages de femmes noires, c'est qu'elles étaient doublement assujetties au racisme et à la domination masculine. Je voulais écrire sur elles et pour elles, creuser leur intériorité, leur complexité, pour faire apparaître leur universelle humanité. En littérature, le silence autour de ces femmes, de leur courage, de leur force de caractère me blessait profondément. Même chez les auteurs afro-américains, les femmes noires sont rarement dotées d'une intériorité subjective. Ce ne sont presque jamais des héroïnes à part entière. Si talentueux soient-ils, la plupart écrivent, consciemment ou non, pour un lectorat blanc, car hélas les Noirs n'achètent guère de livres. Une amie, Maya Angelou, m'a dit un jour : « Si tu veux cacher quelque chose aux Noirs, mets-le dans un livre » (rire tonitruant).

E. S. : Votre roman *Beloved* possède la force de la tragédie antique où le destin des personnes est écrit par avance. Ainsi, Sethe, la mère qui tue son enfant pour lui épargner l'enfer de l'esclavage, m'a fait penser à…

T. M : À Médée, bien sûr, la question idiote que vous me posez tous, tout le temps. Eh bien non, Sethe ne se résigne pas à un destin écrit par les dieux blancs, au contraire, elle se rebelle. Sa révolte, elle l'écrit de sa propre main dans le propre sang de son enfant promise à bien pire que la mort.

E. S. : Pardonnez-moi, Toni Morrison, j'ai personnellement trouvé insupportable la scène où Sethe égorge sa petite fille avec une scie semblable à un couteau de boucher. Tout ce luxe de détails terrifiants lorsque le sang de Beloved jaillit et éclabousse ses frères et sœurs rescapés de la tuerie. Des pages insoutenables qui m'ont anéantie. C'est l'effet que vous avez recherché chez le lecteur ?

T. M. : Peut-être, oui, insoutenable comme l'est le fait divers authentique dont je me suis inspirée avec effroi et infinie douleur. Margaret Garner, une esclave du Kentucky, s'enfuit en 1856 vers le Nord avec ses quatre enfants. Sur le point d'être rattrapée, elle essaye de tous les tuer et finit par égorger la dernière. Son procès a été exemplaire de la logique esclavagiste. Margaret n'a pas été accusée d'infanticide, non, une esclave ne possède rien, pas même les enfants de sa chair et de son sang. Elle a été jugée coupable d'avoir volé les biens de son maître, comprenez sa propre personne et les trois enfants métissés nés du viol de son maître blanc. Margaret Garner n'a pas été condamnée à mort ni à la prison, mais à être restituée, pieds et poings liés, à son propriétaire.

E. S : De sa fille nommée Beloved, la bien-aimée, la mère dit à plusieurs reprises et sous diverses formulations : « Cet enfant-là, je ne pouvais pas l'aimer. »

T. M. : Elle dit surtout qu'elle ne peut pas aimer un peu, juste un peu, une chose, pour que le jour où on cassera les reins à cette chose ou qu'on la fourrera dans un sac de jute lesté d'une pierre, eh bien, il lui reste un peu d'amour pour ce qui viendra après. Sethe est mue par la compassion, l'amour maternel. Son crime est un acte d'amour dans une société où la possibilité même de l'amour est niée. Tous mes livres parlent d'amour. De la difficulté d'apprendre à s'aimer, à se respecter assez pour aimer et respecter l'autre.

E. S. : Et vous, si je peux me permettre, Toni Morrison, vous êtes une grande amoureuse ?

T. S. : La question, si je peux me permettre, me travaille moins que vous, on dirait (petit sourire amusé devant mon visible embarras). Qu'est-ce que vous croyez ? Oh, j'ai eu des relations amoureuses bien sûr, des bonnes et des moins bonnes. Je me suis mariée et, en me séparant de mon mari, je n'ai pas pleuré dans mon assiette. J'ai fait face en élevant seule mes deux garçons. Et je m'en suis trouvée plutôt bien, libérée, je dirais, libre de me consacrer à mon travail d'écrivain.

E. S. : Toni Morrison, comment êtes-vous entrée en écriture ?

T. M. : Sur la pointe des pieds. En tremblant de respect pour les mots. Au début, j'ai commencé à écrire pour moi, en cachette, comme on prend une mauvaise habitude. J'avais trente-huit ans à la publication de mon premier livre *L'Œil le plus bleu.* J'étais alors enseignante et éditrice chez Random House. C'est là peut-être, à force de lire de mauvais manuscrits (rire malicieux), que j'ai eu envie de me lire moi-même. Je ne parle pas évidemment des livres d'Angela Davis, de Mohamed Ali ou de Stokely Carmichael que j'ai eu tant de fierté à publier.

E. S. : Il y avait des livres chez vous quand vous étiez petite fille ?

T. M. : Très peu, mais je dévorais ceux de la bibliothèque municipale. Mes parents avaient peur qu'à force de lire je devienne aveugle. Mon grand-père me racontait souvent que comme il n'était allé à l'école qu'un seul jour, car il devait commencer à travailler, il avait appris à lire tout seul dans la Bible. Lue et relue cinq fois de la première à la dernière page, et il en était très fier. En son temps, il était illégal d'apprendre à lire et à écrire aux gamins noirs.

E. S. : *L'Œil le plus bleu,* votre premier roman d'une grande cruauté paru en 1970, met en scène Pecola. C'est, dans les années 1940, une petite fille noire, persuadée de sa laideur, mal aimée des siens et violée par son père. Chaque jour elle prie Dieu de lui accorder les yeux bleus de Shirley Temple : le standard de la beauté blanche pour être aimée. Un charlatan exaucera son vœu en lui crevant les yeux. Y a-t-il un élément personnel, autobiographique, dans ce terrible roman situé à Lorain, votre ville natale ?

T. M. : Pas du tout, c'est une œuvre d'imagination. Lorain était une petite ville d'émigrants, des Polonais, des Tchèques, des Mexicains, des Noirs, des Blancs, etc. Leurs enfants allaient à l'école ensemble, on s'entendait bien, la pauvreté était notre lot commun... Mon père était soudeur, plus trois ou quatre jobs, et ma mère faisait des ménages chez les Blancs, mais il n'y avait pas de ghetto noir à Lorain, si bien que petite je n'ai jamais souffert du racisme lié à la couleur de ma peau.

E. S. : Pourtant, Toni Morrison, j'ai lu quelque part que le propriétaire de votre maison voulait vous obliger à quitter les lieux et qu'il y a tout bonnement mis le feu, avec toute la famille dedans, est-ce vrai ?

T. M. : On ne peut rien vous cacher. Nous avons survécu, j'avais deux ans à l'époque. Mais je vous le répète, je vivais dans un climat apparent de sécurité. Oh, c'était formidable ! (Elle rit, allume une cigarette avec le mégot de la précédente.) J'ai eu mon bac à dix-sept ans, j'ai poursuivi mes études à Washington, dans la fameuse université Howard qu'on appelait « la Harvard noire », j'ai adoré ça. J'écrivais alors une thèse sur William Faulkner et Virginia Woolf et leurs visions respectives du suicide, un échec pour lui, un acte ultime de liberté pour elle. J'avais de l'énergie à revendre, j'étais maligne, je croyais savoir tout sur tout, tout le monde m'aimait, et tant pis pour les autres ! L'arrogance de la jeunesse... J'ai vraiment pris conscience de la discrimination raciale lorsque j'ai fait une tournée dans le Sud avec la troupe théâtrale de mon université. Dans les années 1950, des comédiens noirs voyageant dans le Sud ségrégationniste devaient se soumettre à un tas d'interdits. Trouver un hôtel ou un restaurant réservés au Noirs était un chemin de croix. On nous tuyautait : « Tel gars est cuisinier au Waldorf-Astoria, allez le voir de ma part, il va vous nourrir. » Lorsque les lieux où nous devions dormir étaient insalubres, nous cherchions dans l'annuaire un pasteur noir qui voudrait bien nous héberger. Tout était fait pour que nous nous sentions inférieurs, émasculés, indignes. Mes yeux se sont ouverts sur la violence raciste, la violence sociale et la violence intériorisée des victimes. *L'Œil le plus bleu* a été ma première exploration de la haine, du dégoût de soi chez les Noirs qui va parfois jusqu'à l'autodestruction. Cette maladie de l'âme noire que James Baldwin appelle si justement « le mortel… »

Le téléphone sonne. Toni Morrison décroche : « Quoi ? Mais je lui ai dit et redit que c'était non, une bonne fois pour toutes. Elle insiste, bon, passe-la-moi. Hey Joyce, honey c'est impossible je te l'ai dit, je ne peux pas participer au meeting de David. Prendre la parole en public me met mal à l'aise… Je n'ai pas ce talent-là. Je dois me limiter à ce que je sais faire, tu vois, écrire. Écrire est l'acte politique par excellence. Écrire quelque chose que vous liriez à ma place ? Je ne sais pas si j'aurai le temps. Oui, pas une minute à moi, Pulitzer oblige, c'est ça. Écoute, je ne suis pas seule. On se rappelle. Dis à David que je le soutiens de tout mon cœur et embrasse-le pour moi. »

Elle raccroche, contrariée me semble-t-il, par l'insistance de Joyce Dinkins battant le rappel pour son mari. À l'instant où je songe justement à l'interroger sur ses opinions politiques, elle consulte sa montre, ostensiblement, pour signifier que j'outrepasse le temps qui m'a été accordé.

E. S. : Une dernière question, Toni Morrison, à propos de votre style à la fois épique, lyrique et qui emprunte aussi à la langue des rues de Harlem. Pour moi, vous êtes à la littérature ce que le jazz est à la musique classique. Reconnaissez-vous l'influence qu'exercent le blues, les negro spirituals, le jazz sur votre œuvre littéraire ?

T. M. : Je la revendique. Le jazz est la première forme d'art qui a permis au peuple noir d'exprimer la souffrance inhérente à sa condition existentielle et de panser ses blessures. Et d'exprimer ses joies aussi, la joie a une fonction vitale dans notre existence. Ma mère chantait sans cesse à la maison, que les choses aillent bien ou mal. Moi, j'essaye de mettre en mots les sentiments que la musique met en notes. Mon prochain livre, c'est un scoop, s'appellera *Jazz* tout simplement. Il sera, si j'y arrive, improvisé comme un morceau de jazz.

E. S. : Ce sera un chef-d'œuvre, j'en suis sûre, comme vos autres merveilleux romans.

T. M. : Peut-être, je ne sais pas. Aucun livre ne m'a jamais aidée à écrire le suivant.

Elle écrase sa énième cigarette d'un geste du poignet brusque, sec et définitif. Je remballe papiers et magnéto en exultant : trois quarts d'heure d'un entretien réussi, voire même, foin de fausse modestie, exceptionnel, avec cette romancière réputée pas facile-facile. Qui sait si, une fois publié, cet article n'aura pas un effet déterminant sur ma rude vie de journaliste courant après les piges ?

Toni Morrison me raccompagne jusqu'à la porte. Je déborde d'une telle gratitude qu'un cri du cœur m'échappe : « Madame Morrison, vous êtes aussi belle que votre œuvre. » Elle hausse les épaules, genre les flatteries m'agacent, me serre la main : « Nice to talk with you » et j'adore la façon dont elle prononce : « Iva », mon prénom.

En traversant la rue, toute à mon euphorie, je manque d'être renversée par un taxi. Dégrisée en quelque sorte, je me heurte à une inéluctable, une désespérante évidence. L'entretien dont tu es si fière mis en boîte désormais – et a fortiori le retour en son foyer de Marcia étant imminent –, tu n'as plus guère de prétextes pour prolonger ton séjour à New York. D'autant que demeurer encore un peu ici, ce sera en clandestine interdite de se montrer au grand jour, en mendiante du moindre laps de temps que ton amant pourra ou voudra t'accorder, juste pour te sauter et puis, salut ma chérie, mon dragon m'attend pour dîner, et content, repu, rassasié de ton exquise soumission, il t'abandonnera à la longue solitude de ta nuit et le lendemain, penchée à ta fenêtre, tu garderas les yeux obstinément braqués sur la rue, foutue crétine de sœur Anne, jusqu'à ce que tu le voies venir, et plus tard le voyant repartir tu diras « Quand te reverrai-je… » ! Non, je ne le lui dirai pas pour la bonne raison que, sauf à être masochiste – et à en avoir les moyens financiers –, je n'ai nullement l'intention de m'éterniser à New York. Non, non, non, il faut partir sans plus tergiverser. Bon, et mes yeux s'embuent, j'irai dès cet après-midi à l'agence Air France arrêter la date de mon départ pour demain mercredi ou, oh ! encore une minute, monsieur le bourreau, jeudi à la première heure du jour.

2.

Un air de blues s'échappe, plaintif, des fenêtres ouvertes du living-room. Je sonne à la porte et, l'espace d'un battement de paupières, Barry surgit, le cheveu en bataille, la taille ceinte d'un tablier blanc. Au lieu des reproches attendus, il est 13 h 30 passées, il m'attrape par le coude : « Tu dois avoir faim, ma chérie ? » Il m'entraîne dans la cuisine imprégnée des fumets d'omelette au bacon, tomates braisées, petits pains au fromage et orange fraîchement pressée. Tout cela concocté avec soin pour moi, son amour : « Je suis bon cuisinier, tu sais... » et il en frémit littéralement de puérile fierté. Je grignote, l'estomac contracté. Comment lui annoncer ma ferme intention de partir dans deux jours au plus tard, sans encourir plaintes, griefs et chamailleries de nature à empoisonner nos derniers moments d'intense bonheur ? Je dois exsuder une espèce de tristesse car : « Qu'est-ce qu'il y a, Éva ? Tu n'as pas touché à ton assiette. Ça s'est mal passé avec Toni ?

— Très bien, au contraire, je ne m'y attendais pas, tu sais. Au début je me sentais affreusement intimidée, empotée comme une débutante. J'ai recouru aux préambules flatteurs, le sésame ouvre-toi qui marche presque toujours, et alors alors... Toni s'est laissé séduire faut croire par cette petite Française éperdue d'admiration et, ce n'est pas rien, qui avait lu à fond tous ses livres. Notre entretien a duré trois quarts d'heure, tu te rends compte ? et il a été incroyablement riche, profond, intime par moments, passionnant de bout en bout. Ah, je peux dire que je n'ai pas encaissé pour rien tous les faux bonds qu'elle m'a infligés.

— C'est bien tout ça, c'est formidable, je n'en doutais pas, remarque. Mais je vois bien quand même que quelque chose ne va pas ? Parle, enfin, il y a quelque chose que tu refuses de me dire ?

— C'est vrai, j'ai à te dire froidement, sans que tu en fasses un drame, que je pars, Barry, je pars demain ou jeudi matin au plus tard pour Paris. Il faut en finir… Je dois gagner ma vie, moi, mon rédacteur en chef attend que je lui remette mes papiers… Ne m'interromps pas, non, ça ne peut pas se faire au téléphone. Et il y a autre chose : ta femme. Je ne peux pas rester ici, avec toi, au risque que ta femme débarque sans prévenir.

— Elle prévient toujours, ne serait-ce que pour que je l'aide à sortir de sa voiture tout son matos de peinture. Pas besoin de s'inquiéter, Marcia n'est pas du genre à improviser, tu vois, tout est réglé comme du papier à musique chez elle, tu vois, pour ne pas dire qu'elle est psychorigide. Mais à ta guise, pars quand tu voudras, je savais que je n'y couperais pas, mon amour, mon ange aux grands yeux noirs. Même si je le voulais, je ne pourrais pas te retenir de force, si ?

— Non, même pas en rêve. Mais toi, toi, on dirait vraiment que t'en as rien à foutre, avoue-le, tu acceptes de me laisser partir avec un tel détachement… Salut, bon voyage et bon débarras ! Ça t'arrange en réalité de retrouver tranquillement ta petite femme, la conscience en paix. Et moi, pauvre idiote, qui croyais que tu en ferais tout un drame…

— Il n'y aucune raison pour en faire un drame, comme tu dis. Notre histoire n'est pas finie parce que tu t'en vas, au contraire, elle ne fait que commencer. Ce que nous éprouvons l'un pour l'autre, ce sentiment d'avoir trouvé, parmi des milliards de personnes, le seul être avec qui on aimerait passer le reste de son existence, merde Éva, la vie est trop courte pour renoncer à cette espèce de miracle.

— Arrête ton baratin. Tu es marié, point à la ligne.

— Marié, marié, si peu et plus pour très longtemps, point à la ligne. Ma vie avec Marcia est un véritable enfer et, si tu veux la vérité, je ne la rends pas très heureuse non plus. Je vais la quitter, sois-en sûre, et elle s'en remettra, je crois. Elle ne tient pas tellement à moi, tu sais, je ne suis qu'un symbole pour elle : un mari qui la rassure quand elle doute de ses talents d'artiste. Au fond ce n'est pas moi qu'elle veut, c'est juste une épaule pour pleurer quand malgré les antidépresseurs, les euphorisants et autres drogues, elle pique des crises de découragement, pleure, se traite de médiocre, de nulle, de moins que rien, jure de brûler tous ses tableaux… et la seconde d'après, d'artiste trop en avance sur son temps pour jamais être comprise, connue, célébrée de son vivant. Voilà à quoi je sers, jour après jour… À lui démontrer son talent, son génie, et à lui garantir (il dessine en l'air des guillemets) le baiser de la gloire. C'est usant, je n'en peux plus. Elle a besoin de ma présence, pas de moi. Okay, tu me crois ? Écoute, il n'y a que huit heures de vol entre New York et Paris, je viendrai te rejoindre vite, très vite, mon amour.

— Et ton livre, tu le finiras à Paris ? Mon pauvre Barry, j'habite un minuscule studio où il est impossible, vu la taille de mon bureau, de travailler côte à côte.

— Je vais m'y mettre dès que tu seras partie, je travaillerai d'arrache-pied, jour et nuit sans relâche, et dans quoi, trois-quatre mois, j'en remettrai la première version à mon éditeur... Fin décembre donc, si tout va bien, je viendrai passer la fête du jour l'an avec toi. Ensuite, après mon divorce, nous vivrons ensemble pour toujours, ma chérie, je te le jure, je ne peux pas vivre sans toi. »

Il contourne la table, tombe à mes pieds, une manie, ma parole, torse raidi et cheveux d'or roux pendant librement sur ses épaules, tel un chevalier de la Table ronde, à cela près que les chevaliers ne s'autorisent pas à fourrer la main sous la robe des gentes dames. « Arrête, Barry, il faut que j'y aille. » Mais qu'y puis-je si mes jambes s'ouvrent d'elles-mêmes sous l'intrusion entre mes cuisses de sa main pleine de doigts ? Friction lente, douce, savante de ses doigts sur mon clitoris et je suis bien forcée d'admettre son habileté à mettre le feu au ventre des femmes, une habileté qui recèle une longue expérience en matière d'infidélité à la sienne. Sent-il mon corps se liquéfier ? Il se redresse, renifle sur ses doigts mon intime odeur et, oh cette arrogante supériorité, sa voix s'enfle de profonde satisfaction : « Allez, Éva, avoue que tu ne peux pas, que tu ne pourras jamais te passer de ça ! » Et moi qui l'aime à en expédier principes et dignité aux quatre vents, je sauve la face en bougeant la tête de gauche à droite comme font les Indiens non pas pour dire non, mais oui oui oui, trois fois oui… Il balaye la table d'un revers de bras, envoyant par terre la vaisselle sale, les tasses remplies de café et même la cafetière encore à demi pleine. La table ploie, bouge, ondule au rythme de nos corps emboîtés, cramponnés l'un à l'autre comme si notre vie dépendait du seul fait de ne pas se lâcher, comme si se fondre l'un dans l'autre nous empêcherait de mourir. Oh Barry, comment trouverai-je la force de te quitter ? Atroce, mais il n'y a pas d'autre issue. Ressaisis-toi, Éva. Reprends tes esprits, efface ce pli amer au coin de ta bouche, souviens-toi d'avoir eu ta part et plus que ta part de grand amour durant deux merveilleuses semaines. Ce n'est pas parce que j'use d'un cliché que son effet sur moi, sur lui, n'existe pas. Il t'aime, tu m'entends ? Il la quittera et plus rien ne s'opposera à ce que nous vivions ensemble, à Paris ou ailleurs, peu importe. La patrie se trouve là où se trouve le cœur. Quatre mois de séparation ou six, sept au pire, ne réussiront pas à modifier ce sentiment d'être faits l'un pour l'autre. Au contraire. L'amour ne fait que s'intensifier entre les amants séparés. Sans doute parce que l'espace-temps altérant la forme du visage et le timbre de la voix, les amants ne cessent de se réinventer mutuellement plus beaux, plus intelligents, plus destinés l'un à l'autre.

Alors inutile de ramener la désolation dans tes bagages. Tiens-toi pour acquis que la providence, le hasard ou je ne sais quoi qui vous a réunis veillera à réunir de nouveau les amants désunis. Ça se chante sur l'air des *Feuilles mortes*, non ? Mais pas de nostalgie anticipée, du courage, ma vieille, il t'en faudra pour sauter dans le premier avion en partance pour Paris. Le premier avion à la première heure, jeudi prochain, vingt-quatre heures de sursis : ce sera toujours ça de pris sur le chagrin.

Afin de rendre ma décision définitive, je me dégage de son étreinte.

« Laisse-moi, il faut que je parte, là, tout de suite. Je dois aller à mon hôtel chercher mon billet d'avion, puis à l'agence Air France faire une réservation pour jeudi matin. Accompagne-moi, Barry, si tu veux.

— Je ne sais pas, je dois ranger tout ce bordel dans la cuisine. Il est déjà 4 h 25 et nous n'avons rien décidé pour ce soir. Qu'est-ce qui te ferait plaisir : resto et puis après on se fait une toile ? Tu as vu *Sunset Boulevard* de Billy Wilder ? Il repasse au Film Forum sur Houston Street.

— Oh oui, formidable. Vu et revu. C'est, après *La Nuit du chasseur*, mon film préféré. Bon, j'y vais avant que l'agence ne ferme. »

La chaleur plane en nappes indolentes autour des enseignes électriques dont les lumières froides vibrent, oscillent au-dessus de mon visage cuit par le soleil, et à mesure que je presse le pas en direction du Paradise Hotel, la sueur ruisselle sur ma nuque et il me semble, enfin j'imagine, que chaque passant croisé s'avise que mon corps tout entier sent le sexe à plein nez.

En un temps étonnamment court – Small Paul parle au téléphone –, je retrouve ma chambre où les volets fermés dispensent une impression de fraîcheur. Je me douche en deux minutes, j'enfile un pantalon corsaire (je passe à *Jeune Afrique* pour avoir les chevilles d'une gazelle), un chemisier de fin coton blanc en joli contraste avec ma peau mate et, enfin, mon billet d'avion récupéré – ce n'est pas une mince affaire d'éviter la causette avec Small Paul –, je ressors à pas de loup de l'hôtel. Je marche à vive allure de la 34e à la 57e Rue. Il est 18 h 05 lorsque, le cœur battant à tout rompre, je me campe devant un guichet libre de l'agence Air France. Libre aussi, selon l'aimable employée : « You are a lucky girl, miss Soriano », une place dans l'avion de 12 h 15, jeudi, à destination de Paris. La chance a également voulu que je n'aie pas à payer de supplément.

Je rebrousse chemin dans l'air chaud et moite du jour agonisant. Dans ma tête traînent les paroles obsédantes d'un poème d'Aragon : « La vie et le bal ont passé trop vite/La nuit n'a jamais la longueur qu'on veut… » Arrivée dans la petite rue de Barry, je vois sur la vitre arrière d'une voiture un autocollant proclamant « L'Amérique tu l'aimes ou tu la quittes ». De quoi toucher le fond…

3.

Dîner dans un petit restaurant tranquille de la 57e Rue à cinq minutes à pied du cinéma où se donne

Sunset Boulevard. Bonheur de ce maintenant qui va disparaître à jamais. J'essaye de graver dans ma mémoire chacun des gestes, fussent-ils insignifiants, de Barry. La façon dont il croise les poignets délicatement au-dessus de son assiette, plante sa fourchette dans son steak-frites-salade, se penche sur son verre de vin rouge en relevant une longue mèche rousse lui battant le front. Et le gros appétit dont il fait montre et la gaîté rieuse quand il m'apprend que Claude Chabrol choisit ses lieux de tournage en fonction de l'excellence des restaurants alentour. Et tandis qu'un nœud dur se forme dans mon estomac (oh Barry, parle-moi plutôt d'amour), il ne tarit plus d'éloges sur le cinéma français. Il n'existe rien de comparable aux States à l'innovation, l'originalité, la liberté de ton de la Nouvelle Vague. Il m'assomme avec sa cinéphilie alors que la tristesse me serre le cœur. Mais voici que repoussant son assiette, il se frappe le front et dit : « Oh mais j'allais oublier, ma chérie, j'ai un petit cadeau pour toi.

— Non, vraiment, Barry ? Ce que tu peux être gentil. Qu'est-ce que c'est ? »

Le connaissant, c'est un panier percé, j'imagine un cadeau hors de prix : un livre rare, un bijou précieux ou encore, suivant son idée fixe, une bague de fiançailles. Mais, sortie de son portefeuille, c'est une petite photo carrée, format Photomaton, qu'il me tend et... je n'en crois pas mes yeux... une photo en noir et blanc sur papier glacé de Barry Levine himself, souriant de toutes ses dents à l'appareil en service dans les supermarchés. Il me demande avec une gravité enfantine : « T'es contente, ça te fait plaisir d'avoir ma photo ? » Je réprime un fou rire – cet autoportrait post-warholien me paraît d'un comique irrésistible – et je conviens que, oui en effet, rien, aucun autre présent ne me plairait autant. Je range le cliché en sécurité dans la poche intérieure de mon sac, au moins il ne pèsera pas lourd dans mon bagage. « Merci, Barry, tu sais quoi ? Je me demande s'il ne faudrait pas la faire encadrer, tu vois, pour qu'elle résiste à l'effritement du temps. » Aucune réaction à l'ironie de ma pique. Tel un enfant, il ne perçoit pas la raillerie, à moins qu'il ne puisse concevoir une once de méchanceté chez une femme follement éprise de lui. Il pose sur moi un regard chaleureux, « On y va ? », règle le serveur, laisse sur la table un gros pourboire et, la séance ne va pas tarder à commencer, nous affrontons en courant la chaleur poisseuse jusqu'à Houston Street.

À la seconde où s'éteignent les lumières de la salle, état de décrépitude avancée et fauteuils détestables, le public de cinéphiles retient sa respiration comme un seul homme. À la première image sur l'écran – un corps flottant sur le ventre dans une piscine –, Barry commente à mon oreille « l'audace de Billy Wilder qui a osé édifier à Hollywood le mausolée du cinéma hollywoodien ». Des *chut, chut* fusent. Une octave plus bas, Barry persiste à m'éclairer sur la noirceur du film le plus mortifère de l'histoire du cinéma américain : « Du jamais vu. Toute l'histoire est racontée par un homme mort que Norma Desmond, l'ancienne star du cinéma muet, lui-même mort et enterré depuis deux décennies, a confondu au début avec un croque-mort, et tandis que l'action se déroule dans sa vieille maison habitée par des morts-vivants, on voit surgir les fantômes de Buster Keaton et… » Et il obéit à la voix furibarde qui lui intime l'ordre de la boucler. Un rien dépité, il se renfonce dans son fauteuil sans plus piper mot, mais ne peut s'empêcher, de temps à autre, de souffler une réplique particulièrement savoureuse à William Holden en train lui-même de l'articuler. Et moi, je ne peux m'empêcher, telle une timide adolescente enhardie par l'obscurité, de promener ma main de haut en bas de son corps et jusque entre les jambes de son pantalon, où son sexe se raidit, durcit et surgit du refuge de sa braguette.

Au sortir de la salle, nous sommes accostés par un petit bonhomme rondouillard qui, se haussant sur la pointe des pieds, embrasse Barry sur le front. Lequel lui donne affectueusement un léger coup de poing au menton. Moi, j'ai droit à une expéditive présentation : « C'est Éva, une amie journaliste qui m'a demandé de lui servir de guide à New York » et cela me fait mal, très mal. Les deux potes entament une longue discussion autour du film « so fantastic and amazing » de Billy Wilder, lequel, plutôt joyeux drille, ne donne pas souvent dans la morbidité. Le rondouillard sentant à plein nez le joint nous convie à une fête à Greenwich Village où la dope ne manquera pas. Barry hésite. Craindrait-il d'exhiber sa maîtresse en un lieu fréquenté aussi par des amis de sa femme ? Le gras du bide s'éloigne en lançant « See you, à plus tard. » Barry me regarde avec ce quelque chose de possessif, de confiant qu'on ne lit que sur le visage des amoureux : « Alors, Éva, qu'en penses-tu ? J'ai l'impression que ça ne te dit pas trop d'aller à Greenwich Village. Moi je m'en fous aussi. Bon, décide, ma chérie, entre aller faire la fête ou aller au lit. » Et radieuse, soulagée, qu'est-ce que tu as encore inventé, ma pauvre fille ? j'éclate de rire : « Les deux, mon général, allons faire la fête dans ton lit. »

Chapitre 12

Mercredi 13 septembre 1989

1.

Au matin le monde magique de notre nuit s'est évanoui.

Pendant que Barry chante à tue-tête *I Can't Stop Loving You* dans la salle de bains, je lutte contre la tristesse qui me cloue au lit. Une tristesse prévisible, sans surprise – un jour, il nous reste un seul jour à vivre ensemble –, mais qui irradie à m'en extirper le cœur de la poitrine. La douleur, l'amertume, la fureur – la vie est trop injuste – et aussi l'inaltérable bonne humeur du chanteur finissent par me faire monter les larmes aux yeux. Mon départ, notre séparation ne seraient que broutilles pour lui ? Mais lorsqu'il réapparaît rasé de frais, avec cet air de gaîté inébranlable, ma rancœur s'évapore : comment en vouloir à un homme si doué pour le bonheur ? Je plaque un sourire sur mon visage, plaisante : « Mon chéri, tu chantes aussi mélodieusement qu'une casserole. » Il s'en amuse : « Ouais, ce n'est pas ce que je fais de mieux, ma chérie », en sous-entendu égrillard à ses extraordinaires performances sexuelles, en petit mâle ne voyant pas plus loin que le bout de son sexe. C'est un homme. Les hommes font de leur pénis un prolongement d'eux-mêmes. C'est que sous le fantasme d'une verge puissante, toujours d'attaque, compétitive – je pense à ces concours à la récré d'à qui aura le zizi le plus long, le plus gros – se cache l'anxiété de faillir aux diktats de la virilité masculine. Touchante fragilité du sexe dit fort, non ? Je le rassure : « Cette nuit a été super comme jamais. » Je l'attire au lit, lui ouvre mes jambes moins par désir charnel que par nécessité d'écarter les pensées cafardeuses susceptibles d'assombrir notre dernière journée.

2.

Plus tard, après la sournoise somnolence qui a grignoté une moitié de la matinée, nous descendons nous restaurer dans la cuisine, lui en slip et torse nu, moi enveloppée dans un peignoir de bain d'homme acheté, à mon avis, par sa femme. Lui tendre et attentionné – et je te beurre un deuxième toast et goûte-moi un peu cette confiture d'oranges amères –, moi m'efforçant de refouler le spectre de l'autre, la légitime s'imposant tel un boomerang vous revenant en plein front. Ce n'est pas un fantôme, hélas, mais une femme qui ne tardera pas à rentrer en chair et en os pour récupérer la chaise que j'usurpe, la tasse où s'efface déjà l'empreinte de mes lèvres et le mari lui appartenant au même titre que les murs, les objets, les meubles de sa maison.

Bon Dieu, Éva, pour ce qui est de chercher à te faire le plus de mal possible, tu te poses un peu là. Qui a dit : « Je n'ai de pire ennemi que moi-même ? » Arrête de penser à elle. Ne pense ni au passé ni à l'avenir. Juste au présent, infiniment présent. Vois le soleil qui effleure le torse nu de ton amant, ses épaules d'athlète à la peau lisse et douce, et le ruban négligemment noué retenant ses cheveux cuivrés. Regarde-le dévorer avec cet appétit sensuel qu'il a de toute chose et nourris-toi de sa beauté. Regarde-le déployer, comme autant de preuves d'amour, des trésors de gentillesse pour toi : « As-tu assez mangé, ma chérie ? Je peux refaire du café si tu veux… » Et cette adorable façon de se pencher pour rétrécir l'espace entre lui et toi : « Écoute, ma chérie, le formidable programme que je t'ai mijoté pour notre dernière journée. Tu ne peux pas quitter New York sans une visite au Metropolitan Museum, notre Louvre à nous. Et au Guggenheim, rien que l'architecture du bâtiment vaut le coup d'œil. Puis, pour finir la tête dans les étoiles, le planétarium de Central Park où Woody Allen est tombé amoureux de Diane Keaton dans *Annie Hall.*

— Tout ça à la fois ? C'est pas un peu, comment dire, un peu trop convenu ?

— Qu'est-ce que t'as envie de faire alors ?

— Je ne sais pas. Rien de spécial, me balader à Broadway, marcher dans Central Park, ou alors aller à Harlem au musée des Arts afro-américains qui figure dans mon guide touristique.

— Il me semble que ce musée est fermé le mardi et le mercredi. Je vais vérifier. Mais dis-moi, il est à quelle heure demain ton avion ?

— 12 h 15, mais il faut arriver deux heures avant d'embarquer. Pourquoi tu me demandes ça, tu as l'intention de partir avec moi ?

— Si seulement je pouvais, mais je me disais que tu pourrais passer ta dernière nuit ici avec moi. Je mettrai le réveil de bonne heure et je t'emmènerai à l'aéroport.

— J'attendais que tu me le proposes, tu sais, je t'adore. Et si je faisais un saut à l'hôtel tout de suite pour régler ma note avant midi ? Ça m'évitera d'avoir à payer une nuit supplémentaire.

— Okay. On se douche, on s'habille et on commence par aller à ton hôtel en voiture pour mettre tes bagages dans le coffre. Et puis on met le cap sur Harlem. J'ai un pote là-bas, Charlie, qui fait les meilleurs travers de porc au miel de tout New York. »

3.

« Tu n'as rien oublié dans ta chambre, Éva ? On ne fait rien de bon dans l'accélération. Alors c'est sûr, tu t'en vas pour de bon cette fois ? Okay, c'est normal, c'est le contraire qui ne l'est pas. Ici les clients ne font que passer, un jour, deux jours, et puis bye bye, ils repartent comme les voyageurs d'un train qui se serait arrêté là par hasard. Qui sont-ils, à quoi pensent-ils, je m'en fous parce que je sais qu'ils ont moins d'intérêt pour moi que pour la plante posée sur ce comptoir. Mais avec toi, Éva, c'était différent. Je suis triste de te voir partir. Bon Dieu, je ne pourrais pas être plus triste que si tu étais une sœur née de la même maman.

— Mais moi aussi je suis triste, Small Paul, tu vas terriblement me manquer. Je t'aime beaucoup, tu sais, il est impossible de ne pas aimer l'être le plus adorable du monde. Je suis tellement contente que mon train se soit justement arrêté au Paradise Hotel. Le hasard ! Mais le hasard n'explique pas comment l'amitié est née entre toi et moi, immédiatement, dès que tu m'as accueillie, comme si l'amitié nous était tombée dessus soudain comme un coup de foudre. Je te remercie de m'avoir donné plus que ton amitié, l'affection d'un frère pour sa sœur.

— Ce que l'on donne est si petit qu'on a honte de l'avoir donné pour un merci.

— Ne fais pas l'idiot, Small Paul. Proverbe pour proverbe, ma mère dit toujours : "Qui a bu l'eau du Nil revient à sa source." Ça veut dire qu'on revient toujours là où on a été heureux. Si je reviens à New York, la première chose que je ferai, Small Paul, ce sera de venir te voir.

— Tu reviendras surtout pour le mec qui t'attend dehors dans une vieille bagnole toute pourrie. Le mal-appris vautré sur son volant, avec des carottes dans les cheveux.

— Comment sais-tu tout ça ? Ma parole, tu as des yeux derrière la tête.

— Il est venu au moins deux fois me demander ce que tu foutais dans ta chambre depuis si longtemps. Je l'ai reconnu à sa voix de propriétaire quand il t'appelait ici au téléphone. C'est ton boy-friend, c'est avec lui que tu passes toutes tes nuits. Et quand tu rentres de chez lui, il faut être aveugle pour ne pas voir que l'amour t'a embellie.

— À t'entendre on croirait que tu es jaloux. Et si j'avais une love affair avec les cheveux carotte, merci pour lui, ça ne changerait rien à notre amitié, si c'est ça qui t'inquiète. Tu es Small Paul, le seul ami homme, je crois, que j'aie jamais eu de toute ma vie. Il faut que je m'en aille, il m'attend, c'est vrai, mais avant je veux te dire une chose importante. Enfin c'est une très grande romancière qui l'a dit : "L'amitié est une certitude, ce qui la distingue de l'amour." Tu as compris : l'amour s'en va, l'amitié reste intacte.

— Tu me parles comme si je ne comprenais rien au mystère des mots mis ensemble. Je ne lis pas que le journal. J'ai lu un livre qui disait : "La femme forte a des amis, la femme faible a des amants."

— Pas tant que ça malheureusement, pas tant que ça. Ne fais pas cette tête-là, je plaisante, je te taquine, je n'ai pas pour habitude de collectionner les amants. Veux-tu s'il te plaît me donner ma note avec une facture au cas où j'arriverais à me faire rembourser ?

— Tout de suite, mais ne va pas croire que c'est la jalousie qui me fait dire ça. Au contraire, je suis heureux pour toi, si vraiment ce type t'aime comme tu mérites d'être aimée. J'espère de tout mon cœur que cette fois ce sera le bon. Okay, je te prépare une note du 1er au 13 septembre avec une réduction de 10 % si tu ne payes pas en travellers chèques. Et puis si tu n'as pas de dollars, je te la fais quand même ! »

4.

D'abord incrédule : « Sans blague, ton Small Paul ne t'a même pas compté les coups de fil à ta mère ? », Barry persifle : « Il y a encore de bonnes âmes en ce bas monde. » Il soupire : « Le temps file à une allure… » et démarre en trombe, force l'entrée dans la file de voitures, fonce, rageur, agressif, luttant contre le courant (contre la fuite du temps ?). Tant et si bien que, malgré l'intense circulation, nous sommes rendus dans la 125e Rue, la rue principale de Harlem, en moins d'un quart d'heure. Il fait lourd, de gros nuages s'amoncellent à l'horizon. Le ciel d'un gris épais, uni comme une plaque d'étain, se perfore d'éclairs blancs. Il se met à pleuvoir si fort que les essuie-glaces de la Coccinelle n'entament pratiquement pas le rideau liquide qui couvre le pare-brise. « Il pleut des chiens et des chats, dit Barry. Je vais essayer de rouler jusqu'au bistrot de mon pote Charlie. » Mais il a le plus grand mal à ne pas perdre de vue la ligne médiane blanche, tandis que la lumière de ses phares se change en deux faisceaux de perles éblouissantes. Les rues se vident. Barry réussit à atteindre le parking de Malcom X Boulevard, à seulement deux pâtés de maisons, promet-il, du Charlie's Ribs.

Nous entrons, dégoulinants de pluie, dans un restaurant juste assez grand pour contenir trois ou quatre tables, avec un long bar flanqué de hauts tabourets et surmonté d'un portrait au crayon de Malcom X. Une entrée saluée d'un tonitruant « Hey Barry, mon frère, t'es trempé comme une soupe » par Charlie, le patron, je présume. Qui d'autre qu'un vieux pote lancerait affectueusement « Mon salaud, je te croyais mort depuis tout ce temps ! » Il sort de derrière son bar, la quarantaine ronde, joviale, frotte son poing fermé contre celui de Barry, puis le porte à son cœur et à ses lèvres. Les salamalecs terminés, je tremble de froid, de faim, Charlie vire sans façon deux petits vieux attablés devant des bières. Sans l'ombre d'un scrupule – les petits vieux s'en vont d'un pas chancelant –, Barry occupe la place et, au diable mes bonnes manières, j'en fais autant.

En attendant les travers de porcs caramélisés accompagnés de patates douces, l'unique plat du menu, Charlie nous sert un grog au rhum.

« C'est la maison qui régale. Je suis sacrément content que tu sois venu, dit-il à Barry. La dernière fois, c'était quand tu nous as bassinés avec le livre que t'écrivais sur quoi déjà… ouais toutes ces conneries que les Blancs racontent pour vous expliquer comment c'est d'être noir.

— D'être noir et d'être juif aux États-Unis, Charlie, nuance, c'est un travail conjoint sur deux groupes dans ce foutu pays où le juif est réduit à sa race et le Noir à sa couleur de peau. En d'autres termes, comment juifs et Noirs ont été victimes de la violence historique de peuples, notamment européens, qui refusaient de reconnaître leur humanité et leur identité. Et comment le facteur unificateur de souffrances historiques contribue aujourd'hui à... Tu me suis, Charlie ? »

Charlie a levé vers le plafond un regard perplexe, dubitatif, comme devant un discours émis dans une langue étrangère. Il se penche vers moi, son échappatoire : « Hé ho, dis donc, les cheveux de ta poupée sont mouillés à en attraper la crève. Je vais lui chercher une serviette » et souriant de tout son visage grassouillet, il s'éclipse.

Le sifflet coupé net, Barry a l'air blessé, meurtri.

« Merde, Éva, je me demande pourquoi je me crève le cul à remplir des pages et des pages qui finalement n'intéresseront personne, pas même ceux visés directement, et mortellement des fois, par la haine systémique de ce foutu...

— Arrête, Barry, franchement t'es ridicule, c'est quand même pas la réaction de ton ami cuisinier qui te met dans cet état-là. Il avait autre chose à faire, nos ribs par exemple. Tu ne devrais pas pour un oui ou pour un non douter de ton talent, j'y crois, moi, et pas seulement parce que je t'aime.

— Ah oui, sympa, mais mon talent s'il existe n'est qu'une illusion, un truc qu'on se raconte pour continuer à écrire. Ça fait plus d'un an que je travaille à ce livre. Un jour les mots coulent de source et le lendemain, rien, rien ne vient. Un jour je trouve la dernière page écrite assez géniale et le lendemain, bonne à jeter à la poubelle.

— Ne fais pas l'idiot… Sais-tu ce que disait Dostoïevski ? Il disait : “Le meilleur d'entre nous, c'est celui qui au moins une fois par mois se traite lui-même d'imbécile.” Écoute, Barry, connais-tu un seul écrivain digne de ce nom qui n'ait pas sué sang et eau sur chacun de ses livres ?

— Ouais c'est vrai, mais à chaque fois j'ai la putain d'impression d'avoir déraillé quelque part, sans savoir où ni comment me remettre sur les rails.

— Bon, mais dis-moi, combien de livres as-tu déjà réussi à mener à terme ?

— Trois, quatre si on compte un petit recueil de poèmes qui n'a pas trouvé d'éditeur. La pièce de théâtre, d'abord, sur Rosa Parks. Puis un premier roman à vingt-quatre ans, qui a fait un carton. Le deuxième, à vingt-sept ans, a recueilli un succès d'estime auprès de la critique. Le troisième a eu la bonne fortune d'être adapté au théâtre et les droits d'auteur m'ont rapporté de quoi vivre. Et puis j'écris aussi des articles dans des revues d'art qui ne payent pas trop, mais je m'en fiche. Enfin ça fait plus d'une année que je rame sur cet essai protéiforme, comment lier l'analyse politique du racisme à l'intime biographie de mon père, voilà le problème.

— Tu tiens un sujet trop important pour ne pas parvenir à le finir, ce livre. Tu le finiras, Barry, crois-moi, il trouvera les milliers de lecteurs qu'il mérite.

— Tu crois ça, vraiment ? »

Son visage s'illumine. Ressuscité, sa capacité de passer d'un extrême à l'autre en une seconde me sidère, il me sourit : « Toi alors, tu veux que je te le redise ? Tu es la meilleure chose qui me soit jamais arrivée. »

À Charlie apparu avec une serviette-éponge à la main, il déclare : « Toi mon pote, tu es le roi des cons, mais de tous les connards du monde, c'est toi que je préfère.

— Moi aussi je t'aime, espèce de foutu écrivain de mes deux ! » Et se tournant vers moi : « Voici une serviette, miss. Vous permettez que je donne un baiser amical et fraternel, s'entend, à votre Roméo ?

— T'emballe pas, frérot, t'es pas du tout mon genre de beauté. »

Sur quoi, Barry part d'un rire de pure tendresse et Charlie rit de bon cœur avec lui.

Il reprend la serviette avec laquelle je me suis essuyé les cheveux, le visage, mes joues barbouillées forcément du rimmel coulé de mes yeux – je dois être affreuse à regarder –, et me gratifie d'un sourire compatissant : « Sans indiscrétion, miss, je me demande ce qu'une belle fille comme vous fait avec ce salopard à face d'écrevisse ? » Barry rigole : « T'as foutrement raison, mec, d'être jaloux, merci, frérot, j'apprécie le compliment.

— Jaloux, ouais, un peu… Bon je vous laisse, soyez sages vous deux, c'est une maison décente ici. Je reviens tout de suite avec vos ribs bien grillés, bien chauds, ça va vous requinquer. »

Les travers de porc couleur de miel caramélisé ont, selon l'expression de Barry, « quelque chose de divin ». À deux, nous venons vite à bout des ribs-patates-douces servis plus qu'en abondance et nous vidons (enfin Barry surtout) une entière bouteille d'un vin rouge très fort. Et sans rapport de cause à effet (ou en raison peut-être de ce « quelque chose de divin » propre aux ribs et au vin), Barry embraye sur le nombre inouï à Harlem d'églises, de temples et autres « asiles de l'ignorance », comme disait Spinoza. Et, festival d'érudition, il cite l'opium des peuples de Marx, Diderot reprochant au Dieu des chrétiens de faire grand cas de ses pommes et fort peu de ses enfants et un certain Bloomfield qui aurait dit... je ne le saurais jamais, grâce à Dieu, et à Charlie apportant l'addition : « Je ne vous chasse pas, les enfants, mais nous fermons à 4 heures. »

Il nous raccompagne jusqu'à la porte, tapote l'épaule de Barry et lui déconseille de conduire avant d'avoir cuvé sa sacrée cuite.

Nous repartons à pied sous la pluie battante. La chaussée, les trottoirs se couvrent de larges flaques d'eau que les bouches d'égout ne parviennent pas à absorber. Nous trouvons refuge sous la marquise d'un hôtel.

« Ça va se calmer, prophétise Barry. Et je te montrerai alors la maison où a grandi Jimmy, James Baldwin bien sûr, la maison de son beau-père, un pasteur violent qui a fait de son enfance un enfer. Un saint homme ignare, brutal, qui le battait, l'humiliait et, Jimmy le laisse entendre dans *Chronique d'un pays natal*, aurait abusé physiquement de lui. Ça te dit ? »

J'émets un simple « hum » évasif. En vérité, je commence à en avoir marre du tourisme subaquatique. Loin de se calmer, le ciel lâche des trombes d'eau sur la toile de la marquise. À l'instant où Barry se lance dans une distinction entre « gros temps » et « petit temps », l'orage explose. Tonnerre et foudre se déchaînent au-dessus de nos têtes avec le vacarme de moteurs d'avion. Un nouveau bruit se détache soudain du fracas de la tempête. Sirène hurlante, une voiture de pompiers passe, suivie d'un car de police. « Merde, merde ! rugit Barry. C'est fichu pour la balade à pied, c'est vraiment pas de chance ! Reste là, je vais chercher la bagnole. »

Ouf, je pousse un soupir de soulagement. Oh oui, oui, rentrer à la maison et faire l'amour de la tombée du jour jusqu'au petit matin de la tristesse infinie des adieux.

Chapitre 13

Jeudi 14 septembre 1989

1.

Précautions prises – lever à 7 heures et départ à 8 – nous arrivons à l'aéroport John F. Kennedy sans encombre à l'heure prévue.

Les formalités accomplies, bagages enregistrés et carte d'embarquement délivrée, je me sens incapable de ressentir la moindre émotion. Une manière comme une autre sans doute de ne pas éclater en sanglots. Froide, calme, je m'entends parler, légère, des petites boutiques échelonnées dans le hall. Barry a comme d'habitude besoin d'un verre. Nous nous asseyons côte à côte à une table du Relaxation Lounge. Sentiment de bien-être dans la fraîcheur de l'air climatisé. Jusqu'au moment où mes yeux s'arrêtant machinalement sur l'horloge au-dessus du bar, un vif, un sombre accablement me saisit. Dans une heure trente-cinq exactement, tu monteras dans l'avion à destination de Paris... Assise seule, très seule dans ton fauteuil, tu seras accablée par le regret de n'avoir pas pu jouir plus longtemps de l'amour reçu, donné et, qui sait, perdu peut-être à jamais. Le corps raide, le visage mouillé de larmes, tu verras par le hublot s'éloigner et disparaître, muette, morte, la ville des... Barry déploie ses cinq doigts devant mes yeux : « Hé ho, y a quelqu'un là ? » Et, lit-il dans mes pensées ? m'interdit tout bonnement de me laisser aller à la tristesse. « Tout va bien, ma chérie, ne t'inquiète pas. Tu pars, okay, mais nous nous reverrons bientôt, sais-tu pourquoi ? Parce je ne peux vivre sans toi, voilà ce que je me tue à te dire : tu es la femme de ma vie. Ma fée, ma déesse, le soleil de mes jours, la lumière de mes nuits. Tu me rends le monde beau. Non seulement tu es belle, mais personne comme toi n'a une manière aussi ravissante d'écarter ses cheveux bouclés de son visage et de plisser le nez en cas de désaccord. Souris, voilà, embrasse-moi. Tout va bien... Nous nous reverrons, ma chérie, dans trois, quatre ou cinq mois tout au plus. Dès que j'aurai terminé mon livre, je te rejoins à Paris. Nous serons ensemble, unis pour la vie. C'est la vérité certifiée, signée, et en voici la preuve. »

Il me remet un petit paquet-cadeau. Dans un sachet en plastique je trouve une breloque dorée en forme de cœur traversé d'une flèche. Plus cucul la praline on ne fait pas, et pourtant son cadeau m'émeut autant qu'une preuve d'amour absolu, inaltérable, définitif. Comment ai-je pu en douter ? Pure stupidité et suspecte complaisance à se fabriquer du chagrin. Il t'aime, il s'est tué à te le répéter, il t'aime comme il n'a jamais aimé et comme il n'aimera plus jamais. Apprends à être heureuse et confiante en l'avenir. Dans cinq ou six mois, peu importe, tu lui ouvriras la porte de ton appartement. Le soir tu t'endormiras dans ses bras, dans la quiète certitude qu'au matin venu il sera encore et pour toujours là tout contre toi. Mais le voici qui s'impatiente : « Tu ne dis rien, alors mon cadeau, il ne te plaît pas ?

— Je l'adore, j'adore les cadeaux, surtout ceux qui viennent du cœur. »

Il se marre : « Du cœur, c'est le cas de le dire. »

Je relève mes cheveux, tente de nouer la chaîne autour de mon cou quand, s'esclaffant, il pointe le doigt vers ma poitrine : « Non mais je ne rêve pas, c'est bien une étoile de David que je vois là entre tes seins ? » J'abonde dans son sens : « Eh oui, Dieu m'a ordonné de chasser le mal qui croît en mon sein », et j'éclate de rire : « Mais non, idiot, c'est juste le cadeau destiné à ma mère par son frère, mon oncle m'a conseillé de la porter sur moi pour passer la douane.

— Ah, tu m'as fait peur », dit-il en gloussant si fort que tous les regards se tournent vers nous.

Nous ne pouvons nous arrêter de rire, de nous embrasser à pleine bouche, d'échanger promesses et serments, rien ni personne ne pourra nous séparer, de nous émerveiller du miracle qui nous a fait nous rencontrer, de nous serrer étroitement l'un contre l'autre et, sous la table, en cachette, de nous caresser jusqu'à sentir nos tiédeurs se fondre en une chaleur brûlante.

Jusqu'à ce que la voix d'un haut-parleur appelle calmement, inexorablement les voyageurs en partance pour Paris à se rendre immédiatement à l'embarquement, hall 3, porte 12.

2.

Éva Soriano
30 rue Saint-Paul
Paris 4e
Tél. : 42 36 55 89

Mon amour, mon seul et unique amour

Au moment de notre séparation, je voulais m'accrocher à toi, me souder à toi, me fondre, m'insérer en toi pour ne plus jamais te quitter. En grimpant dans l'avion, les épaules et le cœur lourds, j'ai souhaité des choses folles : une panne de moteur, une grève, une tornade qui obligerait à différer le départ et même à carrément annuler le vol. C'est bête, non ? Mais c'est comme ça l'amour fou paraît-il. Paul Valéry, un poète français que tu connais j'imagine, a dit : « L'amour consiste à être bête ensemble. » Je crois, je veux croire que nous sommes toi et moi le couple d'amoureux le plus stupide et fou qui ait jamais existé en ce monde. Je t'aime, je t'aime à en mourir. Mais je ne pense pas à la mort. Je pense à la vie que nous vivrons ensemble pour toujours, ce toujours qui ne finit qu'avec la vie. Je dois t'avouer qu'en voiture sur le chemin de l'aéroport, j'ai pensé que notre histoire était en train de se terminer. Tu chantonnais gaiement comme chaque fois que tu te sens heureux, et j'ai eu l'impression d'être… comment dire :

délaissée, effacée, annulée d'ores et déjà. Chose curieuse, ce qui aurait dû me plonger dans une peine, un désespoir absolus me laissait dure et calme, le calme effrayant du mécanisme de défense. Une forme de paix résignée puisque, depuis le début en fait, notre histoire était condamnée à se terminer. Eh bien, Barry, je me demande maintenant si la chanson que, sur la route de l'aéroport, tu n'as cessé de brailler (tu as la manie de chanter à tue-tête comme un sourd se croyant entouré de durs d'oreille), bref si ta rengaine April in Paris *n'exprimait pas en vérité ton envie, ton désir de prendre à ton tour l'avion pour Paris. Oui c'est cela, maintenant j'attribue ta joyeuse insouciance à ton intention, ta ferme résolution de venir me rejoindre en avril à Paris.*

À présent je suis heureuse parce que tu m'aimes au point de te séparer de ta femme, de ton pays, de tes amis. Je suis malheureuse parce que tu m'es indispensable et avril me semble encore si… Mais bon, je tiens ça de ma mère que le sentiment de sécurité n'étouffe pas. Et elle m'a légué aussi une certaine défiance envers « les autres que nous deux ». Son expression, avec une pointe d'accent oriental, englobe « les Français de France » en général et les hommes en particulier, qui vous abandonnent « avec un bébé dans les langes ». Mais je serai courageuse, mon amour, je t'attendrai sans crainte ni angoisse de l'avenir.

À propos des « autres que nous deux », il faut que je te dise que petite fille, j'avais très peur de la douleur de l'abandon. Je vivais seule avec ma mère, comme tu le sais, et le moindre de ses rhumes me fichait la trouille. Une fois elle est tombée assez gravement malade. Une grosse fièvre, le souffle court et une toux à lui déchirer la poitrine. J'avais si peur que pour la première fois, à six ans peut-être sept, j'ai réalisé que la mort existait. Si la mort pouvait tuer aussi les mamans, même jeunes, fortes et belles comme la mienne, que devenaient les enfants sans père ? Qui s'occupait de les nourrir, les habiller, les prendre dans leurs bras ? La crainte de rester seule au monde m'a anéantie. Personne ne pourrait m'aimer autant que ma mère, et je me suis juré dans ma petite tête de six ans de ne jamais aimer personne autant qu'elle. C'est drôle, je la revois assise à la table de la cuisine me disant : « Comme c'est agréable de n'être que nous deux. » Autrement dit de n'avoir pas d'homme à la maison. Plus tard, adolescente, je voulais coucher avec tout le monde, j'avais une peur panique de tomber enceinte. Je me souviens d'un bistrot à la Contrescarpe, au Quartier latin que les Américains adorent, où la jeune vierge, inexpérimentée et timide que j'étais, observait avec fascination un couple de femmes lesbiennes. Elles semblaient follement amoureuses l'une de l'autre et se caressaient et s'embrassaient à pleine bouche sans la moindre gêne. Je les regardais se peloter et je me disais : Ah l'amour entre femmes est formidable, aucun risque de se retrouver avec « un bébé dans les langes ». Inutile de te préciser, mon amour, que je n'ai pas poussé plus loin mon… Oh, l'avion tangue à donner le vertige.

Nous entrons, paraît-il, dans une zone de turbulences. L'hôtesse de l'air nous ordonne de boucler nos ceintures et surtout de ne pas quitter nos sièges. Elle nous demande de ne pas nous inquiéter si les lumières s'éteignent par mesure de précaution.

J'arrête de t'écrire par mesure de saturation de ta part, non ? Oui c'est vrai. À trente-deux ans et quelques, je t'écris les mots d'amour naïfs, exaltés, confiants d'une gamine de quinze ans. Que veux-tu, même adulte, je suis tout sauf… Oh, ça y est, la lumière au-dessus de ma tête commence à clignoter. Je t'aime. Écris-moi dès que tu auras reçu ma lettre. La première chose que je ferai, si Dieu nous prête vie, sera d'acheter des timbres à l'aéroport d'Orly et de chercher une boîte aux lettres.

Voilà, le noir se fait dans tout l'avion, et c'est d'une main tremblante que je dessine sous ma signature un cœur transpercé d'une flèche.

Ton Éva pour toujours

Épilogue

Dix mois plus tard

1.

Barry ne répondit pas à ma lettre postée, dès ma descente d'avion, à l'aéroport d'Orly. J'en déduisis, cela arrive, que ma lettre s'était égarée. Et imaginant son anxiété à lui, son attente fiévreuse de mes nouvelles, je m'empressai de lui écrire une deuxième fois. J'attendis, attendis, mais rien, pas un mot de Barry pendant deux longues semaines. Là encore, je cherchai de bonnes raisons à son insupportable silence : une erreur dans le libellé de son adresse ou alors sa femme subtilisant son courrier. Je poussai la crédulité jusqu'à lui envoyer une troisième lettre à l'adresse de Random House, son éditeur. À aucun moment, je ne me posai la question de savoir ce qui l'empêchait, lui, de m'écrire, non, j'écartais les doutes, il ne m'aime plus, il m'a oubliée, avec la niaiserie des grandes amoureuses incapables d'affronter l'épreuve des faits. Mais les jours passaient, les semaines, un mois entier s'était écoulé lorsque, n'en pouvant plus, je pris le risque à 14 heures (8 heures du matin à New York) de lui téléphoner. Il décrocha, proféra un vague « Hello who is calling ? » et à mon bredouillage « It's me Éva » opposa un long silence avant de vite prétendre : « C'est une erreur de numéro. » J'insistai : « Tu ne peux pas parler parce que ta femme est là, près de toi ? » et j'entendis le bruit bref et brutal du téléphone qu'on raccroche. Sans prévenir, un éclair de lucidité m'explosa à la figure, telle une gifle. Je me mis à manquer d'air. Tout semblait se refermer autour de moi comme si j'étais tombée dans un trou sombre et profond et, mon cœur battant à tout rompre, mon front se couvrant de sueur, je m'effondrai à même le sol de mon studio…

Après cela, je sombrai dans une sorte de dépression nerveuse. Je ne mangeais pas, ne dormais pas, contemplais des heures durant le ciel de mon plafond, n'ouvrais pas un livre, ne répondais pas aux incessants appels téléphoniques de ma mère. (La connaissant, elle n'allait pas tarder à venir frapper à ma porte, je déposai sur son répondeur un message comme quoi j'étais partie en reportage à l'étranger.) Amorphe, l'esprit vide, j'avais perdu toute notion d'espace et de temps entre les quatre murs de mon appartement laissé, comme moi, à l'abandon. En y repensant, je me rends compte que, chose curieuse, la réclusion m'avait dispensé une espèce de calme, de soulagement, comme un mur élevé entre la conscience du chagrin et la faculté d'en souffrir. Et puis un jour en voyant se flétrir les feuilles tachetées de rouille de mon ficus, je pris pleinement conscience que c'était moi, en vérité, qui avais besoin des soins dont ma neurasthénie l'avait privé.

Lorsque, au bout d'un nombre incalculable de jours, j'émergeai de l'état de dépression, je trouvai refuge dans mon travail. De fait, et je ne m'étais pas trompée là-dessus, mes entretiens avec Toni Morrison et Spike Lee avaient sérieusement remonté ma cote auprès du rédacteur en chef de *Jeune Afrique*. Publiés en bonne place, l'un après l'autre, ils me valurent une invitation à déjeuner avec le rédacteur en chef, en veine ce jour-là de ces compliments dont, toute l'équipe le savait, il était fort peu dispendieux. Il alla même jusqu'à se déclarer acquis, dorénavant, à chaque projet d'article, portrait, reportage que je lui soumettrais. Sans plus tarder, j'obtins sa permission, à la condition d'un partenariat avec France Culture, d'utiliser les enregistrements sonores rapportés de New York pour bâtir une émission d'une heure à chacun des deux illustres artistes de la cause afro-américaine. Et David Dinkins ayant été élu en janvier premier maire noir de la ville de New York, je fus chargée de relater sa marche vers la victoire dans le climat de tensions raciales, émeutes et pillages en réaction à l'assassinat du jeune Yusef Hawkins. Cet article inédit – aucun des journalistes traitant de ce sujet n'avait comme moi couvert, de visu, la soirée de levée de fonds animée par Oprah Winfrey ni recueilli les paroles de soutien des célébrités qui y étaient présentes –, cet article donc finit de me poser en spécialiste de la culture afro-américaine. Bombardée responsable à *Jeune Afrique* de la littérature et du cinéma venus d'ailleurs, je fus hissée au grade de permanente, avec le salaire et la sécurité de l'emploi en découlant. Compte tenu aussi de mes participations à certains programmes de France Culture, je ne courais plus après l'argent, pour une fois, c'était l'argent qui me courait après.

Si ma promotion n'étonna guère ma mère, « À six mois tu savais parler et à un an tu lisais le journal qui avait servi à emballer le poisson », elle en tira cependant une fierté excessive à friser le ridicule. Je crus mourir de honte le jour où, dans un café, elle apostropha nos voisins de table : « Vous connaissez le journal *Jeune Afrique* ? C'est ma fille... ! Vous connaissez France Culture ? C'est ma fille... ! » Ulcérée, je tentai de la faire taire : « Maman, s'il te plaît, arrête d'embêter tout le monde », mais elle reprit de plus belle : « Enfin quoi, c'est pas la vérité que je dis ? » Le plus drôle fut que le couple en question, des touristes hollandais venus d'Amsterdam, ne comprenait pas un seul mot de français.

L'hiver 1990 à Paris fut particulièrement doux et sec. Surchargée de boulot et ne m'en plaignant pas – outre mes articles j'avais à relire, corriger, rewriter parfois, ceux de mon équipe –, je me frayai un lent mais sûr chemin vers l'oubli de ma désastreuse aventure américaine. Je ne guettais plus le passage du facteur, ne me précipitais plus vers mon répondeur téléphonique en rentrant chez moi le soir, épuisée. Si je ne pensais plus à Barry, sinon pour le qualifier de traître, de lâche, de fichu salaud, je ne parvenais à m'endormir qu'en élaborant des scénarios où je le faisais mourir dans d'atroces souffrances.

Le printemps venu, je parachevai ma guérison dans les boîtes de nuit propices aux coucheries sans lendemain. N'importe quoi, n'importe qui, me disais-je, suffirait à faire passer définitivement la pilule du chagrin. Il y eut en premier un violoniste qui se vanta de n'avoir jamais lu un livre. Puis un garçon coiffeur joli comme tout mais alcoolique et de ce fait rendu à moitié impuissant. Enfin un peintre français mineur, désireux surtout d'obtenir un bel article de presse. Autant de lamentables aventures emportées par le vent printanier.

À l'occasion du nouvel an juif 1989, le clan Shehata-Sultan nous avait adressé ses meilleurs souhaits de « Bonne année, douce comme la pomme et le miel. Et plaise à Dieu qu'Il veuille bien nous réunir avant la fin de l'année ». Ma mère avait répondu dans le même style fleuri, et moi, je joignis à sa lettre une carte postale de la tour Eiffel qui, je le devinais, ferait grand plaisir à ma cousine Sarah. Ainsi, chaque fête du calendrier juif suscita une chaleureuse correspondance entre nos deux continents. Sarah me tenait assez régulièrement informée des grands et petits événements émaillant sa vie personnelle : n'allant plus à l'école, elle apprenait à coudre son trousseau, sa chatte avait eu une portée de six chatons, ses nattes de petite fille coupées elle arborait un chignon, et ainsi de suite… À force d'insistance, j'obtins de brèves mais fort heureuses nouvelles des autres membres de sa famille. Son petit papa chéri se portait de mieux en mieux. Avec les indemnités de l'assurance, il se faisait construire une grande et belle maison à Ocean Parkway. Il avait aussi fait rénover son magasin qui proposait à présent les articles de fine lingerie sortis des usines de l'oncle Sammy. Ces temps-ci, Nathan, qui se montrait moins méchant et insensible envers son père, avait même accepté de lui donner un coup de main au Sultans'Bazar. À l'approche du dix-huitième anniversaire de Sarah, la tante Judith, jouant les mères de substitution, entreprit de lui enseigner les mystérieuses relations entre les hommes et les femmes mariés. Ce que la Bible, lui dit-elle, désignait par « le service du lit ». Le mystère s'épaissit encore dans l'esprit de ma cousine lorsque sa tante, esquissant de drôles de gestes, lui expliqua comment « l'homme met son devant dans le derrière de la femme ». Le temps pressant, dès ses dix-huit ans tante Judith était mariée et mère de son premier fils, elle se mit à chaperonner des rencontres avec de jeunes hommes de bonne famille en âge d'offrir toutes les garanties d'un mari selon le cœur de Dieu. L'un d'eux, un nommé Maurice Sarfati, avait eu la préférence de Sarah. Hélas, les fiançailles sur le point de se conclure furent retardées par le mortel arrêt cardiaque de la nonna Latifa. La tristesse de sa disparition fut atténuée par le legs de tous ses biens, compte en banque et bijoux précieux, à Nathan et Sarah, ses petits-enfants orphelins de leur mère. L'installation dans la nouvelle maison, si le chantier avançait bien, était prévue entre les fêtes de Pessah et Chavouot (entre avril et mai). Au mois de mars, un déluge s'abattit sur Ocean Parkway dont la synagogue fut inondée. L'oncle Sammy fit un don de dix mille dollars pour remettre en état la synagogue des Égyptiens. Entretemps, il fallut célébrer les offices de la fête de Pourim dans le très désagréable temple des « Wous-Wous » (les ashkénazes) d'Ocean Parkway. Mais « Gam zeh le tov, Baroukh Hachem, cela aussi est pour le bien, béni soit Son nom », décréta l'oncle Sammy. Autrement dit, tout va pour le mieux dans le meilleur des mondes créé par Dieu.

À la mi-mai, je couvris au Festival de Cannes la sélection des films étrangers, lorsque, bis repetita, ma mère en proie à une folle excitation m'appela dans ma chambre d'hôtel. Une lettre de son frère Marco venait de lui arriver. Oh, comble de la surprise ! Oh, paroxysme de la joie ! Oh, bienvenu miracle ! Mon oncle lui annonçait son intention de se remarier à la mi-août, au bout des onze mois de stricte observance du veuvage. Non seulement il désirait ardemment nous inviter à son mariage, mais : « Tu es assise, ma fille ? », il s'engageait, sitôt fixée la date de la cérémonie, à nous adresser aussi les billets Paris-New York aller-retour payés d'avance, s'effarait ma mère. Elle ne savait si elle en tremblait d'étonnement, Marco son Marco se remariait ! ou de gratitude envers sa ruineuse générosité, tant elle éprouvait les deux à la fois. De fait, la dépense, certes coûteuse, n'était qu'une goutte d'eau dans le flot vif, inépuisable, de la prodigalité – avérée à mon égard quelques mois auparavant – de nos parents américains. Quant à qualifier de miracle les secondes noces du veuf inconsolable… Après tout, n'avais-je pas été moi-même pressée par le clan tout entier de troquer le péché du célibat contre le caractère sacré du mariage ? Tandis que ma mère exultait, l'invitation en Amérique tombait pile au moment de ses congés payés, je ne savais trop à quoi me résoudre. En revenant dans la ville du sale type dont même le prénom m'écorchait les lèvres, je craignais de voir se rouvrir les blessures que son abandon m'avait infligées. Mais, d'une part, je ne risquais guère de le rencontrer au hasard des rues d'une cité comptant plusieurs millions d'habitants… Et, d'autre part, ma mère se faisait une telle fête des retrouvailles après « une éternité d'années » avec son frère tant aimé… Pour une fois, pauvre maman, qu'un merveilleux événement viendrait rompre le train-train quotidien de son existence ! Moi-même, j'avais follement envie, en vérité, d'assister au mariage mettant fin aux épreuves de mon oncle et, pour être honnête, de savoir à quoi pouvait bien ressembler son lot de consolation. Tout cela conjugué à la froideur, le détachement, l'oubli qui scelleraient avec le temps le roman d'amour né de ma seule imagination, emporta ma décision. Ma mère cochait déjà les jours du calendrier, lorsque le facteur sonna à sa porte et lui remit une grosse enveloppe envoyée en recommandé avec accusé de réception. L'enveloppe contenait le faire-part du mariage de Perla Mizrahi et Marc Sultan, le vendredi 3 août 1990 à 11 heures, à la synagogue des Égyptiens ; un carton d'invitation à la réception donnée à 13 heures en leur nouveau foyer par M. et Mme Marc Sultan ; deux billets aller-retour émis par American Airlines ; et un mot aimable de Sammy Shehata, aimable et catégorique à la fois. Le patriarche avait prévu de nous offrir l'hospitalité dans sa vaste demeure d'Ocean Parkway, tant pour préserver l'intimité du nouveau ménage que pour l'honneur et le plaisir de nous avoir chez lui.

2.

Et voilà comment dix semaines plus tard, le jeudi 2 août précisément, nous sommes montées, ma mère et moi, dans le Boeing 747 en partance pour New York. J'ai emporté de quoi lire durant les huit ou neuf heures de voyage mais, j'aurais dû m'en douter, ma mère dont c'est le baptême de l'air s'obstine à me le pomper, l'air. À la moindre secousse, elle s'accroche à mon bras, déplore sa mort en plein vol, s'y résigne (« Ce monde est-il si beau qu'il faille regretter sa perte ? »), se désole de rater la cérémonie nuptiale et puis de ne pas profiter des vacances, logée nourrie, dans la princière demeure de Sammy Shehata, l'homme qui allumerait ses cigarettes avec un billet de dix dollars, s'il fumait bien sûr, et de fil en aiguille, me fait promettre de renoncer au poison dont je ne cesse (« Pourquoi es-tu si nerveuse, Éva ? Ce n'est pas permis ») de lui souffler la fumée au visage. Passons. Je ne m'attarderai pas non plus sur l'hilarité générale quand ma mère, brandissant le formulaire d'accès au territoire américain, déclare avec énergie n'avoir nullement l'intention d'assassiner le président des États-Unis, en voilà une idée ! personnellement elle n'a rien à lui reprocher.

Enfin, à mon grand soulagement, notre avion atterrit sans difficultés à 8 heures du matin, heure américaine. Extatique, tout l'émerveille à présent, ma mère philosophe : « Remonter le temps vous rajeunit d'autant », et l'espace d'une seconde, ma bouche s'emplit du goût amer des amours mortes. Une seconde seulement et je tourne pour de bon cette fois la page des souvenirs dont il ne reste rien, en réalité, pas même un sanglot dans ma gorge. Nous parcourons le couloir menant au tapis roulant où, au bout d'un long quart d'heure, nous voyons défiler nos bagages. Passé le contrôle à la douane – c'est au cou de ma mère que brille à présent l'étoile de David dont j'étais parée quelque onze mois auparavant –, la fatigue nous saisit. Nous nous sommes levées à l'aube et il est déjà presque 18 heures à ma montre. Enfin nous touchons au but, à condition de repérer dans l'immense hall la sortie 45, selon les directives de Sammy Shehata. Mû par l'esprit de famille, notre parent par alliance a prévu de nous dépêcher une voiture qui nous attendra au « dépose-minute » non loin de ladite sortie 45. Enthousiaste, ma mère lance : « Quel talent d'organisateur il a, ce Sammy, en plus de tout le reste » et, alerte comme une jeune fille – c'est moi qui me coltine ses trois valises et son vanity-case –, se rue vers la sortie. Nous avançons vers le « dépose-minute » signalé par une pancarte quand, en sens inverse, je vois venir… mais oui, le bon vieux Aboulafia. Il s'arrête devant moi, muet d'émotion, et les coins de sa bouche s'abaissent comme s'il allait éclater en pleurs ou rire de joie. Un peu confuse, j'ai complètement oublié le cousin pauvre conduisant à tombeau ouvert, je le présente en termes chaleureux à ma mère. Elle ne cache pas sa déception : « C'est gentil à vous de venir nous chercher, monsieur le chauffeur, mais je me faisais une telle joie de serrer mon frère dans mes bras ! Enfin, il aura eu sans doute mieux à faire. » Aboulafia se permet de se mettre à la place de l'absent, mille pardons, mais à la veille de son mariage, celui-ci a des milliards de choses à préparer. Ce qui ne veut pas dire, précise-t-il, que madame sa sœur soit tenue pour quantité négligeable. Au contraire. Et il la couvre de compliments sur sa beauté, son élégance, et de félicitations sur sa fille faite à sa parfaite ressemblance.

Après quoi, il me déleste du poids des valises : « Mesdames, je vous précède vers la voiture. » Il ouvre pour ma mère la portière arrière avec une dignité pontificale, ma parole il soulèverait sa casquette s'il en portait une par-dessus sa kippa. En dépit de ma méfiance envers sa façon de conduire, je monte à l'avant près de lui, dans l'espoir de modérer son allure. Il démarre en douceur, tiens, le fou du volant se serait assagi ? roule sans pousser à fond son moteur. Je le félicite d'avoir tiré la leçon de son accident dont, me semble-t-il, il s'est bien remis. Je me réjouis aussi de le savoir rétabli dans ses fonctions d'homme de confiance de la famille Shehata. Ma mère, ne perdant pas le nord, minaude : « J'espère pouvoir compter sur vous pour me faire visiter votre belle ville de

New York. » Aboulafia se retourne et le promet sur « sa tête et son œil », une expression franco-arabe à traduire par « Il n'est de sacrifice que je ne m'imposerai pour vous satisfaire ». Ma mère lui applique une tape sur l'épaule : « J'en étais sûre. Il n'y a pas de brave comme vous dans le monde entier. »

À l'entrée de Brooklyn, camions, taxis, klaxons et métro grondant sous la chaussée font qu'on ne s'entend plus parler dans la voiture. Reconnaître tout cela, les bruits, les odeurs, les immeubles de briques rouges, le ciel constellé de pigeons, n'éveille en moi aucun souvenir heureux ou malheureux. Non, je me sens bien, merveilleusement bien à présent que le passé s'est effacé comme au réveil d'un rêve dont on chercherait en vain à se souvenir. Plus tard – me suis-je assoupie malgré le vacarme de la circulation ? – j'entends ma mère hausser le ton pour poser au chauffeur maintes questions sur Perla, la perle rare dénichée par son frère, où, comment, quand ? Aboulafia, mille pardons, ne sait d'elle que peu de choses, mais bonnes, assurément, très bonnes. Bien née et bien élevée dans le respect de la religion – ne porte-t-elle pas le prénom biblique de la femme vertueuse ? –, c'est la veuve d'un promoteur qui avait fait fortune dans l'immobilier, si bien qu'elle n'a eu que l'embarras du choix pour trouver un second mari. « Oui, mais le physique de ma future belle-sœur, insiste ma mère, l'âge, le nombre d'enfants du premier lit et, ça n'est pas négligeable, le capital financier ? » Nous ne le saurons pas, la voiture arrive à destination et M. Aboulafia en descend pour aller sonner au portail de la maison des Shehata.

Dans le salon briqué, lustré à souhait, où nous a introduites Katleen la bonne : « Mme Judith arrive tout de suite », je me surprends à trouver du charme à la laideur des meubles. Tante Judith accourt, le corsage prêt à éclater – elle a encore pris du poids ? –, les deux mains pressées sur sa grosse poitrine comme pour empêcher son cœur d'exploser de joie. Me bousculant, elle fond sur ma mère qui doit courber sa haute et élégante silhouette pour lui rendre ses baisers. En réponse à sa question : « Marco est là ? », tante Judith l'incite à la patience : avec ce mariage, le pauvre n'a même plus le temps de respirer, mais à coup sûr il viendra dîner à la maison, comment non ? Elles s'installent côte à côte sur le canapé afin d'entamer, à l'aise, les amabilités d'usage : « Sans façons, Stella, ma maison, c'est comme ta maison » et : « Ta maison, Judith, c'est un palais de rois comparée à mienne ». Ensuite, il y en aura pour dix bonnes minutes de compliments mutuels, sinon sincères : « Tu es toujours la plus belle », « Non c'est toi le ravissement des yeux », et autant pour des considérations sur la santé : « Puisses-tu vivre jusqu'à cent ans et peut-être même largement plus ». Je me sens vannée, abattue de fatigue, normal, il fait presque nuit au cadran de ma montre, et dormir, dormir, je ne pense qu'à ça. Je sors du salon à pas feutrés, il faudrait un tremblement de terre pour attirer l'attention des artistes de la rhétorique, et ouf, je me dirige vers la cuisine. Je prie Katleen de bien vouloir m'indiquer la chambre qui nous a été attribuée à ma mère et moi. Elle m'apprend que, M. Marco et ses deux enfants vivant à présent dans leur propre maison, elle a dû se taper le ménage des deux chambres mises à notre disposition. Toutefois, nul ne pourra lui reprocher de négliger les invitées de sa patronne, elle va s'emparer de nos bagages déposés dans le vestibule. Je la suis à l'étage dont le couloir dessert nombre de pièces. Elle me conduit dans une chambre spacieuse fleurant l'odeur de pin du nettoyant de sol. Atmosphère cosy. Un peignoir de bain rose repose déjà sur le lit immense aux draps, oreillers et courtepointe teints du même tendre rose bonbon. Elle met en marche le climatiseur, inspecte une dernière fois l'ordonnancement de la pièce. Puis, surprise, elle me sourit, chose assez rare chez elle autant que je m'en souvienne : « Le voyage a été long, hein ! Bon, si vous avez besoin de quelque chose, je suis en bas, n'hésitez pas. » À peine a-t-elle tiré la porte derrière elle que je me jette tout habillée en travers du lit incroyablement moelleux. Je me donne la nuit en plaquant un oreiller sur mon visage et m'endors en savourant la sensation de planer sur des hauteurs où rien de blessant ne pourra plus jamais m'atteindre.

Je m'éveille au soleil tardif qui rougit les fenêtres. Ma première pensée dans le lit king size de luxe va au décor minable du Paradise Hotel et, avec nostalgie, à Small Paul, son adorable réceptionniste. Y travaille-t-il toujours ? Après lui avoir téléphoné deux ou trois fois de mon bureau au journal, je ne lui ai plus donné signe de vie. Mea culpa. Il y a eu entre nous, dans notre mutuelle amitié, quelque chose de plus rare que l'attirance sexuelle. Je décide d'aller au plus vite m'assurer qu'il officie toujours derrière son comptoir et, histoire d'obtenir son pardon, de lui amener « maman Stella », cerise sur le gâteau de notre réconciliation…

Au salon, ma mère et son frère Marco semblent tellement absorbés, happés, éblouis l'un par l'autre que j'ai scrupule à m'immiscer dans leur réunion extatique après une trentaine d'années de séparation. Je les observe depuis le seuil. Si je n'entends pas leurs confidences, je les regarde assis sur le canapé où, se mangeant des yeux, ils se parlent à voix basse avec des airs de tendre gravité. Ma mère, qui a pris soin de se coiffer, de se maquiller, de se vêtir d'une coquette petite robe, paraît bien plus jeune que son cadet moustachu et déjà grisonnant sous sa kippa. Elle affiche sur le visage une sorte d'excitation enfantine comme si elle retrouvait non pas un homme fait, mais le petit Marco aux boucles brunes des temps heureux de leur enfance. Lui aussi, transfiguré par radieuse innocence, la contemple avec une expression d'adoration que je ne lui ai jamais vue. D'une part, ce fusionnel, ce pur amour frère-sœur que je ne connais ni ne connaîtrai jamais me cause un pincement de jalousie puérile et égoïste – qui sait si je n'aurais pas étranglé au berceau le petit frère que ma mère ne m'a pas donné –, de l'autre j'ai honte d'être à mon âge retombée moi aussi en enfance. Je songe à lever le pied, il est tard et je commence à avoir faim, quand la voix de Sammy Shehata résonne derrière moi : « Mais qu'est-ce qu'ils fabriquent, ces deux-là, dans l'obscurité ? » Il allume le plafonnier du salon et va agiter son index au-dessus des têtes de la fratrie Sultan. Ma mère rit par contenance, et son frère quittant le canapé s'effare de n'avoir pas vu le temps passer. Je le salue. Il manifeste enfin la joie de me revoir en me tapotant la joue avec deux doigts. Je lui demande si mes deux cousins, Sarah et Nathan, dîneront avec nous ce soir. Eh non, pas ce soir, me dit-il, ils sont venus tantôt mais je dormais « comme un bébé à la conscience tranquille », alors… ! Alors je les verrai demain à la synagogue si Dieu veut. Lui-même, et il adresse à ma mère un sourire navré, ne peut s'attarder plus longtemps car il est attendu chez le rabbin chargé de l'initier aux lois de pureté régissant les relations intimes des mariés. À l'exclamation de ma mère : « Ces choses-là vont d'elles-mêmes chez un veuf, père de deux enfants par-dessus le marché !!! », un sourire gêné étire les lèvres de mon oncle. Il cherche des yeux son chapeau noir à large bord, et son beau-frère explique à sa place : « Il ne s'agit certes pas d'initier mais de remémorer au futur marié les secrètes pratiques du lit partagé avec sa première épouse. » Je réprime un fou rire – les voies du mariage religieux sont impénétrables. Mon oncle Marco coiffe son chapeau, nous rappelle que la cérémonie aura lieu à 11 heures précises, lance un ultime regard à sa sœur, marche vers la porte à pas lents, très lents, comme pour retarder le moment de la quitter. Ma mère fait la grimace. Mais à l'instant où nous parviennent les cris de tante Judith, « À table, à table tout le monde », elle s'inquiète de savoir si la bonne pourra repasser la robe de fine mousseline bleue, toute neuve, qu'elle étrennera au mariage de son frère bien-aimé.

3.

Le grand jour est arrivé.

Petit différend vestimentaire entre ma mère, éblouissante de féminité dans sa robe de mousseline bleue qui s'arrête aux genoux, et tante Judith l'exhortant à se couvrir au moins la tête. Ma mère, faute de foulard assorti au bleu de sa robe, refuse obstinément la perruque que tient absolument à lui prêter l'ardente zélatrice des règles de la pudeur. Si la coquette détermination de ma mère m'amuse, l'oncle Sammy commence, lui, à donner des signes d'exaspération. Ce dont ma mère se rend compte et, s'avisant sans doute de sa situation d'invitée en cette maison, elle finit par accepter un compromis. Tante Judith remonte prendre dans sa chambre un châle, genre mantille espagnole de fine dentelle noire, dont ma mère, après essayage devant un miroir, consent à se parer.

Sur le parvis de la synagogue se trouve déjà un groupe d'invités. Sammy Shehata, le beau-frère du marié, reçoit leurs félicitations et « vœux de bonheur pour l'union bénie par Dieu » avec la simplicité d'un prince devant une délégation de ses sujets. Tandis que les fils Shehata et leurs épouses prodiguent d'affectueuses salutations à ma mère, brune madone sous son ibérique mantille, des mains me masquent les yeux. Sarah donc, qui d'autre jouerait à devine qui c'est ? se frotte contre moi comme font les chats en ronronnant. Je proteste pour la forme, cette petite me touche, puis je la repousse afin de pouvoir la dévisager. Je ne vois aucun changement sur son joli visage un peu pâle, sinon des cheveux noirs sagement coiffés en bandeaux. Je m'enquiers de ses fiançailles avec le jeune homme dont le nom m'échappe… « Sarfati, c'est ça ? » Sarah confirme, « Maurice Sarfati, mais le mariage, c'est obligé, ce sera longtemps après celui de papa. » Les portes de la synagogue s'ouvrent alors. Les hommes entrant en premier, nous devons attendre assez longtemps le moment d'accéder à la galerie réservée aux femmes. Réprimant mon agacement – de là-haut je verrai que dalle du déroulement de la cérémonie – je lui demande : « Tu es contente que ton père se remarie ? » Grosse concentration perplexe, puis cette tirade d'antique sagesse glanée Dieu sait où : « Éva, il y a deux choses inévitables, c'est le mariage et la mort. » Je la regarde intriguée : « Que veux-tu dire, où as-tu pris ça ? » et la réponse s'impose d'elle-même, c'est l'oncle Sammy parlant avec son papa qui a dit ça : « Comme la mort, le mariage est inévitable. »

Au perchoir des femmes où le premier rang nous a été réservé, je peux, à condition de me dévisser le cou, apercevoir le dais nuptial installé devant l'Arche sainte. Soudain, dans un respectueux silence, mon oncle Marco marche vers le dais où l'attend le rabbin. La mariée en longue robe avance lentement au bras d'un homme, son père ? qui s'efface devant celui qui lui ravit sa fille. Aussitôt, chose curieuse, le marié soulève le voile de sa promise comme si, pris d'un doute, il voulait vérifier qu'on lui remet bien la personne aimée. Il me semble, mais difficile d'en juger à cette distance, que le marié monte exprès sur le pied de la mariée… pour symboliser la domination de l'homme sur sa femme ? Ensuite tout va très vite. Ils partagent une coupe du vin béni par le rabbin, échangent les alliances, écoutent le rabbin lire le contrat de mariage, le signent tour à tour, et la cérémonie s'achève dans le fracas du verre que le marié écrase sous son talon.

Une fois sur le parvis en ébullition, les époux sont bombardés de poignées de riz porte-bonheur. Il se penche vers elle, comme pour la protéger des jets de riz légers, et elle lève vers lui des yeux, étonnés, heureux, amoureux. Perla, devrais-je l'appeler ma tante ?, ne ressemble pas aux stéréotypes, richissime veuve un peu fanée ou dondon gavée de pâtisseries orientales, que ma paresse d'esprit lui avait accolés. Encore assez jeune, petite et mince dans son ample robe nuptiale à manches ballon, elle a les grands yeux sombres, les traits délicats, le sourire très doux d'Olivia de Havilland, la gentille Mélanie d'*Autant en emporte le vent*. Elle me plaît et mon oncle tant éprouvé a mérité, somme toute, de tirer le bon numéro à la loterie du mariage. Cette femme, je le sens, sait créer de l'amour autour d'elle, elle saura servir de seconde mère aux enfants de son mari. J'en acquiers la certitude lorsque, posant pour le photographe accroupi devant le couple, elle appelle avec insistance Sarah et Nathan à entrer dans l'image. Sarah, bonne pâte, saisit la main gantée de sa belle-mère, tandis que Nathan, se plantant à côté de son père, affiche un air préoccupé tout en fixant quelque lointain horizon.

Le couple s'engouffre dans une voiture décorée du capot au toit de compositions florales. Quand elle démarre, de frénétiques applaudissements retentissent. Le tintamarre laisse bientôt place à une accalmie empreinte de nostalgie. Sammy Shehata, plissant les yeux à cause du soleil, exprime une sage pensée : « Tout, la joie et la peine, le rire et les larmes, tout est déterminé là-haut avant notre naissance. » Puis c'est au tour des parents et des proches de la famille de se rendre à pied, ou dans les voitures garées un peu plus loin, à la réception donnée dans la nouvelle maison des nouveaux mariés.

C'est, à quelque mille mètres de la synagogue, au bout d'un jardin, une maison à deux étages de construction lourde, massive, dégageant, à défaut de charme, la solidité nette et dure du béton et autres matériaux réfractaires au feu. La fête se déroule dans le jardin où un buffet somptueux a été dressé sur des nappes d'un blanc immaculé. Des serveurs font circuler des plateaux d'apéritifs, tandis que d'autres, debout derrière le buffet, semblent monter la garde sur les multiples mets placés sous cloche. Pas touche. Les invités vont à la queue leu leu déposer les cadeaux de mariage dans une pièce du rez-de-chaussée. Sur la table à rallonges, au sol, contre chaque mur, s'entassent de grands et petits paquets-cadeaux épinglés d'une carte de visite. Ma mère, faute de moyens soi-disant, destine à son frère la chevalière en or ayant appartenu à son très peu regretté mari. Elle hésite à laisser l'écrin emballé sous cellophane là, comme ça, à la tentation du premier venu, non non, à la réflexion, (inconscient quand tu nous tiens !) elle passera elle-même la bague au doigt de son Marco adoré. Moi, j'ai acheté rue des Rosiers, sur les conseils du vendeur, une coupe de kiddouch (de sanctification) en argent martelé.

Au jardin, où une cinquantaine d'invités attendent l'apparition des mariés pour pouvoir enfin se ruer sur le buffet, des éventails brassent en cadence l'air chaud et parfumé de senteurs appétissantes. Et, c'était hélas prévisible, M. Sofer nous tombe dessus : « Ah vous voilà, Dieu soit loué ! » Il s'incline pour effleurer d'un baiser la main de ma mère, se recule, la fleurit de compliments sur sa beauté, son éternelle jeunesse, si bien qu'on la prendrait pour la sœur jumelle de sa propre fille. Bon, il fait chaud et j'argue d'une terrible soif : « Maman, veux-tu que je te rapporte une boisson bien fraîche ? » pour lâchement l'abandonner à la logorrhée du vieux séducteur. Je pars à la recherche de mon cousin Nathan dont l'attitude ambiguë, hostile à sa belle-mère ? lors de la séance photo sur le parvis, n'a pas manqué de m'intriguer. Il demeure introuvable, à la différence de Sarah qui parade dans une robe à volants de dentelle. Ma déception se mue en inquiétude : et s'il se cachait à dessein ? S'il fuyait les festivités afin que nul n'ignore combien il désapprouve le trop rapide, trop impatient, trop joyeux remariage de son père ? Cela dit, je trouverai bien l'occasion d'en avoir le cœur net durant le reste de notre séjour à Brooklyn. Là-dessus, le bruit et l'agitation faiblissent. L'oncle Sammy faisant de ses mains un porte-voix vient d'annoncer l'arrivée des mariés dans le jardin. Les têtes se tournent vers la maison d'où s'échappe le cafouillage sonore d'amplis (avec Nathan à la manœuvre ?), qui laisse bientôt place à une mélodie vive, très gaie. Des applaudissements saluent la fin du morceau. Les mariés franchissent le seuil avec une lenteur étudiée. Ils s'immobilisent sur la dernière des trois marches menant au jardin. Elle est vêtue d'un tailleur blanc cassé à jupe longue, avec une grosse fleur épinglée à l'épaule, et d'un chapeau à voilette de tulle. Lui, de même, a échangé le traditionnel costume de marié contre un complet-veston de ville de discrète élégance, n'étaient les tsitsit (les franges rituelles du châle de prière) qui, dépassant de sa veste, lui battent les hanches. Il lui offre son bras et ils descendent parmi un parterre retentissant de « Mazal tov » et de « Comme ils sont beaux ». Ils parviennent non sans mal à s'arracher aux tours d'embrassades, au grand dam de ma mère empêchée de remettre à son frère la chevalière en or de son défunt mari. Pressés de s'esquiver, les époux vont passer le week-end de lune de miel à Deal Beach dans la villégiature de Sammy Shehata, ils marchent à vive allure vers la voiture stationnée en bas du jardin. À l'instant de monter dedans, la mariée se retourne vers nous, agite sa main gantée et la lève en dressant cinq doigts vers le ciel.

Il est près de 15 heures lorsque, leur appétit satisfait, les convives commencent à se retirer. Tante Judith aide Sarah à débarrasser et à rapporter à la cuisine les reliefs du festin. L'oncle Sammy prête la main aux serveurs en train de démonter les tréteaux du buffet et de les charger dans une camionnette aux flancs ornés de l'inscription « Yomtov traiteur ». Il règle par chèque la facture du traiteur et donne le signal du départ.

4.

De retour chez les Shehata, les dames montent se reposer dans leur chambre à l'air climatisé. L'oncle Sammy se fait servir une tasse de café dans son bureau. J'hésite entre aller piquer une tête dans la piscine ou m'installer dans l'agréable fraîcheur du salon avec un bouquin. Calée dans un fauteuil, paquet de cigarettes et briquet à portée de main sur le guéridon du téléphone, je lutte contre un début d'alanguissement. Ma tête dodeline, mes yeux errent et s'arrêtent sur le poste de téléphone. Alors me revient en mémoire le souvenir refoulé, repoussé dans les marges de ma conscience, d'une séquence de sexe sans le sexe. Je me souviens de la folle excitation éveillée en moi, ici dans ce salon, sur ce même appareil, par la voix chaude et autoritaire de Barry m'ordonnant de relever ma jupe et de baisser ma culotte et d'écarter les jambes, de me frotter le clitoris doucement, « Tu peux bien faire ça pour moi » et « Tu mouilles, mon ange, ne mens pas ! » Je me souviens des halètements, des gémissements étouffés tandis que mon plaisir s'augmentait, pervers, des innocents bruits de bouche de la sainte famille attablée juste derrière les portes fermées du salon. Alors quelque chose d'irrépressible me force à m'emparer du téléphone, et c'est de lui-même que mon doigt compose les sept chiffres du numéro revenu de façon automatique lui aussi à ma mémoire. En revanche je ne suis pas mue par la frustration ou une nostalgie sexuelle, mais bel et bien par un vindicatif besoin de régler son compte au salaud, pas pressé de décrocher, mais tu ne perds rien pour attendre.

« Comment, Grand Dieu, c'est toi, Éva, je ne rêve pas, c'est bien toi, ça alors ! Je suis content de t'entendre enfin. Ça va ? Tu es à New York pour le boulot ? Ah c'est ton oncle homicidaire qui se remarie ? Félicitations, ils vivront heureux et auront beaucoup d'enfants ! Écoute, j'aimerais tellement te revoir, ce serait cool, non ? Qu'est-ce que tu fais, là, maintenant, tout de suite ? Attends, tu te souviens du Black Diamond, le petit bar à côté de Random House ? Okay ! Que dirais-tu d'aller se boire un verre là-bas, autour des… voyons il est presque 5 heures, autour des 6 heures disons. »

Alors là, ce culot allié à l'hypocrisie me stupéfie… Quoi ? Faire dans la banalité, les platitudes, comme si c'était une bonne copine de passage à New York qui se rappelait à son bon souvenir ? Comme si notre histoire lui était si peu de chose qu'elle ne méritait même pas d'en remuer les cendres ? Et cette invitation cool à aller boire un verre au Black Diamond, que j'ai acceptée d'emblée, oui, afin de lui balancer mon verre à la figure.

C'est en nourrissant des pensées assassines que, dans ma chambre, j'enfile une tenue sexy : robe largement décolletée qui épouse la courbe de mes seins, et talons hauts qui me font des jambes interminables. Je me maquille de manière hardie, provocante, puis je m'entraîne devant le miroir à prendre un air supérieur, dédaigneux.

Il est 17 h 10 lorsque, savourant déjà le goût doux-amer de la vengeance, je pars à la recherche d'un taxi.

À 18 heures pile, j'entre au Black Diamond en adoptant la version sourire radieux, irrésistible. Où est-il ? La salle est bondée et le bar pris d'assaut tout du long par des gens qui bavardent, rient, tirent sur leur joint. De quelque part dans le brouhaha s'élève mon prénom : « Éva, Éva ! » Et soudain il se tient debout près de moi, presque contre moi. « Oh mon Dieu, Éva, merci, j'avais peur que tu ne viennes pas. » Il me regarde gravement, très gravement, comme s'il ne m'avait jamais vue auparavant, comme frappé par ma beauté, par la révélation de ma beauté. Eh bien, moi, je lui trouve quelque chose de changé, et pas à ton avantage, mon vieux, mais quoi exactement ? Son visage, un rien empâté ? et, rasé de près, qui accuserait la quarantaine bien sonnée ? Oui mais surtout, adieu à la queue-de-cheval couleur de feu, il porte les cheveux courts et bien peignés de qui s'est rangé des voitures. Il m'entraîne vers une table où repose un paquet enveloppé de papier kraft – si c'est un cadeau, il repartira avec – ainsi qu'un verre à moitié vide de vodka orange – preuve, outre son addiction à l'alcool, que oui, il a pris soin d'arriver en avance sur l'heure dite. Je m'assois en face de lui, recule ma chaise de façon à prévenir ses attouchements sous la table.

« Tu te rappelles, Éva ? C'est ici au Black Diamond, au premier verre bu ensemble, que je suis tombé follement amoureux de toi. Qu'est-ce que tu veux boire ? Un jus d'orange, comme d'habitude ? »

C'est stupéfiant et cela continue. Il me demande, sur le ton habituel entre deux amis que le hasard a remis en présence : « Alors quoi de neuf, dis-moi, depuis qu'on ne s'est vus ? »

Je réfrène ma colère : « Le mur de Berlin est tombé. »

Il rit.

« Non mais sérieusement, comment va ta vie ?

— On ne peut mieux et toi ?

— Comme ci comme ça. Enfin j'ai terminé mon livre, il est paru chez Random House et pour le moment les retours sont plutôt bons. »

Il observe un silence pensif. S'il attend un retour enthousiaste de ma part, une pluie de compliments et autres gonflements d'ego, eh bien, mon salaud, je ne te ferai même pas le plaisir de te demander le titre de ton livre. Je voudrais passer à l'attaque mais il me regarde fixement avec de nouveau cet air étonné, émerveillé, et légèrement anxieux cette fois.

« Éva, oh Éva, je veux que tu saches que je n'ai jamais cessé de t'aimer, non, pas un seul jour depuis ton départ. Tu m'as tellement manqué. Pas un seul jour sans que je pense à toi, que je rêve de toi, que je ne dorme plus la nuit à cause de toi. Tu me trottais dans la tête tout le temps, ça tournait à l'idée fixe, à l'obsession, la monomanie (il rit). Ce n'est pas si souvent que je me psychanalyse tout seul. Oh Éva, j'en ai bavé, tu sais, de devoir vivre sans toi, un enfer, mais enfin passons. Tu es là maintenant, je te regarde, je respire ton parfum, c'est toujours le même, non ? et j'oublie tout le mal que tu m'as fait en me quittant. »

De mieux en mieux dans le genre esclave et victime de l'amour. Et cet accent de sincérité absolue dans sa voix, ma parole il semble réellement convaincu que la vie ne vaut d'être vécue sans moi, la lâcheuse, l'inconstante qui l'aurait quitté, et non le contraire.

« Dis donc, Barry, tu penses vraiment que je suis partie exprès rien que pour te briser le cœur ? C'est moi qui suis dans mon tort, on dirait ?

— Non bien sûr, tu devais retourner au boulot. Okay, mais mets-toi à ma place. En te perdant j'ai eu l'impression d'avoir tout perdu, tu comprends ? Peu importe. Tu es revenue, tu es là avec moi, alors je suis le plus heureux des hommes. Je t'aime ! Je t'aime ! Quand pourrons-nous dîner ensemble ? Passer toute une journée et toute une nuit ensemble ? »

Son visage s'illumine comme celui d'un gamin devant les cadeaux reçus pour la Saint-Nicolas. Happy, happy, yes, gai, gai marions-nous ! Moi, toute étincelle de désir éteinte pour de bon cette fois, ces baisers, cette ivresse, cette passion dont le nom même signifie « souffrance », tout cela qui n'était qu'illusion et simulacre de l'amour, je m'en moque maintenant. Finissons-en. Il est temps, en lieu et place de ma stratégie de séduction, de passer à l'offensive.

« Barry, arrête ton baratin, tu me prends vraiment pour une pauvre idiote prête à retomber dans tes bras ?

— Mais Éva, ma chérie, mon cœur, écoute-moi, je te jure que…

— Non, toi, écoute-moi. Je t'ai manqué au point que tu n'as jamais, pas une seule fois, répondu aux lettres que, pauvre conne, je continuais à t'envoyer. Tu souffrais tellement de mon absence que le jour où je t'ai appelé tu m'as carrément raccroché au nez.

— Oui, je suis désolé, pardonne-moi, pardon de t'avoir fait ça, mais je ne pouvais pas faire autrement. Oh Éva, ma chérie, crois-moi, ton appel tombait en plein drame…

— Ta femme se trouvait juste à côté du téléphone ce jour-là. Et elle t'interdisait d'ouvrir mes lettres. Et elle te privait de dessert si tu…

— Ne sois pas injuste, tu as raison d'être furieuse, Je te demande pardon, je ne pouvais pas faire autrement, crois-moi, je ne pouvais pas quitter Marcia.

— Tu ne pouvais pas la quitter et tu ne pouvais pas vivre sans moi, laisse-moi rire.

— J'ai essayé de lui dire que je voulais divorcer. Sincèrement, je lui ai même dit que j'aimais une autre femme. Elle m'a répondu que je pouvais avoir une maîtresse, elle s'en fichait, mais le divorce nada, jamais, jusqu'à ce que la mort nous sépare. En clair elle me faisait du chantage au suicide. C'est une femme possessive, fragile, terriblement vulnérable. Imagine un peu qu'elle ait mis sa menace à exécution alors que mon éditeur me mettait la pression pour que je lui rende mon livre, imagine, tu aurais fait quoi à ma place ?

— Ma place, mon livre, mon éditeur, ma petite femme suicidaire ! Moi moi moi, tu te prends pour le nombril du monde, mon pauvre Barry, mais j'en ai rien à foutre, moi, de ton égocentrisme d'ado attardé. Rien à foutre de tes serments d'amour éternel. Je n'éprouve plus rien pour toi. Ni amour ni haine, rien que du mépris pour ta lâcheté, tes mensonges. Ta vie entière n'est que mensonges. Non, tais-toi, j'ai assez perdu de temps comme ça, salut et mes amitiés à ta femme.

— Attends, je t'en prie, je t'en supplie. Écoute-moi, laisse-moi une chance de m'expliquer, de te prouver que… »

Sa voix s'enroue, se gonfle de sanglots retenus. Je l'observe, méfiante : quelle frime ! Mais j'ai peine à y croire, une larme lui coule de l'œil au menton. Il pleure vraiment, merde alors, il pleure sans même se cacher le visage entre ses mains. Un brin secouée – et s'il était sincère, s'il n'avait jamais cessé de m'aimer, si tel un enfant ne vivant que l'instant présent il était retombé absolument amoureux de son ancien amour ? –, je ne supporte plus de le voir pleurer. Cela me fait mal physiquement. « Barry, arrête, je t'en prie, tout le monde nous regarde. » Je lui prends la main pour essayer de l'apaiser : « Allez Barry, ça va aller, attends, j'ai un mouchoir dans mon sac. » Je vais même jusqu'à essuyer de mon mouchoir son visage ravagé de grosses larmes. Il renifle à petits coups, soupire : « Désolé, je ne sais pas ce qui m'a pris de chialer comme ça. Je t'ai fait honte, pardon, je te demande pardon vraiment. Tu sais, les larmes du désespoir amoureux ne sont pas le monopole des femmes.

— Si tu le dis. Ça va mieux maintenant ?

— Beaucoup mieux. Excuse-moi une minute je dois aller aux toilettes me passer un peu d'eau sur la figure. Tiens en attendant, regarde le cadeau, c'est mon livre que je t'ai apporté. »

Il me désigne sur la table son livre empaqueté, se lève : « Attends-moi, j'en ai juste pour une minute » et se dirige vers le fond de la salle.

Le livre, un pavé d'au moins cinq cents pages, grand format et écrit serré-sérieux, donne l'impression de briguer le futur Nobel de l'essai littéraire. Il s'intitule, en gros caractères majuscules, « BLACKS AND JEWS IN AMERICA » et plus bas en italique : *Not entirely similar, But not entirely different either.* Ni entièrement semblables, mais pas entièrement différents non plus. Ça sent l'emprunt à Emmanuel Levinas : « Ni tout à fait le même, ni tout à fait un autre. » Bravo, Barry. C'est de bonne guerre de voler ce qu'il y a de meilleur chez les meilleurs penseurs de la condition humaine. Je découvre sur la page de garde une dédicace écrite à l'encre rouge passion : *À toi, mon Éva, mon espoir, mon rêve de joie, mon amour à la vie à la mort.* Rien que ça. Je passe un doigt sur le ferme tracé de son écriture… Mais choc, à la page suivante, en caractères imprimés, à jamais cette dédicace : « *To Marcia, forever* » (à ma femme pour toujours). J'hésite. Déchirer le livre en mille morceaux, les balancer dans les toilettes et tirer la chasse. Ou alors maîtrise de soi, dignité, tête haute, prendre la porte du Black Diamond, adieu forever, mon vieux.

Dehors, le ciel vire à l'orange. En même temps que ma love affair, la journée touche à son terme. Il fait bon. Les dernières lueurs du soleil éclairent le panneau-réclame « Happy hours, happy Friday » planté devant l'entrée du bar. Nous sommes, mais oui, le vendredi 3 août : hasard ou signe du destin, c'est par un vendredi de l'année dernière que mon oncle Marco a, par excès de religiosité, touché le fond du fond du malheur, et aujourd'hui, en ce vendredi 3 août de l'an de grâce 1990, ses secondes noces donneront raison au poète qui a dit : « Le bonheur vient toujours après la peine. » C'est beau. C'est rassurant, non ? Si tout ce qui a si mal commencé pour mon oncle de Brooklyn se termine merveilleusement bien, il en sera peut-être de même pour moi, un jour.

Je marche, cigarette aux lèvres, dans la douceur du soir d'été. On m'attend avec une certaine inquiétude à la maison d'Ocean Parkway. J'aurais dû laisser un mot à ma mère. Je songe avec infiniment de plaisir à l'emmener découvrir la ville « debout », selon l'ignoble mais si génial Destouches alias Céline. Ma mère ne connaît pas New York. Il faudra établir un programme précis et détaillé des lieux à visiter. Le chouette séjour que je lui concocterai débutera dès demain, elle aimera ça, par la rencontre avec l'adorable Small Paul.

Table

Cet ouvrage a été mis en page par IGS-CP
à L'Isle-d'Espagnac (16)

CET OUVRAGE
A ÉTÉ ACHEVÉ D'IMPRIMER
SUR ROTO-PAGE
PAR L'IMPRIMERIE FLOCH
À MAYENNE EN NOVEMBRE 2022

N° d'édition : 436758-0. N° d'impression : 101522
Dépôt légal : février 2023
Imprimé en France